KB020055

로크미디어가
유혹하는
재미있는 세상
ROK
MEDIA
로크미디어

南宮魔帝

남궁마제

남궁마제 8

2022년 6월 8일 초판 1쇄 인쇄
2022년 6월 13일 초판 1쇄 발행

지은이 문운도
발행인 김정수 강준규

기획 이기헌 왕소현 박경무 강민구
책임편집 백승미
마케팅지원 이원선

발행처 (주)로크미디어
출판등록 2003년 3월 24일
주소 서울시 마포구 성암로 330 DMC첨단산업센터 318호
Tel (02)3273-5135 **편집** 070-7863-8595 **Fax** (02)3273-5134
홈페이지 rokmedia.com **E-mail** rokmedia@empas.com

값 8,000원

ISBN 979-11-354-7208-4 (8권)
ISBN 979-11-354-7200-8 04810 (세트)

南宮魔帝
문운도 신무협 장편소설
8
남궁마제
ROK MEDIA
로크미디어

차례

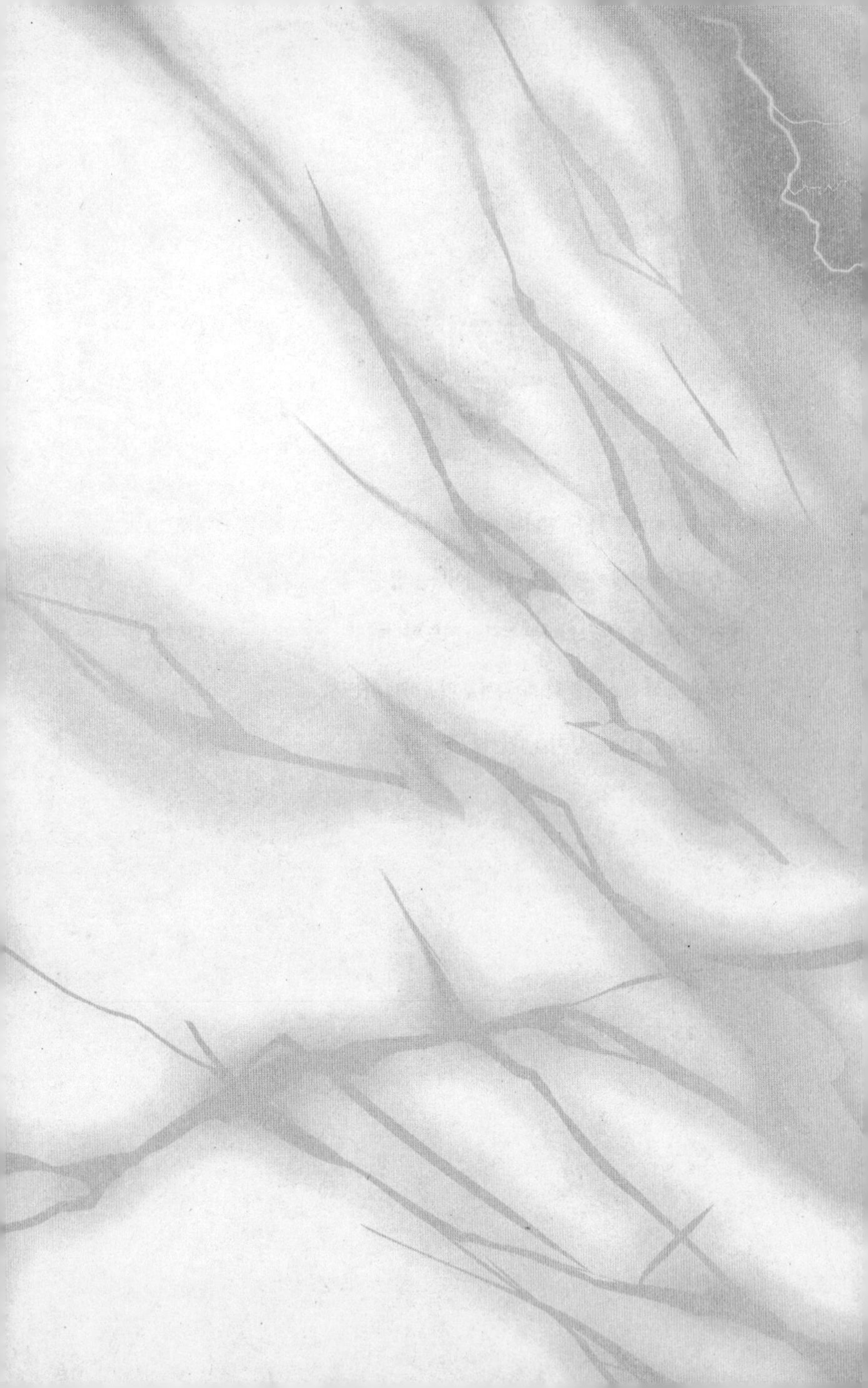

나아갈 진進 따를 화化 : 환마제 여시(2)

쉐에에엑--!

"죽어! 이 개자식들아!"

시퍼런 도깨비불이 사방으로 날아다녔다.

남궁진혜가 사방으로 뿌리는 검기였다.

"크아아악!"

적호단 중에서도 제일 먼저 장가 부락에 도착한 남궁진혜는 벌써 몇 남지 않은 귀천성 무사들을 보며 분통을 터뜨렸다.

"쥐 새끼 같은 놈들! 벌써 다 튀어? 어떻게! 왜! 니들이 벌써 다 튀어!"

쉐에에에엑---!

콰광!

마지막 살아남은 이를 죽이며, 검은 기와로 된 작은 집이 내려앉았다. 하지만 상관없었다. 이미 그 집에 사는 사람, 집이 무너져 슬퍼할 사람, 모두 죽어 버렸기 때문이다.

"하아……."

뒤늦게 현무단과 적호단이 모두 도착했지만, 남아 있는 것은 폐허뿐이었다.

남궁진혜가 분풀이로 몇을 죽이긴 했으나, 제대로 된 놈들이 이미 사라지고 없었다.

"추적해."

"충!"

적호단주의 명에 적호단원 몇이 사라졌다.

하지만 적호단주도 알았다.

잠시 뒤 적호단원들이 아무 단서도 찾지 못한 채 돌아오리란 것을.

그래서 더 마음이 무거웠다.

"이 개자식들…… 귀천성 놈들이 틀림없군."

적호단주 팽치가 이를 갈며 말했다.

외부에 나간 장족을 제외하고 모두 죽었다.

모든 것을 파괴하고, 살아 있는 모든 것을 죽이는 전멸(全滅)의 방식. 귀천성 휘하 어쩌고 따위가 아닌, 진짜 귀천성의 방식이었다.

"환마제든 뭐든. 귀천성 개들이 있는 게 분명하군. 쓰불

새끼들."

수레바퀴 뒤로 자신의 손가락만큼 가늘고 작은 팔이 나와 있는 것을 보고, 적호단주가 욕지거리를 참지 못했다.

매일 전장을 살아가는 무림인이었지만, 어린아이의 시체를 매일 보아도 적응이 되지 않았다.

그때, 현무단주 운해가 적호단주의 곁으로 왔다.

"선배님."

금방이라도 눈물을 흘릴 듯 붉어진 팽치의 눈을 보며, 현무단주 운해는 어떤 말도 쉽게 꺼낼 수 없었다.

약하지만 금방 털어 내는 자신과 달리, 강인한 선배는 죄책감조차 제 속에 꾹꾹 눌러 담아 둔다는 것을 잘 알았기 때문이다.

그런데 그때 적호단주의 입에서 나오는 말은 현무단주의 예상과 달랐다.

"대체 왜, 왜 하필 장족 부락일까? 대체 뭘 노린 거지?"

"예?"

"놈들이 왜 여길 노린 걸까? 피해 상황을 분석해 보면…… 아! 쓰펄! 그게 될 리가 없나?"

뭔가 생각나는 대로 뱉어 내던 적호단주가, 주변을 보면서 작금의 상황을 파악했다.

누가 죽었는지, 뭐가 없어졌는지, 귀천성이 노린 것이 뭔지.

뭘 알아야 하는데, 그걸 알 만한 사람이 모두 죽어 버린 것이다.

그리고 살아남은 이들은…….

"으아아아아-----!"

짐승의 울음 같은 악성이 울렸다.

다급하게 달려온 장족들이 무너지는 소리였다.

외부에 있다가 지금 막, 모든 가족과 친지 들이 싸늘한 주검이 된 것을 안 터였다.

"아아아악! 안 돼--! 안 돼---!"

어린 자식을 잃은 아비가 목놓아 울부짖었다.

슬픔과 원한에 사무친 비명을 들으며 적호단주가 한숨을 쉬었다.

"저래서야…… 어쩔 수 없지."

당장 귀천성 놈들의 목적을 알아내는 것도 시급했지만, 한발 물러설 수밖에 없었다. 어떤 경우라도 유족들에게 슬퍼할 시간을 빼앗을 순 없었다.

대신 적호단주는 다른 곳을 향해 눈을 부라렸다.

"그 개자식들. 대체 어느 구멍으로 들어온 거지?"

적호단주가 서슬 퍼런 눈을 부라리며 사방을 둘러보았다.

주루의 제일 꼭대기 층, 제일 안쪽 방.

중년인이 안내한 곳으로 가자, 이런 곳이 있었나 싶을 정도로 주루에 어울리지 않는 고요하고 한적한 방이 있었다.

방 안에는 거대한 탁자와 묵직해 보이는 의자. 그리고 장식장 몇 개가 전부였다.

술과 화려한 안주들이 준비되어 있을 거라 생각했던 것과 달리, 탁자 위에는 김이 모락모락 나는 찻주전자와 찻잔 몇 개가 전부였다.

드르르륵.

주인의 권도 없이, 진화가 의자를 빼서 앉았다.

"허허, 무척 자유분방하신 분이군요."

"여기까지 우리를 데려와서 정체도 밝히지 않은 사람에게, 딱 그만큼의 예의를 지키고 있다고 생각합니다."

"허허! 그렇군요. 실수는 우리가 먼저 했구려."

그리고 중년인의 기도가 변했다.

위엄마저 느껴지는 듯했다.

"본인은 월하회의 회주, 정소팔이라 하오."

"……."

중년인의 자기소개에 잠시 아무 말도 없었다.

갑자기 위엄 있어진 말투 때문은 결코 아니었다.

'정……소팔.'

'거짓말이지.'

'가명이 너무 성의가 없어서 대꾸를 할 생각을 못 하겠네.'

진화 일행이 띠꺼운 눈으로 중년인을 보았다.

그에 중년인지 능청스럽게 웃었다.

"하하하하! 거짓말 같지만 진짜네. 정소팔, 본명일세. 정월 보름에 내 부모가 소를 받고 나를 팔았거든. 여기, 노예시장에서."

"아……."

"흠, 흠, 뭐 그런 이야기를 갑자기…… 흠흠."

팽가 형제가 눈을 떼구루루 돌려서 중년인의 시선을 피하고, 남궁구와 남궁교명은 뻘쭘한 듯 괜스레 헛기침을 했다.

진화만이 눈을 말똥말똥하게 뜨고 중년인을 보고 있었다.

중년인지 진화를 보며 싱긋이 웃었다.

"이제 십이좌회에서 누가 나서실지 알았겠군. 우리는 성녀님을 모시고 있소."

성녀라는 말에, 그제야 진화가 눈빛에 이채를 띠었다.

야희성녀(夜熙聖女).

십이좌회의 사람들 중 가장 신비에 싸인 인물이라.

아름다운 여인이라는 것 외에, 나이나 출신, 심지어 무림인인지 관의 인물인지 알려진 것이 전혀 없는 인물이었다.

심지어 그녀가 대전쟁에서 어떤 역할을 했는지조차 알려진 것이 없었다.

"월하회는 이 거대한 무법지대를 지배하는 전주로 존재하지만, 실은 밤 장사를 하는 상인들의 모임이지. 우리의 주인

은 당연히 성녀님이시고. 그동안 십이좌회에서 필요한 정보를 수집하고 통제하는 동시에, 귀천성의 움직임을 감시하고 있었소."

중년인의 설명에 진화가 고개를 끄덕였다.

그가 말한 역할이라면, 이제까지 야희성녀가 모습을 드러내지 않고도 십이좌회에 있을 수 있었던 이유를 이해할 것 같았다.

그리고 지금, 진화 일행과 정의맹에 가장 필요한 능력을 가졌기도 했다.

진화가 얼굴을 가린 모자를 벗었다.

"남궁진화라고 합니다. 광마제의 제물실 출신이죠."

진화의 얼굴을 보고 놀란 듯, 중년인의 눈이 커졌다.

하지만 찰나였을 뿐.

중년인은 아주 자연스럽게 진화에게서 한 걸음 물러섰다.

"오, 음……. 곡해해서 듣진 말고. 처음 만난 사이에 그런 이야기는 좀 부담스럽군."

"허, 그게 정월 소팔 아저씨가 할 소리십니까?"

진화보다 남궁구와 일행이 더 어이없다는 듯 중년인을 보았다.

"하하하! 이쯤이면 정답게 서로 인사를 나눈 셈인가? 이제 본론에 들어가 볼까?"

분위기는 전보다 더 나빠졌지만, 중년인은 전혀 알지 못하는 듯했다.

진화 일행이 기가 막힌 듯 중년인을 보았다.

어디 한번 들어나 보자 싶은 마음이었다. 하지만 그가 꺼낸 말은, 진화 일행의 예상을 뛰어넘는 것이었다.

"우리가 파악한 바에 따르면, 환마제 여시가 노예시장 안에 있는 것이 확실하오."

진화와 일행의 눈빛이 대번에 진지해졌다.

"환마제 여시. 무려 이십 년 동안 보이지 않던 놈이지. 어찌나 신출귀몰하게 모습을 바꾸고 정체를 숨기는지…… 놈의 진짜 정체와 얼굴은 아직 그 누구도 파악하지 못했소."

"진짜 정체와 얼굴을 모른다고요?"

"환마제의 '환' 자가 환장할 환이라는 말이 괜히 나오는 말이 아닐세."

중년인이 슬쩍 냉소를 흘렸다.

"환마제에 대해 얼마나 아나?"

"글쎄요."

"정의맹은 놈의 과거에 대해 관심이 없더군. 여시가 처음 등장한 것은, 무림이 아니라 조용한 어느 시골 민가였네. 조용하고 순박한 마을이 갑자기 들불처럼 일어나 관에 반란을 일으키고, 농사를 멈추고 약탈을 시작했지. 관에서 마을 사람들을 제압했을 때는, 이미 늦었네. 제정신인 사람들이 없었거든. 그런 마을이 하나둘 늘어나고 종국에는 수십이 되었네."

수십의 마을이 반란을 일으키다니.

중년인의 말에 진화 일행의 눈이 커졌다.

"마을 사람들이 하나같이 제정신 아닌 눈깔을 하고 '백화'라는 신을 모시더란 말이지."

"백화교! 그게 환마제 여시였군요."

"사람들을 미혹하는 무공은 처음부터 최고였네. 그런데 어느 날부터 공력까지 무시무시한 고수가 되었지. 그런데 환마제 여시가 무서운 것은 그의 환술이 아니야. 놈이 환술로 만들어 놓은 무고한 사람들이지. 환마전(幻魔殿)에 그놈을 위해 어떤 미친 짓도 대신해 줄 허수아비가 얼마나 있을지 알 수가 없거든. 그게 바로 우리가 경계해야 할 놈의 진짜 힘이네."

중년인의 말에, 진화는 정의맹인 번번이 환마제를 놓쳤던 이유를 알 것 같았다.

그리고 그가 진화 일행을 따로 불러서 이런 것을 설명해 주는 이유도.

"그를 알아보신 겁니까?"

"아니. 여전히 환마제는 알아내지 못했네. 다만 환마제의 개가 눈에 띄더란 말이지."

중년인의 눈빛이 달라졌다.

진화는 그의 능청스러운 표정 위로 차가운 살기가 스쳐 간 것을 보았다.

"환마제의 개?"

"놈이 백화교 교주 노릇을 할 때부터 옆에 데리고 다니던 심복이 하나 있어. 그 심복이 일 년 전, 이 노예시장에 모습을 드러냈네."

"일 년 전이라……."

"일 년 사이, 장안에는 별 변화가 없었는지는 모르겠지만, 이 무법지대는 좀 다르네. 갑자기 어떤 놈이 눈에 띌 정도로 쑥쑥 크더란 말이지."

"그자가 누구입니까?"

"진골장(璡骨帳) 마상 노인. 일단 그 늙은 여우부터 사냥하려는데, 함께하겠나? 현오가 팔려 간 곳도 마상 노인의 가게 중 하나일 걸세."

"……."

진화가 말없이 중년인을 보았다.

밤을 움직이는 상인회의 수장이라더니, 상당히 능숙했다.

환마제의 과거를 알려 주고 그에 대한 두려움을 심어 준 뒤, 무고한 사람들을 들먹이며 정파 무인들의 정의감을 자극했다. 그리고 환마제가 아닌 그의 수하를 들먹이며 문턱을 낮추었다.

마지막엔, 현오의 안위를 언급하며 발을 빼지 못하도록 하는 집요함까지.

과연.

'말로 사람을 움직이는 장사치답군.'

진화의 눈이 냉정하게 식었다.

"우린 현오부터 구할 것입니다."

진화의 말에 중년인이 기다렸다는 듯 말했다.

"도와주지. 마상 노인의 가게를 뒤지면 될 걸세. 어떤 가게인지까지 우리가 알아주겠네."

"우리가 드릴 것은요?"

진화의 물음에 중년인의 눈이 커졌다.

하나를 주면, 하나를 받아야 한다.

진화가 상인의 공평(公平)한 거래에 대해 알고 있다는 것에 놀란 듯했다. 하지만 곧 아무렇지 않은 얼굴로 말했다.

"현오의 정체에 대해 흘렸으면 하네. 그 정도면, 환마제도 정체를 드러낼 듯하거든."

"뭐요? 그럼 현오는 어떡하라고요!"

"지금 그걸 말이라고 합니까!"

중년인의 말에 남궁교명과 남궁구가 벌떡 일어났다.

팽가 형제 또한 흉흉한 기세로 중년인을 노려보았다.

진화 또한 날카로운 눈빛을 하고 중년인을 쏘아보았다.

"현오의 정체라면 무얼 말합니까? 소림?"

"……천살지체."

중년인의 말에 진화의 눈빛이 얼어붙었다.

"이런 미친 아저씨가!"

"어떻게 알았는지 몰라도, 한마디라도 흘러나가면 아저씨부터 죽여 주겠어!"

남궁구와 남궁교명, 팽가 형제가 중년인을 향해 살기를 뿜었다. 그러자 중년인의 곁에 있던 호위들도 참을 수 없다는 듯 투기를 발산하며 진화 일행을 노려보았다.

"어찌 된 것인지 모르겠지만, 놈이 서두르고 있네. 그래서 이번에 꼬리가 잡힌 것이고. 이런 기회가 다시 올지 장담할 수 없네."

중년인이 간절한 어조로 진화에게 말했다. 하지만 진화는 얼음처럼 차디찬 눈빛으로 꿈쩍도 하지 않았다.

"그런 것이라면, 정의맹에 협조를 구하셔야 할 일이군요. 다만 그 전에 한마디라도 새어 나간다면, 귀하에게 죄를 물을 것입니다."

"이십 년 만일세! 이번에 반드시 잡아야 해!"

"천살지체를 빼앗기면, 앞으로 백 년은 사라지겠죠. 어쩌면 무림이 영원히 사라질 수도 있습니다."

"일어나지 않은 일을 말하고자 함이 아니네! 자네, 전혀 모르는군, 환마제의 진짜 무서움을! 그자를 죽이면, 당장 무수히 많은 무고한 사람을 살릴 수 있네!"

중년인이 간절한 어조로 진화를 설득했다.

하지만 진화는 그런 중년인을 향해 비소를 날렸다.

"그러는 당신이야말로 모르는군, 천살지체가 얼마나 위험한 건지."

진화가 자리에서 일어섰다.

"우린 현오를 구하러 가야겠습니다. 당신이 현오가 어디로 가는지 알려 준다며 우리 앞을 막았으니, 그건 알려 줘야 할 것입니다. 아니면 지금 당장, 우리가 얼마나 위험해질 수 있는지 알게 될 테니."

진화가 중년인을 향해 서슬 퍼런 살기를 번뜩였다.

한편.

현오는 눈 깜짝할 사이에 팔려서, 검은 천이 덮어진 채 다른 노예들과 함께 우르르– 끌려온 차였다.

'이게 대체 무슨 일인지…….'

현오는 제게 일어난 일들이 아직 실감이 나지 않았다.

"내려라!"

목적지에 온 것인지, 노예상인 듯한 사내들이 현오를 비롯해서 사 온 노예들을 끌어내렸다.

사방이 꽉 막힌 돌벽.

"이리로!"

현오는 그제야, 그들이 끌고 온 곳이 어딘가의 동굴 같은 곳임을 알았다.

'대체 여기가 어디야! 진짜 잘 쫓아오고 있는 거 맞아?'

현오가 불안한 듯 눈을 굴렸다.

함부로 기운을 풀지 못하는 것도 있지만, 아무리 눈을 굴려도 저를 따라오는 사람이 보이지 않았다.

'미치겠네!'

하지만 더 큰 문제는 따로 있었다.

"큽!"

'피 냄새! ……지독하군!'

코가 견딜 수 없을 정도로 짙은 피 냄새가 동굴 안쪽에서 풍겨 오고 있었던 것이다.

현오는 아찔해지는 정신을 잡으며 얼굴을 구겼다.

'부처님, 사부님, 도와주세요! 망할 놈들, 두고 보자!'

현오가 필사적으로 마음을 다잡았다.

하지만 사내들에게 끌려 동굴 안쪽으로 갔을 때.

"나, 나무아미타불 관세음보살!"

인림이 아니라 육림(肉林)이었던가.

천장에 주렁주렁 매달린 시체들의 목에서 피가 떨어지고, 그 아래엔 새빨간 피가 욕조를 가득 채우고 있었다.

현오는 다시금 정신이 아득하게 멀어지는 것을 느꼈다.

"정녕 이래야겠는가!"

월하회주 정소팔도 더 이상은 참지 않겠다는 듯 무서운 눈으로 진화를 노려보았다.

"그대들의 사사로운 우정 놀음이 수많은 무고한 백성들을 죽이게 될 걸세!"

월하회주가 진화를 향해 소리쳤다.

제후나 왕에 버금가는 권력과 부를 지닌 남궁세가.

운이 좋아 그 남궁세가의 양자로 들어가 모든 것을 누리게 된 청년.

아름다운 외모에 뛰어난 무위, 무엇 하나 모자랄 것 없는 남궁진화를 향해 정소팔은 분노하지 않을 수 없었다.

지금도 매순간 백성들은 잔혹하게 죽어 가고 있는데, 아주 조그만 위험부담도 지지 않으려는 남궁진화가 얼마나 이기적인지 따지지 않을 수 없었다.

그때, 방을 나가던 남궁진화가 정소팔을 돌아보았다.

서늘한 비소마저 아름다웠으나, 입에서 나오는 말은 전혀 그렇지 않았다.

"사사로운 우정 놀음? 당신들이야말로 사사로운 원한을 가지고 무고한 사람의 희생을 요구하는 건 아니고?"

귀천성에 원한 없는 사람이 어디 있겠는가. 그러나 남궁진화의 말은 정소팔의 가슴에 비수처럼 꽂혔다.

"그놈들이 만드는 지옥이라면, 우린 그 한복판에 있었어. 위험 감수? 당신은 아직도 정말 위험한 게 뭔지 모르는 것 같군. 경고하지, 날이 밝기 전에 현오가 간 곳에 대해 알아 와."

월화회주는 여전히 남궁진화가 억지 요구를 한다고 생각했다. 하지만 남궁진화의 눈에서 푸른 번개를 보는 순간, 달리 반박할 말이 떠오르지 않았다.

월하회로 돌아와서도, 월하회주는 한동안 진화와의 대화를 상기했다.

월하회주는 지금도 남궁진화가 비치던 순수한 증오를 생각하면 몽골이 송연해지는 듯했다.

"회주님. 회주님!"

호위무사로 있는 월하회 표석당주 등소위가 큰 소리로 월하회주를 불렀다.

월하회주는 등소위의 목소리에 정신을 차렸지만, 여전히 가시가 박힌 듯 진화의 말이 마음에 남았다.

"……대체 내가 뭘 모른다는 걸까?"

"후, 아직도 아까 그 애송이의 말을 생각 중이십니까?"

"애송이? 그냥 애송이가 아니었네. 남궁세가의 보물로 온갖 관심과 애정을 받으며 컸다고 했는데, 그건…… 사랑만 받고 큰 애송이가 할 눈이 아니었어. 광마제의 제물이었다고 들었는데, 뭔가 더 있었던 걸까?"

월하회주가 눈빛을 가라앉히며 말했다.

그 모습에 등소위가 한숨을 쉬었다.

"후, 남궁 공자의 무위가 확실히 우리 예상보다 위였던 것은 인정하지요. 하지만 그래 봐야 겨우 약관도 살지 못한 애송이입니다. 그 나이 때에는 우정이 세상보다 중요하다고 생각할 수 있지 않습니까."

등소위는 회주가 지나치게 남궁세가 소공자의 말을 신경 쓴다고 생각했다.

하지만 월하회주의 생각은 달랐다.

"그 애송이가, 우리의 기감을 완전히 속이고 발밑에 뇌전을 번뜩였네. 현무단주가 있었다지만, 장안 인근을 벌집 털 듯 쑥대밭으로 만들었고. 문제는, 그런 자가 우리 일을 그르치고자 한다면, 우리만 곤란해지는 것으로 끝나지 않을 거라는 걸세."

"그렇게 염려되신다면, 정의맹이나 남궁세가 쪽으로 협조를 구해 보시죠."

말 안 듣는 아이를 마음대로 혼낼 수 없다면 보호자를 찾으면 된다는 말이었다.

월하회주의 설명에도 불구하고, 등소위는 여전히 남궁진화를 좀 힘이 센 어린아이 보듯 했다.

월하회주는 구태여 등소위의 생각까지 고치려 하지 않았다. 당장 급한 일이 있었기 때문이다.

"늦네. 당장 오늘 밤에 현오를 찾으려고 마상 노인의 가게를 뒤질 기세던데…… 쯧! 골치 아프게 되었군!"

월하회주가 혀를 차며 미간을 찌푸렸다.

그러자 표석당주 등소위가 뚱한 얼굴로 말했다.

"행방을 알려 주지 마시죠. 아니면 해 뜨기 직전까지 기다렸다 알려 주시든지."

"허! 그러다 우리에게 쳐들어온다면?"

"설마요. ……죽이기야 하겠습니까?"

다소 성의 없고 안일한 말이었지만, 틀린 말도 아니었다.

남궁세가와 정의맹의 체면을 봐서도, 월하회를 어쩌지는 못할 것이다.

하지만 당장 장안 인근의 귀천성 소속 문파를 순식간에 십수 개나 정리해 버린 추진력.

거기에 소속 문도들을 단 한 명도 살려 두지 않았던 잔인한 손 속이었다.

"현무단주를 통해서 정보를 주는 것으로 하지."

월하회주는 진화에게 명분을 주지 않는 선에서 시간을 지체시키기로 했다.

"이번에 여우사냥은 반드시 성공해야 하네. 성녀님과 영석당 무사들이 올 때까지, 근방에 있는 월하회 전력도 모두 준비시켜 놓게. 정의맹이 우리 일을 방해하게 둬선 안 되네."

"정보를 정체시키고, 정의맹의 움직임까지 파악해 놓겠습니다."

"무력 충돌은 안 되네. 우리 무사들의 목숨을 귀천성과의

싸움이 아닌 다른 일에 써선 안 돼."

"명심하겠습니다."

등소위가 명을 받고 나갔다.

등소위가 나가는 모습을 보며, 월하회주가 안타까운 듯 한숨을 쉬었다.

"허어! 우리가 지금 이럴 때가 아닌데……!"

월하회는 '진화 일행이 종남파 사태를 정리하면서, 현무단주와 종남파 장문인이 그들에게 휘둘린다.'는 정보를 얻었다.

그래서 중요한 역할을 주어 관계를 원만하게 하고자 미리 만났던 것인데, 어째 관계가 더 틀어진 듯하니.

"서둘러 적호단주를 만나야겠군."

어차피 적호단주가 왔으니, 정의맹의 대표자는 적호단주라 할 수 있었다.

하지만 적호단주와 회동을 갖기로 결정하고도, 월하회주는 계속해서 남궁진화가 번뜩이던 번개를 떨쳐 낼 수가 없었다.

'여긴 대체 뭐야!'

현오는 기운으로 후각을 차단했다.

그럼에도 불구하고 보이는 광경이 워낙 충격적이다 보니, 피 냄새가 눈을 뚫고 들어오는 느낌이었다.

하지만 더 충격적인 것은, 자신이 잘못 잡혀 왔다는 사실이다.

'동남동녀 제물을 모으는 게 아니었어?'

마제들이 모은 제물이 어찌 되는지 모를 현오가 아니었다.

진화와 함께 광마제의 제물실에서 인생의 첫 기억부터 구출되기까지 보았던 것이 제물들이었다.

꿀렁거리는 고약한 독수에 산 채로 집어넣어지는 제물들.

울부짖거나 정신이 나갔거나, 발버둥을 치거나 상관없었다.

모두 검은 독수 속에서 버둥거리다가 녹아 들어갔었다.

'정성스럽게 일일이 목을 따서 거꾸로 매달아 피를 뺀다고? 이런 쓰불, 어떤 변태 같은 놈의 소굴에 잘못 걸렸군!'

거대한 욕조에 피를 받는 것을 보며, 현오가 이곳에 저를 판 이들을 향해 이를 갈았다.

그때, 한쪽 석벽이 열리면서 계단으로 누군가가 내려왔다.

"물건이 새로 왔다고?"

높은 미성이 새소리처럼 동굴을 울렸다.

그리고 곧 모습을 드러낸 여자는 새처럼 아름답고 화려한 여자였다.

좌르르르---.

여자가 걸을 때마다, 귀와 목, 팔, 다리에 한 수백 개의 장신구가 찰랑거리는 소리를 내었다.

'사치스러운 변태인가 보군.'

걸친 옷보다 장신구가 더 많은 여인을 보며, 현오가 입을 삐죽거렸다.

여자가 촤르르- 걸을 때마다, 현오의 머릿속에서 오성반점 수백 개가 왔다 갔다 했다.

여자가 욕조에 있는 피를 찍어 먹어 보기 전까지는.

'으헤헥-!'

피순대에 선지만두는 봤지만, 사람 피를 마시는 여자라니.

현오가 기겁을 하며 얼굴을 찌푸렸다.

그때, 여자가 뒤에 따라온 거대한 사내를 향해 만족스러운 듯 말했다.

"좋네. 애들이 몇 명이지?"

"서른 명 정도 됩니다."

사내의 말에 여자가 고운 아미를 찌푸렸다.

"안 돼, 모자라. 이 정도로는 사흘도 못 버틸 거야. 몇 놈 더해."

"정의맹 놈들이 인림에 나타났습니다. 월하회 놈들도 보이고요. 지금은 위험합니다."

"알아!"

사내의 말에 여인이 뾰족한 목소리로 소리쳤다.

그리고 매서운 눈길로 사내를 노려보았다.

"누가 그걸 몰라서 그래? 내가 못 버틴다고! 이거 봐, 이

거! 벌써 상하기 시작했어!”

좌르르르르-----!

여인이 팔을 들자, 손목에 감겨 있던 것들이 흘러내렸다.

그에 드러난 손목은 바싹 메말라서 허연 껍질이 쩍쩍 갈라져 있었다.

“이제 얼마나 남지 않았어! 독수가 완성됐어. 곧 혼현마제가 제물을 보내 올 거야. 길어 봐야 열흘, 그것도 못 버텨?”

“아닙니다. 만발의 준비를 해 놓겠습니다!”

여인이 손목을 보이며 짜증스럽다는 듯 묻자, 사내가 얼른 고개를 숙이며 답했다.

‘열흘이라고?’

현오가 귀를 번뜩이는 순간에도, 누군가는 눈물을 터뜨리고 있었다.

여인과 사내는 주변에 갇힌 사람들이 그들의 대화를 듣는 것에 전혀 상관하지 않았다.

도살장에 차례를 기다리는 가축을 보는 듯, 그저 스윽- 한번 보고 지나칠 뿐이었다.

여인이 지나가다 현오와 눈이 마주쳤다.

놀란 현오가 얼굴을 숙였다.

“스님?”

여인은 현오의 민머리와 승복을 보고 눈썹을 실룩거렸지만, 그뿐이었다.

"하긴 중이 무슨 상관이야. 오늘은 이만하면 됐어. 나머지는 사흘 후에 잡아."

"예."

여인의 말과 동시에, 거대한 사내의 뒤로 있던 검은 무복의 무사들이 욕조를 끌기 시작했다.

스르르륵---!

다른 쪽의 석벽이 열리자, 넓은 통로가 나타났다.

여인과 함께 검은 무복의 무사들이 피가 가득 찬 욕조를 끌고 들어갔다.

그리고 잠시 뒤, 무사들만 밖으로 나왔다.

그동안 현오는 사내의 얼굴을 힐끔거렸다.

혹시 사내가 눈치챌까 기척도 줄여 가면서, 눈만 도르르 굴렸다.

'처음 보는 얼굴이야. 그래도 아까 혼현마제 어쩌고 한 걸 보면, 내가 영 잘못 팔려 온 건 아니라는 말이지? 그럼 아까 그 피는 다 뭐야? 여자는 누구고! ……설마 저 여자가 환마제 여시인가?'

현오의 눈동자가 부지런히 움직였다.

그때, 사내의 시선이 현오에게 향했다.

'……!'

현오가 얼른 고개를 숙였다.

"……."

"대주님?"

"……가지."

잠시 현오 쪽을 보던 사내는 곧 수하들과 함께 계단을 올라갔다.

그들의 발소리가 들리지 않고서야, 현오는 참았던 숨을 뱉었다.

"휴우. 간 떨어지는 줄 알았네."

현오가 작게 안도했다.

하지만 아직 여자가 나가지 않았으니 안심할 수 없었다.

"곤란해. 나무아미타불 관세음보살. 부처님, 지금 제자가 몹시 곤란해요."

현오가 혹시 몰라 등을 돌린 채 몸을 말았다.

붉게 변한 눈을 들킬세라, 얼른 눈을 감고 염불을 외웠다.

탕-!

남궁교명이 문을 박차고 뛰어 들어갔다.

"그 인간들 가만두지 않을 거다!"

"일단 뒤져. 깡그리."

진화의 냉랭한 말이 떨어지자, 정의무학관 일행은 물론 적호단주가 지원해 준 적호단원들이 순식간에 흩어졌다.

"무슨 일입니까!"

"비켜!"

퍼-억!

팽수가 팔을 휘두르자, 그들을 앞을 막던 중년인이 단숨에 나가떨어졌다.

"으악!"

"습격이다! 습격이다!"

겁에 질린 이들이 소리를 지르고, 곧 진골장에 있던 무사들이 모두 튀어나왔다.

챙-! 챙-!

"웬 놈들이냐!"

진골장의 경비대장이 검을 들고 소리쳤다.

그때.

파지지지직---!

"크앗!"

생전 처음 겪는 뇌기와 온몸이 화끈거리는 고통에, 경비대장은 겨우 검을 놓치지 않은 채 뒤로 밀려났다.

"누구……!"

경비대장은 뒤의 말을 채 잇지 못했다.

혼이 빨려 들어갈 듯 아름다움과 천벌이 내릴 듯한 공포를 동시에 보았기 때문이다.

순식간에 경비대장의 멱살을 쥐고 끌어당긴 진화가, 그의 얼굴을 마주하고 말했다.

"정의맹 지부와 거래하는 상인들은 네놈들이 사 갔다. 전부 내놔."

"크읏! 개소리 집어치…… 크아아아악-!"

말이 끝나기도 전에, 경비대장은 몸속이 타들어 가는 고통에 비명을 지르며 온몸을 뒤틀었다.

하지만 진화는 그를 놓아줄 생각이 전혀 없는 듯했다.

"사 온 노예들, 어디 있어?"

"내가…… 말을…… 할…… 것 같나?"

"그렇다면 죽어라."

이가 부서졌는지 피를 흘리면서도 정보를 뱉어 내지 않는 경비대장의 모습에, 진화가 그의 멱살을 놓았다.

그리고 검을 휘두르려는 그때.

쉐에에에엑---!

퍼------엉!

진화가 제게 날아든 검기를 쳐 내자, 검기는 진화의 기운에 밀려 한쪽 벽을 부쉈다.

녹색 비단 장포를 걸친 노인의 바로 뒤에 있는 벽이었다.

"정의맹의 젊은 피들이 왜 내 사업장에 왔을까?"

내 사업장.

그 말이 아니라도, 진화는 노인이 월하회주가 말하던 마상 노인임을 알아보았다.

"네놈들이 정의맹 소속 상인들을 사 갔더라고. 그들은 어디 있지?"

"글쎄. 미안하지만 나는 알지 못하는 일이로군. 노예의 출신과 배경을 알고 사 오지도 않거니와, 이미 사 온 노예를 대가없이 내주는 경우도 없소."

"……목숨값이래도?"

"난 이미 살 만큼 살아서, 노예의 값으로는 턱도 없을 것 같소만?"

진화의 검이 겨눠지는 순간에도, 마상 노인은 눈 하나 깜짝하지 않았다.

그에, 진화가 검을 휘둘렀다.

"크억!"

진화가 옆에 쓰러져 있던 경비대장의 목을 그은 것이다.

"너희 전부의 목숨을 말하는 거다."

진화의 말에 마상 노인이 굳은 얼굴로 진화를 노려보았다.

"노예상인의 노예를 대가 없이 건드린다는 것이 무슨 뜻인지 아오?"

마상 노인이 진화를 향해 살기를 뿜었다.

그에 진화가 미소를 흘렸다.

"상관없어. 정의맹은 우리 사람을 찾는다는 명분이 있으니까."

"명분?"

"내가 너희 전부를 죽여도 되는 명분."

말과 동시에 진화가 마상 노인의 살기를 뇌전으로 태워 버렸다.

그리고 날카로운 뇌전이 마상 노인을 향하던 그때.

"도련님!"

남궁구가 진화를 향해 달려왔다.

"사람들을 찾았어!"

-현오가 없다!

크게 떠드는 말과 달리, 전음으로 전하는 진짜 본론.

남궁구의 표정이 굳어 있는 이유였다.

불길한 느낌과 함께, 진화의 심장이 쿵 내려앉았다.

그때, 진화의 귀로 마상 노인의 목소리가 들렸다.

"사람들을 찾아? 찾는 사람이 없을 텐데?"

진화가 눈을 크게 뜨고 마상 노인을 보았다.

그러자 마상 노인이 진화에게 싱긋이 웃어 보였다.

"허허허! 뭔가 착오가 있었던 모양이오. 정의맹 사람들이 내 사업장에 있었다니. 내 사비로 값을 치르고 그들을 내주지. 그러면 이제…… 우릴 죽여도 되는 명분은 사라진 것인가?"

마상 노인이 진화를 조롱하듯 물었다.

구휼할 진賑 불행 화禍 : 악몽에서 깨어나는 법

진화는 입 안쪽을 피가 나도록 깨물었다.

–구, 그…… 정소팔인가 뭔가 하는 인간 찾아.

진화는 울컥 솟아오르는 화를 겨우 누르고, 남궁구에게 짧게 전음을 보냈다.

그리고 저를 비웃는 마상 노인이라는 자를 보았다.

녹색 비단 장포 안으로 마른 듯하지만 제법 단단한 기세가 느껴지고, 파르르– 떨리는 입가가 꿋꿋하게 저를 향해 웃고 있었다.

'뼈가 시릴 정도의 음기를 견디는 노예상인이라…….'

진화가 마상 노인을 향해 사르르 웃었다.

언제까지 저를 비웃을지 보자.

진화가 독기를 뿜듯 마상 노인에게 보내는 음기를 늘렸다.

"정의맹 사람들을 순순히 내준다니, 다행이군. 하마터면 오늘 바쁠 뻔했어. 당신의 사업장을 전부 다 뒤져야 하는 줄 알고 아찔했거든."

"허허허! 그건 본인이 더 아찔할 일이로군. 아직도 정신이 산란하니, 이제 그만 내 사업장에서 나가 주겠소?"

"정의맹 사람들을 확인하는 대로 곧장 물러나 주지. 정의맹이 평범한 노예상을 괴롭힐 이유는 없으니까."

진화가 티 나지 않게 다리를 부들거리는 마상 노인을 위아래로 훑어보았다. 그리고 자비를 베풀듯 먼저 등을 돌렸다.

마상 노인이 안도의 한숨을 쉴 찰나.

"아, 그런데……."

진화가 갑자기 돌아보았다.

"요즘 노예시장에서 약관 전후의 젊은 남녀만 찾는 손님이 있던가?"

자비는 개뿔, 저를 놀리려는 수작이었던가.

갑자기 돌아본 진화에 마상 노인의 얼굴이 부르르 떨렸다.

"허어, 글쎄올시다. 젊은 남녀를 찾는 이들은 많지. 젊고 튼튼한 이들은 쓰임새가 많아서."

"하긴."

바들바들 떨리는 다리가 이제 거의 한계점이라.

마상 노인의 이마로 흘러내리는 식은땀을 보며 진화가 만

족스러운 듯 웃어 보였다.

"그럼 또 보자고."

진화가 일행과 함께 떨어지지 않는 발걸음을 움직였다.

동시에 진화의 얼굴도 무섭게 굳었다.

"크윽!"

"장주님!"

진화의 등 뒤로, 마상 노인의 신음과 그의 수하들의 목소리가 들려왔다.

"평범한 노예상인일 리 없지."

어지간한 무인도 견디기 힘든 고문을 티 없이 받아 낸 마상 노인을 생각하며, 진화의 눈빛이 서늘하게 내려앉았다.

'이 조롱은 다음번에 꼭 갚아 주지!'

진화의 눈동자 속에서 사나운 번개가 날뛰고 있었다.

막무가내로 쳐들어간 한 장원.

쉐에엑-----!

퍼---엉!

앞을 가로막고 있던 안채의 대문도 단순에 날려 버렸다.

그러자 안채에서 눈에 익은 사람들이 급히 나왔다.

"공자-!"

저를 향해 큰 소리를 내는 중년인을 보고, 진화가 단숨에 그의 코앞까지 날아갔다.

"이게 무슨……?"

"현오가 없었다! 어떻게 된 거지? 우릴 속인 건가?"

월하회주가 입을 떼기도 전에 진화가 쏘아붙이듯 말했다.

사납게 으르렁거리는 목소리에 살기마저 배어 있어, 월하회주는 당황스러운 기색을 감추지 못했다.

"그게 무슨 소리요?"

월하회주의 멀끔한 얼굴을 보자니, 진화는 속에서 천불이 이는 듯했다.

"무슨 소리? 그건 이제부터 그쪽이 알아봐야지!"

퍼---엉!

말과 동시에, 진화가 팔을 휘둘러 건물 기둥 중 하나를 날려 버렸다.

말 그대로 기둥 가운데가 산산조각이 나면서 터져 나갔다.

"이보시오!"

월하회주가 사색이 되어 소리를 질렀지만, 진화는 전혀 개의치 않았다.

진화의 뒤에 있던 일행도 진화를 말릴 생각이 없는 듯, 월하회주를 노려보고 있었다.

"고의든, 능력 부족이든 상관없다. 현오를 찾아내. 그게 아니라면, 귀천성의 첩자로 간주하고 전부 죽여 주지."

"말이 심하시오!"

표석당주 등소위가 결국 참지 못하고 나섰다.

그러자 진화의 눈이 그를 향했다.

"헙!"

천둥 번개가 치는 하늘처럼, 푸른 번개가 번뜩거리는 눈동자와 마주한 표석당주는 저도 모르게 숨을 삼켰다.

"지금은, 말만 심한 걸 다행으로 여겨야 할 거야."

경고와 협박이 섞인 진화의 말에 표석당주는 어떤 말도 할 수 없었다.

진화의 눈에서 들끓는 살기가 진심임을 느꼈기 때문이다.

그때, 월하회주가 한숨과 함께 입을 열었다.

"고의가 아니오. 어찌 된 연유인지 알아보고 다시 정보를 알아내겠소. 한 가지, 현오에 대한 정보는 차단 중이니, 결코 놈들에게 정체를 들키는 일은 없을 것이오. 그건 약조할 수 있소."

현오가 없을 거라곤 상상도 못 했는지, 월하회주의 표정에는 혼란스러움과 걱정이 그대로 드러났다. 그러나 진심이 묻어나는 월하회주의 말에도 불구하고, 진화는 살기를 풀지 않고 오히려 그를 향해 싸늘한 비소를 날렸다.

"당신은 아직도 모르는군. 천살지체에 대해 놈들이 알게 되는 게 문제가 아니야. 현오가 언제까지 그걸 억제할 수 있느냐가 중요한 거지."

천살지체는 단순히 체질로 말할 수 있는 것이 아니었다.

소림의 정순한 내공 수련과 불마대법에도 불구하고, 현오는 때때로 끓어오르는 살욕을 견디려 만두를 손에서 놓지 못했다.

"현오가 위험해지기 전에 찾아내야 할 거야. 그게 아니라면, 앞으로 밤엔 다른 사람들이 장사를 하게 되겠지."

진화는 월화회주와 안채 어딘가를 노려보며, 시릴 정도로 차디찬 협박을 남기고 등을 돌렸다.

"……허!"

뒤도 돌아보지 않고 장원을 나가는 진화를 보며, 월하회주가 참았던 숨을 터뜨렸다.

그리고 사색이 된 얼굴로 부서진 기둥 뒤편을 보았다.

그때, 기둥 뒤편에 있는 방에서 한 사람의 목소리가 들렸다.

"회주답지 않은 실수를 하셨군요."

온화한 여성의 목소리가 단호한 어조로 월하회주를 질책했다.

"성녀님, 괜찮으십니까? 남궁 공자가……."

"내가 있는 것을 알고 있더군요."

"그런……!"

야희성녀의 말에 월하회주가 경악을 금치 못했다.

남궁세가의 공자가 야희성녀의 존재를 알고서도 그 앞에 있는 기둥을 날렸다는 말이 무슨 뜻이겠는가.

우연인 줄 알고도 내려앉을 뻔했던 심장이, 우연이 아니라는 걸 알자마자 벌떡거리기 시작했다.

야희성녀(夜熙聖女).

십이좌회의 일인이자, 월하회를 비롯한 중원 밤의 어머니.

살아 있는 무림의 영웅이자 전설을 향해 서슴없이 협박을 해 대는 그 공자는 대체 뭐란 말인가.

"저, 정의맹과 남궁세가에 정식으로 항의를 해야겠습니다. 이건……."

"제왕검 그 늙은이는 재밌다고 웃을 거고, 정의맹주도 대충 웃으면서 송구하다고 하고 때우겠죠."

"하지만 성녀님!"

"그만. 이번엔 이쪽이 실수한 겁니다."

야희성녀의 단호한 목소리에 월하회주는 물론 표석당주와 호위들도 공손하게 고개를 숙였다.

"적호단주도 경솔했어요. 어떤 경우에도 천살지체를 내줘선 안 됐는데. 요즘 아이들은 왜 그렇게 겁이 없는지…… 한시라도 빨리 찾아야 합니다. 혼현마제가 움직이고 있어요."

"모든 눈을 집중시키겠습니다."

야희성녀의 말에 월하회주가 냉정을 되찾고 결연하게 답했다.

밤의 눈이 혼현마제의 움직임을 지켜보고 있었다.

하지만 이번만큼은, 야희성녀는 혼현마제의 움직임을 막

아설 생각이 없었다.

"혼현마제나 환마제나, 모두 우리가 죽였던 이들입니다. 그 역천대법이 대체 어떤 것이기에 죽였던 놈들이 되살아난 것인지, 이번 기회에 확인해야겠어요. 그 전에 현오를 구해야 합니다."

"만월의 의지대로 하소서."

야희성녀의 말에 월하회주가 가슴에 손을 올리고 공손하게 읍니다.

혼현마제가 나타나는 것을 막지 않겠다는 말에도 불구하고 굳건한 신뢰는 흔들리지 않았다.

탕——!

"빌어먹을!"

적호단주 팽치가 문을 부술 듯이 닫고, 욕지거리를 뱉으며 들어왔다.

집무실에 있던 현무단주 운해가 놀라지도 않고 물었다.

"오늘은 대체 무슨 일입니까?"

"진화가 월하회에 현오를 찾아내라고 한바탕 난리를 친 모양이야."

"네?"

"현오를 놓쳤어, 월하회 놈들이! 젠장!"

진화 일행이 오는 동시에 현오에 대해서 들은 적호단주는 치미는 분노를 간신히 참고 있는 얼굴이었다.

"월하회라면……?"

"십이좌회에 온다는 지원이 그 망할 할마시더군! 천살지체를 내주다니 무슨 생각이냐고 한바탕 뜯기고 왔어. 누가 놓칠 생각으로 했겠냐고!"

퍼-억!

"아……!"

적호단주의 말을 들으며 현무단주의 얼굴도 심각하게 굳었다.

일이 꼬일 대로 꼬였지만, 그들의 실수였다.

적이 쳐들어와 장가 부락을 덮칠 줄 몰랐고, 그들이 빠진 사이에 월하회가 끼어들 줄도 몰랐고, 놈들이 월하회의 눈까지 속일 줄 몰랐다.

전부, 몰라선 안 되는 것들이었다.

"제기랄-!"

쿵!

적호단주가 결국 화를 참지 못하고 의자를 내리치자, 의자가 산산조각으로 부서졌다.

"할마시 말이 하나도 틀린 게 없어. 내가 안일했던 거다."

"아닙니다. 우리 모두가 잘못한 거지요. 그런 것보다 한시라도 빨리 현오를 찾아야 합니다. 남궁 공자 일행은 어찌하고 있습니까?"

"어쩌긴. 마상 노인한테 쪽 좀 당했나 봐. 월하회에 찾아가서 기둥 하나를 날려 버리고, 이제는 인림 근처로 오는 산적, 마적, 귀천성 휘하 문파 가릴 것 없이 두들겨 패고 있어."

적호단주의 말에 현무단주의 눈이 휘둥그레졌다.

"그들을 왜요?"

"마상 노인이 명분을 없앤다며 순순히 우리 사람들을 내준 모양이야. 어디서 꼬라지가 뒤틀린 건지, 겨우 생각해 낸 방법이 그 모양인지. 노예시장에 들어갈 노예를 끊어 놓겠다는군."

말을 하던 적호단주의 입가에 처음으로 웃음기가 걸렸다.

곱게 생긴 얼굴에 그런 성질머리가 있을 줄 누가 알았겠는가.

"괜찮은 겁니까?"

이미 진화의 손 속을 아는 현무단주가 불안한 듯 물었다.

"정의맹이 정의구현 하겠다는데 어쩌겠어? 정의맹이 관여하지 않겠다는 건 노예시장 한정이니까…… 그 전에 현오를 찾아야지. 젠장!"

결국 현오에 대한 걱정으로 귀결되는 결론에, 적호단주가 자책을 하며 자신의 머리를 쥐어박았다.

"야희성녀께서 나서 주시면 곧 현오의 행방을 알아낼 수 있지 않겠습니까?"

"그렇겠지. 괜히, 정보력 하나로 십이좌회에 든 할마시가 아니니까."

적호단주의 간절한 이면에는 야희성녀에 대한 믿음이 깔려 있었다. 정보에 관해서 그 귀신같은 할마시를 믿지 않으면 누굴 믿겠는가.

쪽팔리긴 하지만, 지금은 그쪽에 매달려 볼 수밖에 없었다.

"남궁 공자……는 별걱정 없겠지만, 괜한 분풀이에 다치는 이들이 있으면 곤란합니다. 좀 말려 보시지요."

"허! 그놈을 내가?"

현무단주의 걱정스러운 요청에, 적호단주가 어림도 없다는 듯 콧방귀를 뀌었다.

그에 현무단주가 답답한 듯 한숨을 쉬었다.

"남궁진혜에게 요청이라도 해 보는 것은 어떻습니까?"

"남궁진혜?"

남궁진혜의 이름이 나오자, 적호단주가 작게 이를 갈았다.

"그 새끼 지금 장가 부락에 있는 첩자 찾겠다고 미친개처럼 날뛰고 있다. 네가 가서 좀 말려 보지그래?"

"……."

적호단주의 되물음에 현무단주는 입을 꾹 다물고 말았다.

결국 지금은 월하회에서 현오에 대해 알아 올 때까지 두 남궁의 미친 널뛰기를 보고만 있어야 할 판이라.

"하아."

"후우."

적호단주와 현무단주가 동시에 한숨을 터뜨렸다.

그리고 잠깐, 서로를 위로하는 침묵이 흐르고.

적호단주가 눈빛에 이채를 띠었다.

"그런데 이상하지? 느낌이 쎄-한데, 이쪽이 아니야."

"이쪽이 아니라니요?"

"장가 부락에 첩자를 아무리 찾으려고 해도, 쎄-한 놈이 하나도 없어. 다들 하늘이 무너질 듯이 그러고 있고, 다른 문파 사람들도 조용하고."

"그런데 뭐가 이상한 겁니까?"

적호단주의 말에 현무단주가 고개를 갸웃거리며 물었다.

본래 첩자가 '나 첩자요.' 하고 돌아다니는 것도 아니고, 찾기 힘든 거야 당연한 것 아닌가.

하지만 이전부터 적호단주의 저 '쎄-한 느낌'이 귀천성에 한해서 꽤나 믿을 만한 것도 사실.

현무단주는 적호단주의 말을 그냥 넘기지 않았다.

그때, 집무실 문을 열리며 적호단원 하나가 뛰어 들어왔다.

"단주님, 첩자로 의심되던 사람 중 하나가 목을 맨 채 발견되었습니다!"

적호단원의 말에, 적호단주와 현무단주가 벌떡 일어섰다.

그 시각.

진화에게도 누군가 빠르게 달려왔다.

"도련님, 없대!"

"그게 무슨 말이지?"

진화는 남궁구의 뜬금없는 말에 미간을 찌푸렸다.

하지만 어찌나 바쁘게 달려왔는지, 남궁구도 곧바로 말을 전하지 못하고 숨을 골랐다.

"후우. 한 사람이 없대. 마상 노인한테서 받아 온 우리 쪽 사람 중에, 한 사람이 없대!"

남궁구의 말에 진화의 눈이 번뜩 뜨였다.

"당장 적호단주에게 지원 요청하지."

"어쩌게?"

"다 같이 있는 중에 하나가 비잖아. 진골장에 다시 가 봐야지."

진화의 말에 산적들을 묶고 있던 일행이 하나둘 모여들었다.

툭.

"으악!"

나하연과 당혜군도 잡고 있던 산적들을 던지듯 두고 진화에게 왔다.

"부디, 동행하게 해 주겠소?"

"그 뚱땡이가 거기서 굶고 있는 건 좀 너무하죠."

"당장 가지."

적호단의 지원을 요청했지만, 지원을 주는 건 적호단주의 마음 아니겠는가.

진화와 일행은 적호단의 지원을 기다리고 있을 생각이 없었다.

"진골장을 전부 부숴서라도 현오를 찾아낸다."

"예!"

파견 나온 동의생들의 장은 여전히 진화라.

진화의 명에 일행이 우렁차게 답했다.

달려가는 뒷모습이 어쩐지 신이 난 듯도 보였다.

산과 산 사이에 모여 있는 작은 집들.

곳곳에 농사를 짓는 성실하고 순박한 사람들.

서늘한 공기가 만드는 정적 속에서, 사람들의 웃음소리 외엔 개울 소리와 새소리가 전부인 한적한 시골 마을이었다.

삐———————이!

마을의 제일 꼭대기 집으로 작은 새가 날아들었다.

파닥파닥.

바쁜 날갯짓으로 창가에 내려앉은 새는, 하얀 손이 내주는 먹이를 먹고 다리에 숨긴 전서를 내주었다.

"오. 이런……."

단아한 옷차림에 자애로운 표정, 온화한 인상의 중년 문사. 백의를 입은 제갈무진, 아니 혼현마제가 놀란 듯 눈을 크게 떴다. 그리고 곧 곤란한 표정을 지어 보였다.

"여시가 벌써 독수를 완성했다는구나."

"환마제께서, 벌써 말입니까?"

맞은편에 있던 순박한 인상의 소년이 놀란 듯 눈을 크게 떴다.

"아직 완벽하지 않다 했거늘……. 쯧."

혼현마제가 곤란하다는 듯 혀를 찼다.

그러자 소년이 조심스레 물었다.

"그럼 제가 다시 '당장은 어렵다'고 전서를 보내 볼까요?"

소년이 하는 말에, 혼현마제가 웃음을 터뜨렸다.

제 딴에는 자신의 곤란함을 해소해 주고자 나섰는데, 하기 싫은 표정이 얼굴에 역력했기 때문이다.

"허허허! 그럴 것 없다. 이리 채근하는 것을 보면, 그 작자가 급하긴 급한 모양이구나. 어쩔 수 없지."

혼현마제가 소년에게 고개를 저었다.

소년이 아니라도, 이번에는 거절하지 않을 참이었다.

"야희성녀가 움직였다는구나. 환마제도 환마제지만 장안은 중원 정벌의 중요한 교두보다. 이대로 당하게 둘 수야 없지."

혼현마제가 눈을 빛내며 한쪽 입꼬리를 올렸다.

"그럼, 차비를 하올까요?"

혼현마제를 살피던 소년이 조금 들뜬 목소리로 물었다.

"준비한 제물과 같이 움직일 것이다. 수오, 네가 빠르게 움직여야겠어."

"예. 차질 없도록 준비하겠습니다."

수오라 불린 소년이 공손하게 답했다.

달리듯 나가는 발걸음이 기쁜 기색을 숨기지 못했다.

'그러고 보니, 이번이 녀석의 첫 강호 출두인가? 허허, 좋아할 만했군.'

혼현마제가 흐뭇한 얼굴로 수오가 나가는 것을 보았다.

속내를 숨기지 못하는 순박한 소년은, 뇌평과 한문혜에 이은 혼현마제의 세 번째 제자였다.

죽은 뇌평은 무공은 뛰어나나 성격이 너무 급하고 아둔했으며, 잡혀 간 한문혜는 재능은 쓸 만하나 생각이 깊지 못하고 교활하기만 했다.

수오는 나이는 어리지만, 앞선 이들과 달리 매사 차분하고 생각이 깊었다.

조금 느리긴 하지만 결과를 만들어 낼 줄 아는 아이이니, 이번에도 제 마음에 차게 준비할 수 있을 것이다.

"그나저나, 남궁진화와 소림 현오가 장안에 있다고? 허허허. 일이 재밌게 되었구나."

유쾌하게 웃는 혼현마제의 눈이 요사스럽게 빛났다.

급하게 집무실을 뛰쳐나온 적호단주와 현무단주가 장가 부락으로 갔다.

여기저기 널브러진 시체는 전부 치웠지만, 여전히 지독한 죽음의 냄새가 가시지 않았다.

죽음의 냄새라는 건 특별할 것이 없었다.

가시지 않은 지독한 혈향과 온갖 부패물의 냄새.

자연사라면 모를까.

신체가 훼손되거나 장기가 몸 밖으로 나온 상태라면 죽은 직후부터 그런 냄새들이 풍겨 오기 시작한다.

다행히 현무단과 적호단이 빠르게 시체를 모으고 합장을 했기에, 남은 냄새들은 모두 비극의 찌꺼기들뿐이었다.

다만, 유독 한 집에서는 아직도 생생한 죽음의 냄새를 풍기고 있었다.

"단주님, 저기입니다!"

단원의 안내에 따라 달려간 적호단주와 현무단주는, 안의 상황에 눈살을 찌푸렸다.

"뭐야, 벌써 치우면 어떡해!"

적호단주 팽치가 얼굴을 구기며, 시체를 싸매고 있는 단원들에게 소리를 질렀다.

그때, 한쪽에 누군가 더 큰 소리로 소리를 질렀다.

"아, 왜 소리를 질러요!"

적호단에서 단주에게 이럴 수 있는 사람은 단 한 사람뿐이었다.

"남궁진혜, 네가 먼저 왔냐?"

"예!"

적호단주가 조금 민망한 듯 묻자, 남궁진혜가 더 큰 소리로 대답했다.

"조사 다 끝났으니까 내렸죠. 타살입니다."

"타살?"

남궁진혜의 말에 적호단주의 눈썹이 들썩였다.

정의맹 본부에서 각종 사건의 뒤처리를 하고 의선문과 협업까지 하면서, 본의 아니게 시신에 대한 지식을 쌓게 된 적호단이었다.

힘쓰는 것 못지않게 머리도 좋은 남궁진혜는 적호단주도 신뢰할 수 있는 조사관이었다.

적호단주는 어리둥절한 눈으로 남궁진혜를 보는 현무단주에게, '한번 믿어 보라'는 듯 고개를 끄덕여 주었다.

"오니까 대들보에 목을 맸더라고요. 무공도 높지 않은 사람이 주변에 먼지 자국 하나 건들지 않고 목을 매는 게 가당키나 합니까? 게다가 저기…… 어디서 죽었는지, 신발엔 흙이 있는데 바닥은 깨끗하고. 발버둥친 흔적도 없고, 목에 있는 시반도 목을 맨 줄이랑 다른 겁니다."

"다른 줄?"

"예. 다른 줄로 죽이고 나서 목을 맨 게 확실합니다. 어떤 환장할 놈들인지, 위장하는 데에 성의도 없어요."

남궁진혜가 욕지거리를 섞으며 이죽거렸다.

적호단주화 현무단주의 표정이 자살을 들었을 때보다 더 심각하게 변했다.

"왜 하필 이 사람이지?"

"사람들 행적을 조사하는데, 행적을 구체적으로 밝히지 않은 세 명 중에 하나였어요."

"첩자로 의심받던 사람이라는 건가?"

"우리는 의심을 안 했는데, 장가 부락 사람들 사이에서 의심이 컸죠."

남궁진혜가 한숨을 쉬며 말했다.

조사 중에도 남궁진혜와 눈도 마주치지 못해 벌벌 떨던 사람이었다.

첩자를 할 수 있는 간담도, 능력도 없는 사람이라, 남궁진혜가 죽은 시체를 향해 아쉬운 눈빛을 보냈다.

"의심 가던 용의자를 죽였다? 입막음일까?"

적호단주의 물음에 남궁진혜가 고개를 저었다.

"확인 결과 진짜 첩자가 아니었습니다. 행적을 밝히지 않은 건, 마누라와 자식이 죽는 동안 바람피우러 간 걸 들킬까 봐 그런 거고요."

"죽어도 싼 놈이네."

"그래도 첩자는 아니죠."

남궁진혜가 아쉬워한 이유였다.

차라리 진짜 첩자가 입막음 당해 죽은 거였다면, 속이라도 시원했을 텐데.

"그럼 진짜 첩자가 의심을 피하기 위한 것. 아니면 눈이 돌아간 장가 사람들 중 하나가 원한으로 죽인 것. 둘 중 하나인가?"

적호단주의 눈빛이 밖에서 구경 중인 사람들을 향했다.

장가 부락 사람들 모두가 멀건 가깝건 혈연관계가 있었다.

그러니 장가 부락 사람들은 전부 남자의 유가족인 동시에 남자의 죽은 아내와 딸의 유가족이 될 수 있었던 것이다.

그때, 현무단주가 고개를 갸웃거리며 물었다.

"왜 하필 지금일까요?"

"뭐?"

현무단주의 말에 적호단주가 무슨 뜻이냐는 듯 물었다.

"사람들이 장례를 치른다고 바쁘다지만, 장가 부락엔 현무단원들도 많았습니다. 첩자를 찾는다고 적호단원들도 돌아다녔고요. 지금 뭔가를 하기엔, 너무 위험하지 않습니까?"

현무단주가 남궁진혜를 힐끗거리며 말했다.

조금 전까지도 남궁진혜가 장가 부락을 이 잡듯이 들쑤시고 다니던 차였다.

누군가 나쁜 일을 도모하기에는 위험부담이 너무 큰 시기였다는 것이다.

"마치 우리가 이쪽에 집중해 주기를 바라는 듯, 자꾸 일을 만드는 것도 이상하지 않습니까?"

"그렇지. 그런 건 보통 더 중요한 일이 있을 때에 시선을 돌리려고……."

현무단주의 말에 적호단주가 고개를 끄덕이며 동의했다.

그리고 동시에 눈을 마주쳤다.

"현오!"

"진화!"

"……어?"

현무단주와 적호단주가 갑자기 나온 다른 소리에 옆을 돌아보았다.

남궁진혜가 지하여장군 같은 얼굴을 하고 씩씩거리고 있었다.

"우리 진화가 지금 그 영감탱이 족친다고 갔다는데, 이 새끼들이 우리 진화를 노린 게 틀림없습니다!"

"……진화를? 왜?"

"남궁 공자가 위험해……질까요?"

"어쨌든! 그럼 놈들이 노리는 게 뭐겠습니까? 하필 진화가 인림에 갔을 때에 장가 부락을 습격하더니, 이제는 진화가 진골장을 노리는 때에 이런 사달을 만들어? 우리 진화를 노리는 거면, 내가 진짜 이 새끼들을 가만 두나 봐라!"

남궁진혜가 이를 갈며 사방에 살기를 뿌렸다.

현무단주와 적호단주는 그런 남궁진혜를 전혀 이해할 수 없다는 눈으로 보았다.

누가 들어도 앞뒤가 맞지 않은 말이라.

-그냥 남궁 공자 중심으로 끼워 맞춘 거 아닙니까?

-이 새끼가 하는 말, 반은 그냥 흘려. 머리는 좋은데, 거의 쓰질 않으니까.

적호단주의 말에 현무단주가 슬쩍 고개를 끄덕였다.

물론 그렇다고 남궁진혜의 말이 전부 말이 안 되는 건 아니었다.

"장가 부락 습격은 몰라도, 이번 건 확실히 이상합니다."

"중요한 일을 위해서 우리 시선을 돌리는 거라…… 그럼, 이번에 남궁진화가 물고 달려간 것도, 진골장 놈들이 일부러 유인한 걸 수도 있나?"

"……!"

적호단주가 던져 본 말에, 본인은 물론이고 현무단주와 남궁진혜의 얼굴이 순식간에 굳어 버렸다.

"지금 당장 단원들 이끌고 진골장으로……."

"쓰불! 우리 진화 건드리는 놈은 반드시 변사체로 만들어 주마!"

적호단주가 심각한 어조로 명을 내리기도 전에, 남궁진혜

가 달려 나가고 없었다.

"후우, 일단 가지."

남궁진혜를 잡고 호통을 치기엔, 시간이 없었다.

진골장의 본 장원.

몇 개의 주루와 객장, 도박장과 노예경매장을 겹겹이 두르고, 그 안에 요새처럼 자리한 거대한 장원이었다.

다만.

퍼----엉!

팽가 형제와 나하연이 마음먹고 주먹을 휘두르자, 그들을 막을 수 있는 문은 없었다.

"비켜--!"

주루 하나를 그대로 뚫고 들어간 팽가 형제와 나하연이 진골장 대문을 날려 버리자, 진골장의 무사들이 사방에서 쏟아지기 시작했다.

그에 당혜군이 은화대침으로 주루 이 층에서 내려오는 이들의 움직임을 막았다.

움직이지 못하는 이들에 의해 계단마저 막혔다.

남궁구와 남궁교명은 위에서 뛰어내리는 이들을 향해 마음껏 검을 휘둘렀다.

뛰어내리기 위한 큰 자세는 치명적인 빈틈을 노출했고, 남궁구와 남궁교명은 그들의 급소를 노리는 데에 망설임이 없었다. 진화 일행과 함께 온 적호단원들도 처음에는 당황하는가 싶더니, 이제는 그러려니 다가오는 무사들을 해치우기 시작했다.

챙-! 챙챙---!

진화 일행이 진골장 무사들을 밀어내며 진골장 장원 안으로 들어갔다. 그러자 안에서 마상 노인과 그 수하들이 나왔다.

"대체 이게 무슨 행패요---!"

사자후같이 울리는 마상 노인의 노성에, 싸움이 잠시 멈추었다.

그리고 그 사이로 진화가 천천히 걸어 나왔다.

"행패? 우리는 그저 정의맹을 농락한 간 큰 노예상인에게 정의를 실현하는 것뿐이다."

저렇게 아무렇지 않게 개소리를 하다니.

진화의 말에, 마상 노인보다 함께 있던 남궁구를 비롯한 일행이 더 놀란 표정을 짓고 있었다.

마상 노인의 얼굴에 분노가 치밀어 올랐다.

"닥치시오! 우린 분명 손해를 감수하고 정의맹의 일에 협조했소. 그런데 이렇게 막무가내로 쳐들어와 놓고, 정의구현이라! 지금 이 인림과 전쟁이라도 벌이겠다는 말이오?"

단단히 화가 난 듯, 마상 노인이 협박조로 물었다.

하지만 진화에게 전쟁은 협박거리가 되지 못했다.

"협조라…… 나도 너무 당당하게 호의를 베풀기에 그런 줄 알았더니, 어째서 한 사람을 빼 놓았지?"

"한 사람을 빼 놓았다? 그럴 리 없소! 아니면 다른 곳에 팔려 갔겠지. 나는 진골장에 들어온 정의맹 사람들을 모두 내주었소."

"그래? 어쩌면 그쪽의 말이 맞을 수도 있겠지. 하지만 정말 우릴 농락한 것이 아니라면, 노예장 문을 열어 확인시켜 주겠나?"

진화야말로 전쟁을 원하고 있었다.

현오도 현오지만, 눈에 보이는 위험 요소는 모조리 치워 버리고 싶은 것이 진화의 진심이라.

"허어! 말도 안 되는 소리-!"

마상 노인이 진화의 억지를 거절하는 순간.

진화의 눈이 기다렸다는 듯 번뜩였다.

"그럼 어쩔 수 없지. 우리 눈으로 열어서 확인하는 수밖에!"

쉐에에엑------!

진화는 마상 노인이 말을 바꾸기 전에 검기부터 날렸다.

"장주님!"

"커억---!"

날카로운 검기가 곧장 마상 노인을 향하고, 무사들이 몸을 던져 그 앞을 막았다.

진화나 일행의 생각보다 진골장 무사들의 충성심이 높은 것은 예상 밖의 일이었다.

하지만 달라질 것은 없었다.

－어떻게 하려는 거야?

－현오가 내공을 쓰지 않는 이상 우리가 찾기는 힘들어. 현오가 언제까지 버틸지 알 수도 없고.

－그럼 여길 완전히 없애려는 거야?

남궁구의 전음에, 진화가 마상 노인을 보며 말했다.

"우리가 원하는 사람을 내놓을 때까지 검을 휘둘러야지."

진화의 눈이 살기로 매섭게 빛나고, 마상 노인 또한 지지 않고 진화를 노려보았다.

"이 인림을 없애려는 시도가 진즉부터 없었을 성싶으오? 나라도, 정의맹도, 이 인림을 없애지 못하는 데에는 다 이유가 있는 것이라오."

마상 노인이 싸늘하게 웃으며 손을 들자, 진골장 사방의 문이 열리고 그곳에서 무수히 많은 무사들이 검을 들고 쏟아졌다.

"와아아아아－－!"

지금까지와 달리, 사나운 기세를 뿜는 무인들이었다.

착. 착. 착. 착. 착.

낮은 담벼락과 높은 주루 위에는 활을 든 사병들마저 있었다.

"뭐야? 이 사람들은? 기다리고 있었던 거야?"
남궁구가 놀란 눈으로 사방을 보며 물었다.
다른 일행의 얼굴에도 당황한 기색이 역력했다.
"한 사람이라고 했소? 어디 한번 잘 찾아보시오."
마상 노인이 진화를 향해 웃어 보였다.
"처음부터 이걸 노린 함정인가?"
"어리고 겁 없는 짐승일수록 덫에 잘 걸리는 법이지."
지난번 진화를 조롱하던 그때와 비슷한 눈빛과 표정이, 진화의 심사를 뒤틀었다.
"허!"
자신만만한 마상 노인을 보며, 진화의 입꼬리가 비틀렸다.
진화가 서늘하게 가라앉은 눈으로 주변을 돌아보았다.
얼마나 많은지도 모를 무사들과, 자신들을 겨누는 화살들.
"함정이라고?"
"오, 당연히 어린 맹수의 숨통을 끊을 검도 준비해 뒀네."
마상 노인의 뒤로 거대한 덩치의 무인들이 모습을 드러냈다.
마상 노인이 진화와 일행을 향해 비릿하게 웃었다.
"겁이 많군."
진화가 매서운 눈으로 마상 노인을 노려보았다.

전혀 생각지도 못한 함정.

처음부터 정의맹 일행 중 한 명을 제외하고 내준 것부터, 진화가 뿜는 한기를 견디고 진화를 조롱했던 것까지.

모두 지금의 상황을 노린 것이었다.

진화가 깜박 속아 휘둘렸을 정도로, 마상 노인의 계책과 인내심이 놀라웠다. 하지만 거기까지였다.

이곳은 사람을 사고파는 인림(人林)이었다.

가장 흔한 것도 사람이요, 가장 가치가 없는 것도 사람이라. 가장 위험한 것도 사람이었다.

마상 노인은 이 인림을 지배하는 이들 중 하나인 만큼, 진화 일행을 죽이기 위해 보기만 해도 질릴 정도로 겹겹이 무사들을 동원했다. 하지만 마상 노인의 바람처럼 그들을 보고 겁을 먹었는가 하면…… 글쎄다.

경지를 넘어선 진화 앞에, 진골장의 무사들은 덩치 큰 어린아이와 다름없었다.

그들의 숫자가 많으면 많을수록, 마상 노인이 얼마나 진화 일행을 경계하는지 알려 줄 뿐이었다.

진화의 말처럼, 겁을 먹은 것은 마상 노인이었다.

"쏴라-!"

마상 노인의 말이 떨어지기 무섭게 화살 비가 쏟아졌다.

휭-휭-휭!

화살 비는 바람이 찢기는 소리와 함께 떨어졌다.

진화와 일행은 옆에 있는 무사들을 방패삼아 당장의 화살을 피했다. 그리고 곧장 남궁구와 남궁교명이 뛰어올랐다.

쉐에에엑---!

"으아아악-!"

남궁구와 남궁교명의 검기가 사납게 난간을 부수고, 화살을 쏘던 병사들을 베었다.

쏴아아아악---!

타다다닥- 탁-!

당혜군의 은화대침이 하늘에 만천화우를 뿌렸다.

날카롭게 내리는 은하대침이야말로 하늘에서 내리는 차디찬 꽃이라.

당혜군은 강철 비를 궁수들의 눈에 박아 넣었다.

"아아악! 내 눈--!"

"크아아악!"

초반부터 생각과 다른 전개에, 마상 노인이 급해졌다.

"막아라! 더 쏴라! 저들을 반드시 여기서 죽여야 한다!"

마상 노인이 다급하게 무사들에게 소리쳤다.

하지만 그보다 먼저.

"타아아아아--!"

쩌어어어억-!

팽가 형제가 나무를 뽑았다.

"저, 저!"

마상 노인이 경악하며 손가락질했다.

팽가 형제는 불그스름한 기사를 피워 올리며, 뿌리째 뽑은 나무를 휘두르기 시작했다.

퍼-억!

"크---악!"

"아악!"

진골장의 무사들이 검을 휘둘러 보기 전에 나무에 얻어맞곤 가슴이 으스러진 채 일어나지 못했다.

챙! 챙! 채--앵!

나하연의 주먹이 저를 향해 휘두르는 검을 부러뜨렸다.

그리고 이무기가 승천을 시작하듯, 나하연의 움직임이 점점 빨라졌다.

"타아앗--!"

사천패룡권(四天覇龍拳) 화룡결기(火龍決起).

나하연의 움직임이 끓는 용암처럼 무사들이 쓸었다.

조용하고 묵직하게.

그리고 무도(無道)하게.

퍼-억!

펑! 펑!

간결하고 치명적인 권기가 무사들의 피육을 뜯고, 뼈를 부

러뜨렸다.

"이, 이게 대체……!"

마상 노인이 경악을 금치 못한 채 눈앞의 광경을 보았다.

그의 치밀한 계획에 단 하나, 치밀하지 못했던 것.

그건 마상 노인이 진화 일행에 대해 제대로 알지 못했다는 것이다.

진화 일행을 '좋은 배경에 명성만 높은 애송이들'이라고 생각한 것이 오산이었다.

배경만 좋은 것이 아니라, 누대로 중원의 기득권을 차지한 명문의 정수를 이은 것이었다.

명성만 높은 것이 아니라, 명문에서 애쓰고 정성을 들여 키워 낸 미래 중 손에 꼽히는 강자들이다.

정의맹이 귀천성과의 전쟁을 위해 닦고 벼른 칼이었다.

하지만 그중 가장 치명적인 실수는, 창천화룡 남궁진화에 대한 소문을 믿지 않고 묵살했다는 것이었다.

약관도 되지 않아 경지를 넘어선 무인.

광룡귀면대 수백과 대주 흑면마룡 무맥을 죽인 신룡.

'소문이 전혀 과장이 아니었단 말인가!'

마상 노인의 눈동자가 세차게 흔들렸다.

꿈처럼 새파란 뇌전이 마상 노인의 눈앞에서 번뜩였다.

파지지지지직------!

"끄아아아아악-!"

"아아악!"

귀를 찢을 듯한 비명이 기세 좋게 덤벼들던 진골장 무인들의 입에서 터져 나왔다.

이처럼 숫자가 많을 때에는 상대의 목숨을 끊는 것보다, 전투 불능 상태로 만드는 것이 더 효율적이라.

쉐에에엑---!

경지를 넘어선 인지 사이로, 진골장 무인들의 움직임이 하나하나 눈에 들어왔다.

"아아악!"

"크-악!"

진화의 움직임은 길을 잃은 춤꾼처럼 불규칙하게 나풀거렸다. 하지만 그때마다 진화의 검이 적의 어깨관절을 베고, 무릎을 부수고, 인대와 신경을 끊고, 큰 근육을 깊게 잘라 피를 흩뿌렸다.

진화는 아주 빠른 움직임으로, 부위를 가리지 않고 무엇이든 베어 적을 넘어뜨렸다.

무수히 많은 인해전술로 하여금 진화 일행을 지치게 한다는 계획조차, 진화의 앞에서는 무용지물이었다.

진화의 눈이 마상 노인을 찾았다.

마상 노인은 건장한 이국의 무사들에게 둘러싸여 잘 보이지도 않았다.

그러나 마상 노인과 눈이 마주쳤다 생각한 순간, 진화가

입꼬리를 말아 올렸다.

"사람들 속에 숨어서 떨고 있는 꼴이 퍽 애처롭구나."

진화는 마상 노인을 겁박하듯, 여유로운 태도로 걸어 나갔다.

쉐에에엑--!

진화의 검이 피를 뿌리고.

파지지지지지직---!

"크아아악!"

피에 실린 뇌격이 적의 살을 태웠다.

진화는 제 앞을 가로막는 무사들을 하나하나 뚫으며, 마상 노인을 보았다.

차분하게 가라앉다 못해 얼음처럼 시린 눈.

진화와 눈이 마주치는 순간, 마상 노인이 말을 짓씹듯 뱉어 냈다.

"지독한 놈!"

일부러 저러는 것이 분명했다.

'눈치챈 것인가?'

마상 노인이 전장을 둘러보자, 역시나 다른 관도생들은 필사적으로 싸우고 있었다. 아직 이상함을 눈치채지 못한 얼굴이었다. 오직 진화만이 마상 노인의 앞에서 잔인하게 무사들을 죽이고 있었다.

'놈이 눈치채고, 일부러 다른 일행을 혼전으로 보냈구나!'

마상 노인이 동원한 무사들 중엔 돈을 주고 산 이들도 있었지만, 아닌 이들이 더 많았다.

특히 그의 주변을 에워싼 무사들은 환마제의 환몽 세례를 받은 이들이었다.

저들에겐 환마제와 그 주변을 지키는 것이 천명이었고, 마상 노인의 명을 하늘의 의무처럼 받아들이도록 세뇌되었다.

그래서 진화의 뇌전에 완전히 공포에 질렸음에도, 도망치지 못하고 진화의 앞을 가로막고 있는 것이다.

그 또한 마상 노인의 계략 중 하나였다.

조금 시간이 지난 후, 정도 무림 애송이들이 그것까지 알아차리고 나면, 그들은 차마 무고한 사람들에게 살검을 휘두르지 못할 것이라.

최소한 죄책감을 느끼며 주춤거릴 것이라 예상했다.

그런데 어떻게 눈치챈 것인지, 오직 진화만이 마상 노인을 노리고 있었다.

그리고 보란 듯이 아무렇지 않은 얼굴로 눈앞의 무사들을 죽이며 걸어오고 있었다.

진화의 손 속에 망설임이라곤 없었다.

"시간을 끌어 될 것이 아니구나. 놈을 죽여라."

마상 노인의 명이 떨어지자, 그의 곁을 지키던 거대한 체격의 무사들이 앞으로 나섰다.

⁂

무고한 사람들?

검을 든 사람들 중에 무고한 사람이 누가 있단 말인가.

환술이든, 세뇌든, 뭐든.

저들이 환마제를 따르며 어떤 악행을 저질렀든.

진화는 상관없었다.

제 앞에 검을 들고 막아선 이들은 모두 적이라.

눈먼 정의가 아니라 남궁세가를 택한 그 순간부터, 진화는 적들에게 줄 연민이나 동정을 모조리 버렸다.

쉐에에엑----!

진화가 망설임 없이 눈앞에 선 자들의 사지를 베어 나갔다. 도망치고 싶은 순간에도 가장 앞서 있는 것이 검을 든 손과 걸음을 옮기는 발이라.

쉐에엑--!

"크아아악!"

푸른 검기가 눈에 보이는 사지를 닥치는 대로 잘라 냈다.

사방으로 뿜어지는 피가 앞을 가렸다.

그때.

챙--! 챙챙---!

어느새 달려온 거대한 사내들이 진화를 향해 월도를 휘둘렀다.

진화의 검과 몇 번의 부딪힘에 불꽃이 튀었다.

"오호."

진화가 저도 모르게 작게 감탄했다.

내력이 실린 검과 팽팽하게 맞설 정도의 힘.

'그럼 이건 어떤가.'

진화의 눈매가 가늘어졌다.

쉐에에엑----!

눈 깜짝할 사이에 검풍이 일며, 진화의 검이 사내들의 다리를 노렸다.

타앗!

휙휙-!

거대한 사내들이 순식간에 뛰어올라 공중에서 몸을 회전했다. 그리고 곧장 진화에게 월도를 찔러 들어왔다.

휘-익!

월도 하나가 진화의 코끝을 스칠 듯 지나고, 이어서 머리 위에서 강한 바람이 느껴졌다.

채-앵!

이번에는 진화가 피하지 않고 월도를 받아 냈다.

한 사내가 튕겨 나가듯 뒤로 날아갔다. 하지만 이내 다른 사내들이 사방에서 진화를 향해 월도를 찔러 왔다.

물 흐르는 듯 자연스럽게 이어지는 합격이 소림 백팔나한들 못지않았다.

아니, 오히려 체격이나 힘, 날렵함은 그들보다 한 수 위일 정도였다. 게다가 처음 보는 이국적인 외모.

'어디서 이런 작자들을 구했을까.'

단순한 호기심일 뿐.

중요한 건, 이 사내들에게선 세뇌나 의지를 제약당한 흔적이 보이지 않는다는 사실 자체였다. 그건 곧, 마상 노인이 환마제의 환술과 별개로 움직였다는 말이었기 때문이다.

진화의 시선이 마상 노인을 찾았다. 그는 긴장한 듯 굳은 얼굴로 사내들과 진화의 전투를 지켜보고 있었다.

'노예 상인이 환마제를 따를 이유는 많지. 사람을 부리기에 환술만 한 것도 없을 테니. 세뇌가 아니라 스스로의 의지로 환마제를 따르는 거라면, 스스로의 의지로 환마제를 배반하기도 쉽겠구나!'

진화가 마상 노인을 향해 사르르 웃어 보였다.

크고 검은 눈동자에 푸른 번개가 번뜩이는 동시에, 진화의 검이 새파란 뇌전에 휩싸였다.

콰과광---쾅!

하늘에서 천둥 번개가 치는 소리가 귓전에 울렸다.

진골장 무사들이 놀라 하늘을 쳐다보았다. 하지만 그건 진화의 검이 이국 무사들의 월도를 부수는 소리라.

마상 노인의 귀에는 '살필 만큼 살폈으니, 이제 슬슬 끝을 내겠다.' 하는 선언처럼 들렸다.

쉐에에에엑---!

방금 전과 완전히 다른 속도와 차원이 다른 힘.

순식간에 이국 무사들의 몸에 혈선을 남기며 거리를 벌린 진화가, 공기를 찢고 푸른 뇌전을 쏘아 보냈다.

퍼---엉!

"크아아악--!"

머리카락을 태우며 짜릿한 열기가 온몸을 관통하는 순간, 이국 무사들이 비명을 질렀다. 벌겋게 달군 창날에 산 채로 꿰뚫린 듯한 고통은, 몸뿐 아니라 정신에도 치명적인 상처를 남겼다.

거대한 사내들이 바닥에 쓰러져 거품을 물고 온몸을 떨어 댔다. 그 광경에, 환마제의 세뇌에도 불구하고 진화의 앞을 막고 있던 무사들이 주춤주춤 물러섰다.

마상 노인의 얼굴이 창백하게 질렸다.

'이번 일은 실패로구나!'

애써 준비한 무사들이 모두 쓰러지고 있었다. 도무지 믿기 힘들었지만, 눈앞에서 벌어지고 있는 일이었다.

마상 노인은 제가 정의맹 무인들을 과소평가했음을 인정하고, 더 늦기 전에 이곳을 빠져나가기로 했다.

스읏. 스읏. 스읏.

갑자기 앞의 무인들이 뭉치기 시작하자, 의아함을 느낀 진화가 마상 노인을 찾았다.

진화는 무인들이 친 인의 장벽 너머로, 마상 노인이 도망치는 것을 발견했다.

"그렇게 놔둘 수야 없지."

현오가 언제까지 인내하고 버틸지 알 수 없는 상황이었다.

그 와중에 제 발로 나타난 환마제의 수하라니.

진화는 마상 노인을 놓칠 수 없었다.

'어쩔 수 없지.'

진화의 눈이 차갑게 내려앉아, 그의 앞을 가로막은 무사들을 보았다. 바닥에는 축축하게 피가 젖어 있었다.

천뢰제왕검법 현천섬뢰.

번-------쩍!

순식간에 눈앞을 가린 섬광(閃光).

너무 밝아서 차라리 아득해질 정도의 강렬한 빛이 번뜩인 후. 비명도 없이 진화의 앞을 막던 무사들이 쓰러졌다.

실감이 나지 않아서 더 섬뜩한 광경에, 싸우고 있던 이들이 손을 멈추고 진화를 보았다.

진화의 신형이 이미 죽은 이들을 뛰어넘어 앞으로 달려가고 있었다. 그리고 갑작스러운 정적에 이상함을 느낀 마상 노인이 뒤를 돌아본 순간.

퍼-억!

"컥!"

무언가가 마상 노인의 목을 밟아 쓰러뜨렸다.

바닥에 코와 입을 부딪치며 피가 터졌다.

갑작스러운 충격과 비릿한 혈향에 정신을 차리기도 전에, 마상 노인의 위에서 결코 듣고 싶지 않았던 목소리가 들렸다.

"어리석은 함정이었어."

마상 노인이 힘겹게 고개를 돌렸다.

진화는 마상 노인의 목을 밟은 다리에 힘을 빼 주었다.

그가 고개를 들어 저를 볼 수 있도록.

그리고 자신만만하게 저를 내려다보던 처음과 달리, 피투성이로 겨우 눈만 치켜뜬 마상 노인을 내려다보며 말했다.

"맹수에게 사냥당하는 건, 어리고 성급한 짐승이 아니라 늙고 약한 짐승이다."

진화는 처음 당했던 조롱을 고스란히 돌려주며, 사르르 입꼬리를 말아 올렸다.

마상 노인의 얼굴이 참담하게 일그러졌다.

그와 동시에.

"진화야----!"

남궁진혜와 함께, 뒤를 이어 적호단원들이 뛰어 들어왔다.

적호단주가 상황을 보며 소리쳤다.

"모두 검을 버려라! 죽기 싫으면 검 버리고, 꿇어-!"

맹수의 포효처럼 사납고 위압감이 느껴지는 외침에, 진골

장 무사들이 주춤거렸다.

"뭐 하느냐! 상황 정리해라!"

"충-!"

적호단주의 명에 적호단원들이 나서 진골장 무사들을 사로잡기 시작했다.

그리고 적호단주는 남궁세가 남매를 보며 한숨을 쉬었다.

벌써 진화에게 달려간 남궁진혜가 호들갑을 떨며 진화의 몸을 살피고 있었다.

물론 그동안에도, 진화의 발밑에는 마상 노인의 목이 밟혀 있었다.

"후우, 후박나무 쌍가래 같은 새끼들! 몇 대 쥐어박을 수 있으면 속이라도 편하겠구먼."

적호단주가 구시렁거리며 남궁세가 남매에게 다가갔다.

"단주님, 이자를 심문해서 현오가 있는 곳을 알아내야 합니다."

"단주, 이 새끼 사지를 분지른 다음에 대가리를 칩시다!"

남매가 동시에 하는 말에, 적호단주는 골머리를 짚었다.

곧 아플 것 같았다.

"하아. 하아……."

아무것도 하지 않았는데 숨이 가빠 오는 것은, 온몸이 끓는 듯 달아올랐기 때문이었다.

현오는 주체할 수 없는 열기를 견딜 수 없어서 슬슬 승복 앞섶을 열었다. 하지만 그것으로 해결할 수 있는 열기가 아니었다.

똑-. 똑-.

코가 아릴 듯 비릿한 혈향이 계속해서 현오의 심장을 두드렸다.

똑-. 똑-.

붉은색이 식욕을 요동시키고.

똑-. 똑-.

정말 견딜 수 없는 것은, 빨갛게 떨어져 내는 핏방울 소리라. 귀를 막아도 들리는 핏방울 떨어지는 소리에 더 이상은 견딜 수 없었다.

"이제, 이제 더는 안 되겠어."

저거라도 마셔 버려야지.

뭐라도 먹어서 속을 채워야지!

현오는 더 이상 속에서 끓는 열기를 견디지 못하고, 철창으로 다가갔다. 이미 공포에 질려 희망을 잃어버린 노예들은, 죽은 듯 누워서 현오가 뭘 하는지 관심도 두지 않았다.

달칵. 달칵달칵.

현오가 철창을 쥐고 흔들었다.

"거기, 뭐야?"

밖에서 감옥을 지키던 흑의 무사들이 신경질적으로 현오를 노려보았다.

감옥을 지키고 선 두 사람.

물론 그들이 하는 말 따위가 현오의 귀에 들릴 리 없었다.

저 욕조의 피를 전부 마셔 버려야지!

저거라도 마셔야지!

마음을 먹고 나자, 안에 있던 욕구가 폭발하고 말았다.

쾅! 쾅쾅쾅쾅--!

현오가 금빛 내공을 일으켜 수갑과 사슬을 내리치고, 철창을 내리쳤다.

"뭐, 뭐야! 저 미친놈! 그만하지 못해?"

흑의 무사가 당황해서 소리쳤다.

간혹 노예 중에 미쳐 날뛰는 놈이 없지는 않았으나, 이번엔 심상치가 않았다.

아니나 다를까.

카앙! 캉--앙!

현오가 제 손목에 감긴 사슬을 끊어 내고, 감옥의 철창마저 끊어 버렸다.

"멈춰라-!"

흑의 무사 중 하나가 철창으로 달려왔다.

철장을 끊은 노예는 이제껏 없었던 터라, 흑의 무사는 단번에 다가가지 않고 검을 겨눴다. 하지만 이틀 뒤 욕조를 채워야 할 노예라 쉽게 죽일 수 없었다.

"멈추지 않으면 죽이겠다!"

흑의 무사가 현오를 위협했다. 하지만 현오는 고개를 숙인 채 몸을 움츠리고 있을 뿐이었다.

"……."

"뭐라는 거야? 멈추라잖아!"

"비……켜."

"뭐?"

흑의 무사가 잘 들리지 않는 말소리에 인상을 찌푸리며 한 걸음 다가왔다.

그때.

우두둑—!

흑의 무사의 목이 돌아가며 그대로 쓰러졌다.

"이봐, 무슨 일이야?"

다른 흑의 무사가 놀라 다가오기 전에, 그 또한 섬뜩한 소리를 들었다.

푸—욱.

"컥! 무, 무슨……?"

동료에게 가려던 흑의 무사는 제 내장이 다른 사람의 손에 짓이겨지는 것을 보며, 그대로 눈을 부릅뜨고 쓰러졌다.

"그러니까…… 빨리 비키라고 했잖아."

현오가 제 발밑에 쓰러진 흑의 무사를 보며 무표정하게 말했다.

현오의 두 눈이 새빨간 내장 조각을 쥔 손처럼 붉었다.

쉐에에에엑--!

정면에서 날아드는 검기를 피해 현오가 급히 몸을 날렸다.

진골장을 접수한 적호단과 현무단이 빠르게 상황을 정리했다.

"저자가 환마제를 따른 것이 명명백백하니, 더 알아낼 것도 없지 않습니까?"

현무단주가 한쪽에 잡아 둔 마상 노인을 보며 말했다.

마상 노인은 아직 코와 입에서 흐른 피를 닦지 못하고 있었다.

"그렇지. 괜히 저자의 입을 열려고 시간 낭비를 하느니, 저자의 사업장을 모조리 뒤지는 게 빠를 수 있어."

적호단주가 현무단주의 의견에 동의했다.

마상 노인이 환마제를 위해 진화 일행을 함정으로 끌어들인 것에 대해 스스로 인정하였으니, 명분은 이쪽에 있는 셈이었다. 명분을 얻은 정의맹은 거칠 것이 없었다.

그게 귀천성과 관련한 것이면 더욱더.

"그럼 저자는 이제 어찌할까요?"

현무단주의 물음과 함께, 두 사람 사이에 정적이 흘렀다.

귀천성도, 특히 팔마제를 따르는 수하들에 한해 정의맹이 정한 원칙은 사살이었다.

하지만 이렇게 완벽하게 제압된 상대를 죽여야 한다는 점이 아무래도 걸리는 듯했다.

"정의맹에 보고하고 결정을 따르는 것으로 하지."

적호단주는 어려운 결정을 정의맹에 떠넘겼다.

그때.

"늦었습니다."

진화가 단주들의 집무실로 들어왔다.

"어디 갔다 왔어?"

"이걸 좀 가지러 갔다 왔습니다."

툭. 촤르르르.

진화가 흰 천에 싸인 무언가를 탁자 위에 내려놓자, 천이 벌어지며 안에 있던 것들이 펼쳐졌다.

"……."

"……그게 뭐냐?"

몰라서 묻는 것은 아니었다.

그저 믿기지 않아서 확인차 묻는 것이었다.

그걸 아는지 모르는지, 진화가 당당하게 대답했다.

"그냥 바늘로 하면 좀 덜 아플 거 같아서요. 대장간에 가

서 좀 갈아 달라고 했습니다."

씨익 웃는 모습이, 끝이 거칠게 갈린 바늘이 퍽 마음에 든 듯 했다.

"혹시 몰라 묻는 건데…… 고문할 거냐, 직접?"

적호단주가 관자놀이를 주무르며 물었다.

하지만 이번에도 진화는 당당하게 고개를 끄덕였다.

"예. 현오가 어디에 있는지 알아내야죠."

뭐라 해야 할까…….

저걸 저렇게 해맑게 웃으면서 할 이야기인가? 아니, 친구를 구하게 되면 기분 좋을 수도 있지. 아니, 그렇다고 당장이라도 죽을 것 같은 늙은이를 고문하겠다고 바늘까지 갈아 와?

진화를 보는 적호단주의 눈이 혼란스럽게 흔들렸다.

두 사람 사이로 현무단주가 곤란하다는 표정으로 끼어들었다.

"그런데 남궁 공자, 저자는 현오가 누구인지도 모를 텐데 어찌 알아내겠다는 건가?"

"……."

현무단주의 말에, 적호단주와 진화가 멀뚱멀뚱한 눈으로 그를 보았다.

'그걸 지금 애가 상관할 것 같냐?'

술에 찌든 탁한 눈이 현무단주에게 물었다.

동시에.

'알든 모르든, 끝까지 할 겁니다.'

흑요석처럼 맑고 검은 눈이 의욕적으로 반짝거렸다.

"……무량수불."

세상에 대체 도와 덕은 어디 있는 건지. 혹시 옛 조사들도 찾지 못해서 계속 수행을 하신 걸까?

현무단주는 '염세'와 '긍정'의 눈빛을 한 번에 받으며 낮게 도호를 외웠다.

그때.

"큭. 크크크크크! 커헉! 컥!"

마침 정신을 차린 마상 노인이 웃음을 터뜨리다 사래에 걸렸다.

진화와 적호단주는 무표정한 얼굴로 그를 보았다.

적호단주가 얌전히 포박된 그를 죽이기 찜찜해한 것은 사실이나, 조금이라도 허튼짓을 하는 순간엔 가차 없이 심장을 터뜨릴 참이었다.

"큭큭큭. 흠. 흠. 허허!"

기침을 그친 마상 노인이 다시 웃음을 흘렸다.

그리고 고개를 들어 진화와 적호단주, 현무단주를 보았다.

피와 흙이 말라붙은 얼굴에, 여전히 눈빛만은 형형하게 살아 있었다.

"우리가 현오를 모르고 있을 거라고? 천만에!"

마상 노인이 진화와 적호단주, 현무단주를 쏘아보며 소리

쳤다.

적호단주와 현무단주의 얼굴이 경악으로 물들었다.

'알고 있었다고?'

'현오!'

적호단주와 현무단주의 머릿속에 피투성이가 된 현오가 떠올랐다.

아주 잠깐 사이.

현무단주가 아직도 경악하고 있는 사이, 적호단주는 방법을 찾았다.

'워, 월하회!'

현오가 누군지, 또 그가 천살지체라는 걸 안다면, 귀천성이 어떻게 나올지는 뻔한 일이었다.

적호단주가 다급하게 월하회를 찾아 나서려 했다.

그런데 그때, 예상치 못한 비명이 집무실 가득 울렸다.

"끄아아아악-!"

방금까지 기세등등하던 마상 노인의 비명이었다.

놀란 적호단주와 현무단주가, 진화를 발견하고 할 말을 잃었다.

마상 노인이 목이 찢어져라 비명을 지르는 가운에, 진화가 아무렇지 않은 얼굴로 다음 바늘을 들고 있었던 것이다.

"바늘을 갈아 오길 잘했습니다. 이걸 이렇게 잘 써먹게 되네요."

진화가 입꼬리를 말고, 다시 바늘 하나를 들어 마상 노인의 손톱 밑에 밀어 넣었다.

"아아아아악---!"

진화는 마상 노인의 말에 전혀 놀라지 않는 듯했다.

적호단주와 현무단주가 혼란스러운 눈으로 진화를 보았다. 사실, 따지고 보면 진화야말로 가장 빠른 해결책을 찾은 것이라.

"아흐흑. 으으으으……!"

마상 노인이 고통스러운 듯 몸을 떨었다.

그 모습을 보며, 진화가 사뭇 친절한 말투로 마상 노인에게 말했다.

"걱정 마. 현오가 어디 있는지 알려 줄 때까지 죽이지 않을 거니까."

사르륵- 입꼬리를 말아 올리며, 진화가 마상 노인의 손톱 밑에 박힌 바늘을 잡았다.

바늘을 잡은 진화의 손엔 뇌전이 번뜩이고 있었다.

잠시 후, 마상 노인은 진화의 말이 얼마나 끔찍한 말이었는지 알게 되었다.

쉐에에엑---!

철창을 나오자마자 느껴진 위협.
뒤로 물러선 현오가 곧장 주먹을 뻗었다.
콰광--!
와르르르르르쿵!
계단이 있는 곳이 부서지면서, 계단을 막던 석벽도 부서졌다.
쉐에엑-!
그사이, 현오의 옆으로 날카로운 검이 스쳐 갔다.
팟-!
퍼억-!
현오의 팔에 얇은 혈선이 그려졌다.
대신, 상대 또한 왼쪽 팔꿈치를 잡고 물러섰다.
"크으……."
짐승처럼 으르렁거린 현오가 그제야 상대를 확인했다.
환마제 여시인 듯한 여자와 함께 내려왔던 그 사내였다.
현오와는 정반대로, 거대한 체격을 근육으로만 채운 듯한 사내는 각진 턱에 힘을 주며 현오를 노려보고 있었다.
"내가 잘못 본 거였다면 좋았을 텐데 말이야."
사내의 말에 현오가 고개를 갸웃거렸다. 그건 단지 사내가 검을 쥐고 있는 손을 잘 보기 위해서였다.
"흐으, 흐으……."
잠시 숨고르기를 하듯, 현오의 눈이 사내를 살폈다.

단단한 체격, 특히 하체의 근육이 제가 아는 그 누구보다 컸다.

자세히 보니, 사내가 든 칼은 검이 아니라 도였다.

도신이 얇긴 했지만, 여느 도처럼 날이 한쪽에만 있었다.

그것을 확인한 순간, 현오가 움직이기 시작했다.

휘이이익---!

팟-! 팟-! 팟!

지방 속에 감춰진 다리근육이 승복을 터트릴 듯 부풀어 올랐고, 현오가 발을 휘두르고 바닥을 디딜 때마다 땅이 움푹 움푹 꺼졌다.

팟-! 타악! 탁!

현오의 발이 사내의 진로를 위협하는 중에도, 현오의 주먹은 사내의 도신을 때렸다.

그리고 마침내.

휙! 휙!

둔중한 몸이 믿을 수 없을 정도로 빠르게 날이 있는 반대쪽을 돌아 들어갔다.

그리고 금빛 기운이 사내의 옆구리를 때렸다.

퍼---억!

소림의 오합권은 직선적이고 소박하지만, 그만큼 빠르고 강했다. 현오의 주먹을 피할 수 없었던 사내가 왼팔로 그것을 막았다.

옆구리가 터져 나가는 대신 왼팔을 희생한 것이다.
"큿!"
사내가 얼굴을 일그러뜨리며 신음을 뱉었다.
뼈가 완전히 박살이 난 듯 왼팔이 축 늘어졌다.
휘이이익--!
다시 현오의 몸이 빠르게 움직였다.
원을 그리듯 몸을 회전하며 사내의 도를 피하고, 도 날의 반대편을 노렸다. 왼팔이 다치는 바람에, 사내는 이전보다 현오의 움직임을 효율적으로 막을 수 없었다.
"크흐!"
현오가 그것을 알아챈 듯, 웃듯이 으르렁거렸다.
이성을 잃은 상태였지만, 붉은 눈의 맹수는 본능적으로 사내의 약점을 집요하게 파고들었다.
퍼-억!
챙! 챙! 챙!
현오의 금빛 기운이 사내의 검은 도기와 부딪히며, 감옥 안에 날카로운 쇠 성이 울렸다.
기운의 여파로 욕조에 있던 핏물이 출렁거렸다.
현오가 사내를 노려보며 욕조를 빙글빙글 돌다, 공중에 매달린 시체의 목을 킁킁거렸다.
그리고 흥분한 듯 소리를 질렀다.
"크아아아악---!"

현오의 눈이 이제 검은자와 흰자를 구분할 수 없을 정도로 붉게 물들었다. 그리고 시체의 머리를 뽑아내듯 뜯어내, 사내를 향해 던졌다.

휘익-!

사내가 시체의 머리를 피하는 순간, 현오가 사내의 귀 옆으로 다가왔다.

"크으."

퍼---억!

욕조에서 피가 튀며, 현오의 금강붕산권마저 붉게 물든 듯했다.

콰-앙!

"컥!"

사내가 도신을 들어 현오의 권을 막았지만, 결국 사내의 몸이 감옥 철장까지 내동댕이쳐졌다.

"크아아아아악!"

쓰러진 사내의 위로 현오가 고함을 지르며 달려들었다.

그런데 그때.

쉐에에에엑----! 쉭! 쉭----!

시체를 매단 쇠사슬들이 움직이며 공중에서 현오를 붙잡았다.

"으아아악!"

현오가 당황한 듯, 아니면 성질이 난 듯 발버둥 쳤다.

그 순간.

휘이이이익!

현오의 몸이 순식간에 감옥 한쪽으로 끌려 들어갔다.

출렁, 출렁, 출렁.

현오가 끌려간 뒤, 감옥은 빈 사슬이 흔들리는 소리만 들리며 다시 쥐 죽은 듯 조용해졌다.

퍼억-!

"크아아아악!"

현오가 사납게 울부짖었다. 그리고 금방이라도 피를 흘릴 것 같은 붉은 눈으로 눈앞에 있는 것을 노려보았다.

옥구슬을 꿴 주렴이 앞을 막은 너머로, 검고 거대한 형체가 보였다. 강한 기운이 느껴지는 그것에, 현오가 본능적으로 목소리를 죽이고 그것을 살폈다.

꿀렁꿀렁.

뭔가를 삼키는 소리가 크게 울리고, 검은 형제가 요동쳤다. 그리고 곧, 그릇이 깨지는 소리가 들려왔다.

챙-그랑!

"꺼억."

시원한 트림 소리.

동시에 지독한 혈향이 현오를 자극했다.
놀랍게도 검은 형체에서 난 소리였다.
"주렴을 걷어 봐라. 얼굴 좀 보게."
안에서 들린 목소리와 함께, 누군가가 움직였다.
촤르르르르---!
일전에 보았던, 옷보다 장신구가 더 많은 여자였다.
그녀가 주렴을 걷으며, 현오를 향해 요사스러운 미소를 흘렸다. 하지만 현오는 여자가 아니라 안에 있는 거대한 형체의 주인에게서 시선을 떼지 못하고 있었다.
이제는 숨소리마저 작게 줄였다.
"히, 이, 히, 이……."
가쁜 숨소리는 현오가 아닌 거대한 형체의 주인에게서 나는 소리였다.
말 그대로 거대한 형체.
사람이라고 말할 수 없을 정도로 거대한 살덩어리가, 간신히 팔과 다리로 보이는 것을 까딱이고 있었다.
살이 부푼 얼굴에서 눈에 띄는 것은 거의 파묻힐 것 같은 눈과 콧구멍 두 개, 그리고 거대한 입이었다.
그의 턱에 흘러내린 피를 정성스럽게 닦은 여인이, 밑에서 무언가를 끌어당겼다.
휙!
현오가 경계의 빛을 띠고 여인을 보았다.

또르르르르르!

핏물이 담긴 거대한 욕조.

그 위에 설치된 우물 장치.

여인이 쇠사슬을 당겨 커다란 통 가득 핏물을 퍼 올린 후, 그것을 그릇에 담아 거대한 형체의 손에 얹어 주었다.

좌아—!

거대한 형체의 손이 겨우 그것을 움직여, 입에 쏟듯이 부었다. 그러면 다시 여인이 그릇에 핏물을 채우고, 거대한 형체는 그걸 입에 붓고.

그렇게 몇 번을 한 후에야, 거대한 형체가 몸을 일으켰다.

살에 파묻힐 것 같은 눈 안에는 검은자가 점처럼 작게 보일 뿐이었다.

"크르르르르르---!"

현오가 몸을 바짝 낮추며 거대한 형체를 경계했다. 그리고 마치 거대한 형체의 눈동자에 겁을 먹은 듯, 본능적으로 그와 눈을 마주치지 않았다.

"크흐흐흐, 천살지체가 맞구나! 제대로 찾아왔어!"

거대한 형체는 이가 하나도 없는 잇몸을 드러내며 환하게 웃었다. 옆에서 여인도 기쁜 듯 웃음을 터뜨렸다.

"비표."

"예."

거대한 형체의 부름에, 방금까지 현오와 싸우던 사내가 들어와 공손하게 읍했다.

"혼현마제의 궁둥짝을 두드려야겠다. 놈에게 내가 뭘 가졌는지 알리고, 얼른 오지 않으면 이놈을 내가 먹을 거라 전해라!"

"존명."

사내가 거대한 형체의 명에 진실로 부복했다.

그야말로 사내의 진짜 주인, 환마제 여시였기 때문이다.

"흐흐흐흐! 이제 끝이야. 이 지긋지긋한 몸뚱이도! 흐흐흐흐. 흐으. 흐으……. 큭큭!"

환마제 여시가 곧 숨이 넘어갈 듯 가쁜 호흡을 하면서도 웃음을 멈추지 못했다. 그리고 가늘게 호선을 그린 채, 눈빛을 반짝이며 현오를 보았다.

"그동안 심심하니, 역천제 님의 제물은 뭐가 특별한지 천살지체의 악몽이나 감상할까?"

쉐에에에에엑-----!

환마제 여시가 손가락을 뻗자, 새하얀 기운이 현오의 몸으로 침투했다.

환마제의 검은 눈동자가 희뿌연 연기를 뿜었다.

동시에.

"크아아아악!"

현오의 비명이 환마제의 방에 울려 퍼지고.

환마제가 그것을 음악 삼아 미소를 지으며, 다시 입속으로

피를 퍼 담았다.

진화는 아주 오랫동안 싸워 왔다.

이전 생의 평생.

제물이라 정해진 운명, 사람들의 시선과 편견, 세가와 정의맹 내 진화를 몰아내려는 세력 그리고 진짜 적.

진화를 불행하게 만든 것은 그의 진짜 적이었지만, 진화를 가장 아프게 한 것은 내부에서 배척하는 세력이었다.

계속해서 주변 모든 사람을 적대하고, 원망하고, 이용당하는 삶.

그 속에서 진화는 세상을 돌아볼 여유가 없었고, 모든 것을 잃었을 때에는 세상을 돌아볼 이유가 없었다.

제 몸을 갈기갈기 찢으면서 생각한 것조차, 제게 올 죽음의 안녕이 아니라 광마제의 파멸이었으니.

진화는 늘 저보단 제 주변만을 보고 살았다. 지켜야 할 사람과 죽여야 할 사람, 모두 제 주변에 있었기 때문이다.

시간을 거슬러 온 뒤.

진화는 더 필사적으로 제가 지켜야 할 사람들을 챙겼다.

지금까지는 제법 성공적이었다.

비록 이전 생보다 몸은 어려졌지만, 전쟁에는 더 익숙해졌고 적을 죽일 이유도 더 분명해졌으니까.

"크아아아악---!"

진화가 소리를 지르는 마상 노인을 가만히 보고 있었다.

그들은 이제까지 단 한마디도 나누지 않았다.

"크윽. 지, 지금은 몇 시지? 날이 밝았나?"

마상 노인이 힘겹게 숨을 헐떡이며 물었다.

입에서 침을 질질 흘리며 묻는 모습이, 고통에 못 이겨 헛소리를 하는 모습처럼도 보였다. 하지만 그 시간이라는 게 마상 노인에게는 몹시 중요했는지, 그는 전부터 지금까지 몇 번이고 진화에게 시간을 물었다.

"큭. 끄아아아악--!"

마상 노인이 다시 비명을 질렀다.

"커헉! 컥! 컥!"

영겁 같은 고통이 지나가고, 마상 노인이 목에서 피를 뱉으며 기침을 해 댔다.

진화는 그 모습을 가만히 보고만 있었다.

물론, 마상 노인의 질문에 답을 해 준 적도 없었다.

"크윽. 시, 시간……."

"……."

조용히 마상 노인을 보고만 있던 진화가 마침내 입을 열었다.

"언제를 찾는 거지?"

진화의 물음에 마상 노인이 눈을 떴다.

잘 떠지지 않는 듯, 게슴츠레 한 눈이 진화를 향했다.

"허, 허억……."

곧 죽을 듯 숨을 몰아쉬며, 마상 노인이 진화를 보았다.

그리고 피가 흐르는 이를 드러내며 웃으려는 듯 입을 부들부들 떨었다.

"이제…… 구, 궁금한 것을 보니…… 시간이 마, 많이 흘렀구나……."

마상 노인의 얼굴에 안도감이 스친 듯했다.

"……."

진화는 여전히 무표정한 얼굴로 마상 노인을 보았다.

"끄아아아아악!"

물론 진화의 뇌전도 여전했다.

진화가 무심한 얼굴로 마상 노인의 손톱 밑에 박힌 바늘을 뽑았다. 까맣게 탄 바늘은 바닥에 떨어지자마자 동강이 났다. 바닥엔 그런 바늘이 꽤 있었다.

진화는 아무렇지 않은 얼굴로 다음 바늘을 들었다.

그때.

"자, 잠깐! ……헉. 헉. 헉!"

매번 새로운 바늘이 나올 때마다 새롭게 시작되는 지옥.

마상 노인 또한 더는 견딜 수 없었는지, 새로운 말을 꺼냈다.

"하, 하나씩, 주고받는 건 어떤가? 주고받아……."

마상 노인이 진화에게 애원하듯 말했다.

그런 마상 노인을 빤히 보던 진화가 바늘을 내려놓았다.

"현오가 있는 곳은?"

진화의 질문에 마상 노인이 잠깐 망설였다. 하지만 진화의 손이 다시 바늘로 향하자, 급하게 입을 열었다.

"지, 진골장 본부!"

마상 노인의 말에 진화가 눈썹을 까닥였다.

진골장의 본부는 며칠 전 마상 노인을 잡아 온 그곳이었다. 이미 적호단과 현무단이 그곳을 샅샅이 뒤졌었다.

"비, 비밀 통로가 있다, 다른 곳으로 이어지는!"

마상 노인의 말에 진화가 고개를 끄덕였다.

그건 이제 현오를 구하면서 확인해 볼 일이었다.

진화가 자리에서 일어서자, 마상 노인이 다급하게 진화를 붙잡았다.

"시, 시간-! 시간이 어찌 되었나?"

"이틀 지났다."

"……허어!"

겨우 이틀.

억겁처럼 괴로웠건만, 겨우 이틀이란 말인가.

마상 노인이 힘을 빠진 듯 허탈한 한숨을 터뜨렸다. 하지

만 곧 웃음을 터뜨렸다.

"흐흐흐흐. 크흐흐흐흐!"

미친 것인가.

진화가 눈썹을 꿈틀거리며 마상 노인을 보았다.

그런데 그때. 다 죽어 가는 듯하던 마상 노인이 고개를 번쩍 드는 것이 아닌가. 그리고 부리부리한 안광을 뿜으며 진화를 향해 웃어 보였다.

"내가 이겼구나!"

진화가 고개를 갸웃거렸다.

"내가 이겼어! 이게 곧 역천대법이 시작될 거다. 그 전에 환마제께서 이 장안에 있는 모든 인간들을 죽일 것이다-! 네가 늦었어!"

마상 노인이 악을 쓰듯 진화에게 소리쳤다.

"환마제 님의 진짜 무서움은 정신 지배다! 순박한 농민을 반란군으로 만든 것처럼, 선량한 백성을 살인자로, 악마로도 만드는 것이 그분이다! 이제 곧 장안의 모든 사람들이 서로 죽고 죽이겠지. 선량한 모든 이들이 네놈들을 공격할 거다! 장안에, 살아 있는 인간은 아무도 없을 거다-!"

진화는 마상 노인이 소리치는 것을 가만히 듣고 있었다.

그리고 천천히 미소를 지었다.

"그러니까…… 아직 역천대법은 하지 않았다는 거군. 아니, 환마제가 곧 역천대법을 하겠다는 말인가? 어쨌든 지금이 환마제가 가장 약할 때겠구나.”

진화가 환하게 웃으며 말했다.

“……!”

진화가 웃는 모습을 보며, 기세등등하게 소리치던 마상 노인이 그대로 멍하니 진화를 보았다.

순수하게 기뻐하고 있는 모습.

‘주인님이 가장 약할 때라고? ……이놈은 뭔가를 아는 건가?’

마상 노인이 혼란스러운 눈으로 진화를 보았다. 무엇보다 가장 혼란스러운 것은, 진화가 ‘장안을 쑥대밭으로 만들겠다.’는 말에 전혀 신경도 쓰지 않고 있다는 점이었다.

“사람들이 죽을 거다!”

마상 노인이 저주를 내리듯 말했다. 하지만 진화는 되레 그를 이상하게 보았다.

“그게 왜?”

흑요석처럼 맑고 투명한 검은 눈.

그건 정말로 어떤 감정도 없이 마상 노인을 보고 있었다.

“그, 그건…….”

진화의 물음에, 마상 노인이 더 이상 어떤 말도 하지 못했다. 그저 맑은 눈에 비친 저를 보며, 온몸에 소름이 돋고 모골이 송연해졌을 뿐이다.

진화에게서 이질감을 느끼는 건, 마상 노인만이 아니었다.

"크아아아악-----!"

안에서 들리는 고통스러운 비명을 들으며, 적호단주가 눈살을 찌푸렸다.

적응되지 않는 소리.

안에 있는 인물을 생각하면 더 적응할 수 없었다.

"이상하지 않나? 어린 녀석이 저렇게 태연하게, 당연한 듯이 사람을 고문하는 게."

적호단주의 말에, 남궁진혜가 눈을 날카롭게 뜨고 그를 보았다.

"이제 약관도 되지 않았어. 아니, 그 이전부터 저 녀석은 너무 자연스럽게 사람을 죽이고 살인을 받아들여. 그게 이상하다고 생각한 적 없나?"

"……무슨 말을 하고 싶은 겁니까?"

"저 녀석. 광마제의 제물이라고 했지?"

"다섯 살에 할아버지의 손에 구출되어 왔죠."

"그때의 원한을 기억하기에, 너무 어리지 않아?"

적호단주의 말에, 남궁진혜가 피식- 웃어 보였다.

하지만 그게 정말 웃겨서는 아니었던 듯, 이전보다 더 날카로운 눈빛으로 적호단주를 쏘아보았다.

"나이는 상관없어요. 그때 우리가 본 진화는 산 채로 죽어가고 있었어요."

그때 진화의 모습은, 남궁세가 모든 식구들에게 가장 아픈 기억이었다.

"끔찍한 모습이었죠. 그런데 제일 끔찍한 건, 진화가 그걸 고스란히 기억한다는 거예요."

진화가 가진 기억은 그게 전부가 아니었지만.

남궁진혜는 그것만으로도 아픈지 아랫입술을 씹었다.

그 모습에 적호단주 또한 안타까운 표정을 했다. 하지만 그는 여전히 석연치 않은 듯했다.

"그렇다면 더욱더, 저게 정상인 것 같으냐? 다섯 살 때까지의 기억으로, 저렇게 누군가를 서슴없이 고문하는 게?"

귀천성의 악마들 중에 특별히 잔인한 방식으로 사람을 죽이는 이들도 있었다.

그들 대부분은 어딘가 망가진 인간이었다. 그리고 인간에 대해 특별히 안 좋은 기억을 가지고 있었다.

적호단주가 걱정하는 부분은 바로 그런 것인 듯했다. 하지만 남궁진혜는 오히려 적호단주가 이상하다는 듯 고개를 갸웃거렸다.

"정상이 뭔데요?"

"뭐?"

남궁진혜가 멍청한 얼굴로 되묻는 적호단주의 얼굴에 입

꼬리를 말았다.

"웃기잖아요. 저도 그렇고 단주님도 그렇고, 우리 다들 '비정상'이라는 말을 더 많이 듣고 자라지 않았어요? 그런데 다른 사람과, 우리와 다르다고 진화에게 비정상이라고 하는 건가요?"

"……."

남궁진혜의 말에 적호단주가 할 말을 잃었다.

남궁진혜도 적호단주가 걱정하는 부분은 이미 알고 있었지만, 그와 달리 전혀 문제 될 것이 없다는 태도였다.

"어린 녀석이 벌써 이 지독한 전쟁에 익숙해진 눈을 하고 있어. 그 제물실이라는 곳에서 당한 것 외에, 전쟁이라곤 겪어 본 적 없는 녀석일 텐데. 마치 고목의 뿌리에서 어린 나무줄기가 올라온 듯이, 얼굴만 말갛지 산전수전 다 겪은 듯한 눈이야."

"우리 가족은 진화가 겪은 고통, 경험을 나이나 횟수로 계산하지 않아요."

"가족이라면 저 녀석의 인생을 걱정해야 하지 않나?"

"……."

이번에는 남궁진혜가 아무 말 없이 적호단주를 뻔히 보았다. 그러다가 슬쩍 입꼬리를 올리며 한결 편안해진 눈빛으로 전호단주를 보았다.

"진화가 가족들이나 남궁세가에 애착이 깊죠."

진화의 문제라면 식구들도 알고 있었다.

"한 사람을 이룬 세계가 작은 원이라면, 저 녀석은 중심이 비어 있는 거나 마찬가지다!"

적호단주는 남궁진혜가 진화의 문제점을 인정하길 기다렸다는 듯 말했다. 하지만 남궁진혜가 하려는 건, 그런 인정이 아니었다.

"그런 걸 뭐라고 하는지 아세요?"

"뭐?"

"태풍(颱風). 태풍에서 가장 안전한 곳은 태풍의 중심, 태풍의 눈이죠. 우린 그거면 됩니다."

남궁진혜가 적호단주를 향해 시원하게 웃어 보였다.

적호단주가 멍하니 남궁진혜의 웃는 모습을 보았다.

"크아아아아아아악-----!"

정적을 깨며, 마치 마지막을 알리는 듯한 비명이 울렸다.

"오, 지금쯤이면 입을 열었겠어요."

남궁진혜가 반가운 얼굴로 안으로 들어갔다.

적호단주는 그때까지도 남궁진혜의 뒷모습을 보고 있었다. 그를 아직도 남궁진혜의 말을 곱씹고 있었다.

'태풍의 눈이 가장 안전하다고? 그거면 돼? ……그게 무슨 말이야? 남궁진화만 안전하면 주변은 어찌 되어도 상관없다는 거야? 대체 무슨 놈의 집구석이……!'

"허어!"

적호단주가 황당하다는 듯 진화와 남궁진혜가 있을 집무실을 보았다. 그리고 고개를 저으면서 안으로 들어갔다.

그는 제 입꼬리가 슬며시 올라가 있는 걸 알지 못하는 듯했다.

새로운 노예들이 이곳으로 오고, 이틀이 지났다.

즉, 새로운 노예들을 죽여 다시 피를 채워야 하는 날이 된 것이다.

"으아아악--!"

"아악--!"

비명이 동굴 속을 울렸다. 철렁거리며 사슬이 요동치는 소리와 섞여 몹시 소란스러웠다.

왼팔에 붕대를 감은 사내, 비표의 지휘 아래 무사들이 노예들을 사슬에 거꾸로 매달고 목을 베고 있었다.

"호호호, 오늘이 마지막이로군."

온몸에서 색기를 뿜고 있는 여인이 피를 쏟아 내는 노예들을 보며 흡족하게 웃었다.

"감축드립니다, 주인님."

비표가 여인을 향해 말했다.

환마제 여시는 분명히 '안'에 있었건만, 비표는 여인을 향해 시종일관 공손한 태도를 보였다.

그리고 여인도 당연한 듯 비표에게 하대를 했다.

"혼현마제가 거의 다 왔다는구나. 대신, 야희성녀, 그 귀찮은 여자도 함께."

"야희성녀 말입니까?"

"월하회 놈들이 저를 졸졸 따라다닌다고 불평하는군. 호호호호."

여인은 혼현마제가 불평하는 모습이 퍽 웃긴다며, 큰 소리로 웃기까지 했다.

혼현마제와 야희성녀의 이름을 편하게 들먹이는 모습이, 마치 그들과 자신을 동일 선상에 둔 것 같지 않은가.

그런데 더 이상한 것은 비표가 그것을 당연하게 받아들인다는 것이었다.

'어떻게 된 거지?'

동굴 안쪽, 현오가 눈을 감은 채로 눈알을 데구루루 굴렸다.

'대체 뭐가 어떻게 된 거야!'

현오는 몸이 사슬에 감긴 채 환마제의 옆에서 자는 척까지 해야 하는 터라, 그야말로 죽을 맛이었다.

아니, 정신을 차린 걸 들키는 즉시 죽을 것이다.

"……으으……."

현오가 필사적으로 눈을 꼭 감았다.

그가 신음을 내고 얼굴을 찌푸리는 것을 신경 쓰는 사람은 아무도 없었다. 오히려 그가 편안하게 자고 있다면 더 이상하게 생각했을 것이다.

그는 지금 환마제 여시의 악몽경에 당한 상태였으니 말이다. 하지만 그들이 모르는 것이 있었다.

천살지체인 현오의 악몽은, 소림의 불마대법 속이라.

환마제가 악몽경으로 불러들인 불마대법의 대오각성(大悟覺醒)이 되레 본능만 남아 있던 현오의 이성을 깨운 것이다.

"만년독수는 이미 완성되었습니다. 혼현마제가 도착하는 즉시, 역천대법을 시행할 수 있도록 준비해 놓았습니다."

"그것만으로는 안 돼--!"

비표의 말에 여인이 비명을 지르듯 소리쳤다.

"이번 역천대법은 그 어떤 방해자도 있어선 안 돼! 야희성녀, 그 더러운 계집도, 월하회와 정의맹의 벌레들도 전부!"

방금까지 웃고 있던 여인은 미친 듯 소리를 지르며 화를 내고 있었다.

그녀가 얼마나 역천대법을 예민하게 받아들이고 있는지 목소리에서마저 그녀의 분노와 걱정, 기대가 느껴지는 듯했다.

"역천대법을 치르는 칠 주야. 이제 때가 되었어. 이번에는 정말 어떤 방해꾼도 있어선 안 돼. 다 죽여야, 죽여야 안심이 돼. 이번에도 실패하면 안 된다고! 이젠 정말 끝이야!"

여인이 입술을 질근질근 씹으며 말했다.

미친 사람처럼 중얼거리며 불안에 떠는 모습에, 비표는 조용히 입을 다물고 명령을 기다렸다. 그리고 마침내 여인이 중얼거리기를 그만두고, 비표를 불렀다.

"비표, 안 되겠어. 숨기는 걸로는 부족해."

"예."

표독스러운 얼굴.

하지만 그보다 더 지독한 건, 여인의 눈빛이라.

"전부 죽여 버려라."

"……."

여인이 비표를 향해 말했다.

여인의 눈에서 새하얀 연기가 타고 있는 듯했다.

"내일, 혼현마제가 도착할 거다. 내가 역천대법을 시행하는 동안, 너는 사혈객들을 이끌고 장안으로 들어가. 그리고 전부 죽여 버려! 월하회든 정의맹이든, 거기서 절대 나오지 못하게!"

"존명."

비표가 고개를 숙이며 명을 받들었다.

"이번에는 결코 방해하도록 두지 않을 거야."

여인과 환마제 여시가 동시에 말했다.

그리고 안에서 그 모든 이야기를 듣고 있는 현오는…….

'이제 진짜 어쩌지? 이러다가 진짜 꼼짝없이 죽겠네!'

"으으으……."

딱 맞는 시점에 신음을 흘리며 최선을 다해 꿈틀거리고 있었다.

현무단주의 집무실.

이제는 적호단주와 함께 쓰다가 진화가 마상 노인을 고문하는 고문실이 되어 버렸지만, 어쨌든 정의맹 장안 본부에서 가장 중요한 방임에는 틀림이 없었다.

그곳에 지금 적호단주와 현무단주를 비롯해서 종남파와 중소 문파 장문들, 면족과 장족 부락 대표자들까지, 장안 무림의 대표들이 모두 모였다.

진화도 정의무학관 관도생들을 대표해서 함께 자리했다.

"비밀 통로라니……."

현무단주가 표정을 굳혔다.

진골장의 정리를 주도한 곳이 현무단이라, 현무단주는 미리 비밀 통로를 알아내지 못한 데에 책임감을 느낀 듯했다.

하지만 이 자리의 누구도, 그것에 대해 현무단주의 책임이라 말하는 이는 없었다.

"정교하게 만들어진 기관으로 입구를 가리고, 다른 사업장과 이중, 삼중으로 연결시켜 놓은 것을 어떻게 찾았겠어, 인림보다 오래된 것을."

적호단주가 현무단주를 위로하듯 말했다.

그때, 진화가 끼어들었다.

"중요한 것은 현오를 구하러 갈 사람들과 앞으로 있을지도 모를 놈들의 공격을 대비하는 것입니다."

진화는 현무단주의 위로나 하면서 시간을 보낼 생각이 조금도 없었다. 발등에 불이 떨어진 상태이긴 장안 무림 모두가 마찬가지라.

진화의 말에 화제는 금방 전환되었다.

"현오의 정체를 알고 있다면, 그곳의 방비가 쉽진 않을 겁니다."

"하지만 반드시 구해야 합니다."

"누가 그걸 모릅니까? 왜 하필 지금 이렇게 된 거냐는 거지요!"

"그렇게 중요한 사람을 왜 미끼로 보낸 겁니까?"

많은 중소 문파 장문들이 정의맹의 작전을 책망하듯 말했다. 하지만 그 이면에는, 장안이 위험한 상황에서 그쪽으로 전력을 보내고 싶지 않다고 말하려는 의도라.

"그동안의 실종에 환마제가 관여한 정황증거를 가지고 움직였던 겁니다. 최대한 환마제가 찾을 만한 조건에 맞추다 보니 현오가 참여하게 된 것이고요."

"흐음, 그렇다면 작전을 성공이나 하든지……."

적호단주의 말에도 몇몇 사람들이 구시렁거리듯 불만을

그치지 않았다.

하지만 그들의 말은 모두 결과론적인 것들뿐이었다.

세상 어느 임무도 위험부담 없이 실행할 수 없었다.

그런데도 잔소리를 붙이는 건, 책망이 아닌 화풀이에 지나지 않았다.

현무단주와 달리, 적호단주는 그런 말을 얌전하게 들어 주는 사람이 아니었다.

"그때, 하필, 장가 부락이 습격을 받아서 말입니다. 우리가 그쪽으로 전력을 빼지 않았다면 작전은 성공적이었겠죠."

"흐음."

"적호단주는 그게 무슨 뜻이오? 장가 부락을 괜히 구했다는 말이오?"

적호단주의 말에 한 사람이 대번에 버럭 소리를 높였다.

제가 거북한 소리를 하는 건 괜찮지만, 듣는 것은 싫은 모양이었다.

이기적이고 드센 사람들.

"우리 정의맹은 연맹 문파를 돕기 위해 위험을 감수하고 최선을 다하고 있다고 말씀드리고 있는 겁니다!"

적호단주는 그들 하나하나를 노려보듯, 눈을 마주치며 말했다.

정치적인 말싸움이라면 정의맹 본부에서도 이골이 나도록 겪어 본 일이었다.

적호단주의 매서운 말에, 이제까지 기세가 등등하던 중소 문파 장문들이 슬며시 그의 눈을 피했다.

이제까지 현무단주를 상대로 하고 싶은 말을 다 해 오던 그들은, 현무단주와 다른 적호단주의 모습에 적잖이 당황한 모습이었다.

"허어, 이거 참."

"대체 어찌하자는 것인지……."

중소 문파 장문인들이 헛기침을 하며 현무단주를 흘깃거렸다.

그들은 이제라도 현무단주가 나서 주길 바라는 눈치였다.

이제까지 그들이 어떤 식으로 지내 왔는지 알 만한 모습이었다.

'운해의 유순한 성정에 기대어 지금껏 현무단에 전투를 미뤄 온 게지! 그러니 장가 부락이 전멸에 가까운 피해를 입는 동안 지원 하나 오지 않았던 것이 아닌가!'

적호단주가 중소 문파 장문인들을 싸늘한 눈길로 보았다.

적호단주는 그들의 뜻대로 움직여 줄 생각이 없었다.

'이제 네놈들은 스스로 싸우지 않고 못 배길 것이다!'

많은 문파와 사람들이 모인 전쟁이다.

경우에 따라서는 누군가 주도권을 쥐고, 희생을 감수하거나 강요하면서 집단을 하나로 움직여야 했다.

그리고 귀천성과의 전쟁은 당연히 정의맹이 주도권을 가

져야 하는 일이었다.

"정의맹의 우선순위는 현오의 구출입니다."

적호단주의 말이 끝나자마자 거센 반발이 이어졌다.

탕-!

"말도 안 되는 소리!"

중소 문파 장문인들이 탁자를 내리치며 흥분했다.

"당연히 우선은 장안이 되어야지, 그게 무슨 소리요!"

"장안의 방비에 중점을 두어야 합니다. 이곳에 있는 사람들은 생각도 않으시는 겁니까?"

그들은 정의맹이 그들을 버리기라도 한 듯 난리였다.

"장문인, 장문인께서도 뭐라 말 좀 해 보시지요!"

몇몇 사람들이 종남파 장문인을 재촉했다.

하지만 종남파 장문인은 깊은 한숨과 함께 눈을 감았다.

'죄로다, 여죄로다!'

이제까지 장안 무림의 여론을 움직이던 이가 바로 죽은 일장로였으니, 장안 무림을 잘못된 방향으로 이끈 사람 또한 죽은 일장로라.

종남파 장문인은 죽은 일장로의 죄가 여기까지 이어진 것이라 생각했다.

"놈들이 장안을 어떤 방식으로 공략할지 알 수 없는 노릇입니다. 하지만 붙잡혀 있는 현오를 어찌할지는 확실하지요."

"마상 노인, 그자가 장담할 정도의 공격이 아닙니까! 분명히 규모가 작지 않을 것입니다!"

"그렇습니다. 총력을 기울여 대비해야만 합니다!"

적호단주의 말 한마디에, 중소 문파 사람들이 벌 떼처럼 달려들었다.

"정의맹 적호단주로서, 우리는 현오의 구출 작전에 나설 것입니다. 우리는 알아낸 정보를 모두 전달했으니, 각 문파들이 나서서 총력을 기울이면 되겠군요."

"뭐, 그런…… 우린 다 죽어도 좋단 말이오?"

"저, 정식으로 정의맹에 항의하겠소! 우리가 무너지면, 정의맹이라도 무사할 성싶소?"

적호단주는 배알이 뒤틀려서 장안 무림의 모든 요구를 묵살했고, 장안 무림 사람들은 곧 죽을 사람들처럼 노발대발했다.

'아, 선배님, 대체 무슨 생각이십니까!'

현무단주는 그 사이에서 어찌할 바를 모르고 있었다.

그때, 잠자코 상황을 지켜보고 있던 진화가 천천히 자리에서 일어섰다.

드드드드득.

의자가 밀리는 이질적인 소리에, 모두의 시선이 진화를 향했다.

"여기 더 있다간 시간만 지체될 듯하군요. 정의무학관 관도생 전원은 지금 당장 현오를 구하러 갈 겁니다."

진화는 제게 모인 시선을 향해 통보하듯 말했다.

그러자 사람들이 이제는 눈살을 찌푸렸다.
"그게 무슨 철없이 소리인가!"
"관도생들끼리 어딜 간다고! 지금 중요한 문제를 의논 중인 걸 모르오?"
"남궁 공자는 때와 장소를 가려 자중하시오."
중소 문파 장문인들이 진화를 철없는 애송이 보듯 타일렀다. 그도 그럴 것이, 정의무학관 관도생들은 하나같이 절정을 넘은 고수들이었다. 게다가 최근까지 성 근처의 귀천성 휘하 문파를 전멸시키며 실력을 증명한 바 있었다.
그들은 자신들의 중요 전력이라 할 수 있는 관도생들의 이탈을 바라지 않았다.
근본적으로 다른 생각의 차이.
그 앞에서 진화의 대응은 적호단주와 달랐다.
사아아아아-----.
온몸이 서늘해지는 한기가 방 안에 있던 사람들을 옭아맸다. 그들은 순식간에 이 기운이 누구의 것인지 알아챘다.
"공자, 이게 무슨 짓이오!"
"왜요?"
누군가의 외침에 진화가 태연하게 물었다.
정말 몰라서 묻는 듯 순진한 얼굴.
하지만 사람들을 압박하던 한기가 이제는 등골을 서늘하게 할 정도로 강해졌다.

"관도생들이 여러분을 지켜야 할 이유가 있나요?"

"뭐, 뭐?"

진화의 물음에 장안 무림 사람들이 당황스러움을 감추지 못했다.

그들은 마치 허를 찔린 사람들처럼 절절맸다.

그들도 자신들의 주장이 뻔뻔스럽다는 건 알고 있었던 모양이었다.

"정의맹은……!"

"정의맹은 정도 무림을 지키기 위해 싸우는 정파 무인들의 연맹이죠. 그러니 각자, 때와 장소에 맞게 싸워야 하지 않겠습니까?"

진화가 서늘한 눈빛으로 물으며, 더 많은 음기를 자극했다.

"큿!"

"적호단주는 가만히 계실 작정입니까? 이게 무슨 무례한 짓입니까!"

"우리를 압박한다고 될 일이오? 남궁 공자를 막으시오!"

정강이뼈가 시릴 정도의 압박을 견디느라, 곳곳에서 신음이 났다.

몇몇 이들은 악을 쓰듯 적호단주를 찾았다.

하지만 진화에겐 그들의 말이야말로 무례했다.

"정의무학관 관도생들의 신변과 관련된 사안은 제 결정과 책임하에 있고, 누구도 그걸 강요하거나 제지할 수 없습니다. 회의는, 필요한 분들이나 많이 하십시오. 계속 반대를 하시려거든, 저를 말려 보시든가요."

진화가 툭 던지듯 말하고 완전히 회의석을 벗어났다.

남궁이 아닌 이들을 위해 싸우는 건 지긋지긋했다.

진화는 저들이 무릎을 꿇고 부탁을 해 와도 들어줄 생각이 없었다.

적호단주와 현무단주는 당당하게 자리를 뜨는 진화의 모습에 경악을 금치 못했다.

"그럼 먼저 가 보겠습니다."

능력이 되면 날 멈춰 보라지.

자신감이 온몸에 드러났다.

"정말 이대로 나가려고?"

"……문제 있습니까? 이곳보다 대비할 곳이 많은 남궁세가에서도 이렇게 오랫동안 회의를 진행하진 않습니다."

진화가 단호하게 말했다. 어차피 진화는 적호단주가 먼저 약속한 지원 외에 더 필요한 것이 없었다.

평화적으로 회의가 끝이 나고 일이 어떻게 돌아갈지 들었다면 좋겠지만, 아니라도 상관없었다. 장안 무림이 귀천성의 손에 넘어가는 것만 아니라면, 다른 것엔 관심이 없었으니 말이다.

적호단주는 말간 얼굴을 한 진화를 보며, 어쩐지 남궁진혜가 떠올랐다.

"단주님도 그냥 저처럼 하십시오."

주도권 싸움은 심력 소비가 크고 시간이 걸리는 일이라.

진화는 적호단주에게 짧은 충고를 남기고 회의장을 나갔다.

'너처럼 하라고?'

적호단주가 회의장을 둘러보았다. 장안 무림 사람들이 수치심과 분노를 드러내며 씩씩거리고 있었다.

'장안 무림 무인들을 움직일 지휘권만 가져오려는 생각이었는데, 설득이 더 어렵게 되었군.'

적호단주가 깊게 한숨을 쉬었다.

그리고 조용히 회의장에 기운을 풀었다.

잠시 후.

회의가 끝나고 모두 밖을 나왔다.

회의장을 나가는 이들의 면면이 붉게 상기되어 있었고, 하나같이 바쁘게 걸음을 옮겼다.

그 모습이 마치…….

"한증막에서 탈출하는 사람들 같네."

남궁진혜가 바쁘게 나가는 이들을 보며 말했다.

그리고 기다렸다는 듯 집무실 안으로 들어갔다.

"무슨 회의가 이렇게 오래 걸려요?"

남궁진혜의 말에 적호단주와 현무단주가 동시에 고개를

들었다.
지친 얼굴을 하고 있던 그들은, 약간 원망스러운 눈빛으로 그녀를 보았다.
"남궁은 회의를 얼마나 짧게 하는데?"
적호단주가 약간 가시가 돋친 말투로 물었다. 하지만 남궁진혜는 적호단주의 말투에 전혀 개의치 않았다.
"숙부님이 시원하게 칼춤 한번 추고 나면 금방 끝나죠!"
남궁진혜가 시원하게 웃으며 말했다.
"네 숙부님이면, 남궁진화의……."
"아버지죠, 우리 진화랑은 전혀 안 닮았지만요."
개뿔.
남궁진혜의 대답에 적호단주는 입을 다물었다.
"……검을 안 든 걸 다행으로 여겨야 할까요?"
현무단주가 지친 얼굴로 허탈한 듯 웃었다.

잿빛 무복을 입은 일련의 무인들이 숲길을 빼곡하게 에워쌌다.
고요한 정적 사이로, 숨이 막힐 듯한 긴장감이 흘렀다.
잠시 뒤.
조용한 숲길에 마차 한 대가 모습을 드러냈다.

파스스스스슷--!

바람과 함께 신호가 전달되고, 수풀이 요란스럽게 흔들렸다.

마차는 아무것도 모르는 듯 그들의 한복판으로 왔다.

"지금이다-!"

누군가의 외침을 시작으로 검을 든 무사들이 모습을 드러냈다.

"마차를 멈춰라-!"

무사들이 말과 마부, 마차의 창문을 향해 달려들었다.

그런데 그때.

쉐에에에엑---!

"크아아아악!"

"아악!"

마차의 근처에 가기도 전에, 제일 먼저 뛰어들었던 무사들의 팔다리가 떨어져 나갔다. 그리고 검은 피풍의를 머리부터 발끝까지 두르고 있던 마부가 다시 팔을 휘둘렀다.

쉐에에에엑--!

파팍-!

마부의 소매에서 나온 반짝이는 실선이 둥근 회오리를 그릴 때마다, 무사들의 목과 사지가 하나씩 떨어져졌다.

"크아아악!"

"이놈---!"

잿빛 무복을 입은 무인 중 하나가 마부의 실선을 향해 검기를 쏘았다.

채----앵!

탕! 탕! 탕! 탕!

무언가가 부러지는 소리가 청명하게 울려 퍼지는 것과 함께, 마부의 부서진 실이 근처 무사들의 몸에 박혀 들었다.

푹! 푹! 푹!

"으억!"

"현홍사다! 모두 물러서라!"

검기를 날린 무인이 다급하게 소리쳤다.

그리고 순식간에 몸을 날렸다.

"당주님!"

휘이이익-!

챙! 챙!

당주라 불린 잿빛 무복의 무인은, 유려한 몸놀림으로 마부의 현홍사를 피했다.

파라라라락-!

월하회 표석당주 등소위의 검이 춤을 추듯 흔들리며 마부의 소매를 파고들었다.

"엇!"

피풍의 안에서 앳된 음성이 당황한 듯 탄성을 내었다.

동시에 표석당주의 검을 피하느라 말의 고삐를 놓쳤다.

히이이이잉---!

말이 놀란 듯 날뛰었다. 마부가 허겁지겁 고삐를 잡았다.

그리고.

"당주님--!"

물러섰던 무인들 중 하나가 비명을 질렀다.

마부석으로 다가갔던 표석당주가 그대로 땅에 굴러떨어졌기 때문이다.

그의 이마에 찍힌 붉은 점에서 피가 흘러내렸다.

히이이이잉---!

다그닥, 다그닥, 다그닥!

흥분한 말이 표석당주의 시체를 짓밟았다.

"당주님! 이놈---!"

월하회의 무사들이 검을 들고 뛰어들었다.

하지만 그들은 마차에 뛰어가지 못했다.

쉐----------엑!

풀숲에 칼날 같은 바람이 지나고, 물러서 있던 무사들의 몸이 허물어졌다.

쩌어어억.

나무가 쓰러진 것과 동시에.

투둑. 툭. 툭.

잘려 나간 수풀과 함께 허리, 다리, 가슴, 얼굴…… 어디 할 것 없이 양단된 이들의 몸이 피를 뿜으며 바닥에 흩어졌다.

숲이 겁에 질린 듯 바람 소리 하나 들리지 않았다.

섬뜩한 정적 속에, 마부의 목소리만 울렸다.

"워- 워---!"

푸르르르륵.

마부는 겨우 말을 진정시켰다.

말을 진정시키느라 피풍의가 살짝 흘러내리며, 십사오 세 정도의 소년이 잔뜩 상기된 얼굴을 드러냈다.

소년은 민망한 듯 웃으며, 마차 안을 향해 고개를 숙였다.

"죄송합니다, 스승님. 제가 말을 모는 것이 처음이라……."

소년의 사과에, 마차 안에서 중년 남성의 자애로운 웃음소리가 들려왔다.

"허허허허! 괜찮다. 처음이지 않느냐. 그건 그렇고, 월하회 녀석들이 제물을 움직인다는 것만 알아내고, 내가 이 길을 지날 줄은 몰랐던 모양이구나. 야희성녀는 내가 흘린 소문을 듣고 저쪽으로 움직인 모양이야. 이참에 얼른 도망하자꾸나. 허허허허!"

"하하, 예. 이번에는 제대로 몰아 보겠습니다."

혼현마제 제갈무진이 장난스럽게 말하자, 그의 제자 수오도 유쾌하게 웃으며 고삐를 흔들었다.

진력할 진進 불 화火 : 악마는 누구의 편도 아니다

"이제 출발하지."

정의무학관 관도생들이 묵는 별채로 온 진화가 일행에게 짧게 말했다.

안에서는 이미 준비를 마친 일행이 기다리고 있었다.

"왜 이렇게 오래 걸린 거야?"

남궁구가 투덜거렸다.

이제 겨우 현오의 행방을 알 수 있게 된 터라 다들 마음이 급했다.

"여긴 본가와 다르더라고."

"음."

진화의 말에 남궁세가 출신인 남궁구와 남궁교명이 알 만하다는 얼굴로 고개를 끄덕였다.

진화와 관도생 일행이 나오자, 기다리고 있던 적호단 두 조가 합류했다.

"오랜만입니다, 공자."

"이번에 함께하게 되었습니다."

서글서글한 인상의 사내를 시작으로 그 옆에서 호리호리한 사내가 인사를 해 왔다.

일전에 광마전을 치러 가면서 함께한 적이 있는 적호단 일 조장과 삼 조장이었다.

그들은 결국 남궁진혜가 부단주 자리에 오르는 것을 지켜보았지만, 같은 조장으로 함께할 때보다 훨씬 편안해 보였다.

"적호단 일 조장 서장원입니다."

"적호단 삼 조장 표공입니다."

남궁진혜와 있을 때에는 떠들기 좋아하는 아저씨들 같았지만, 적호단의 조장이라면 무림에서도 인정하는 실력자라.

적호단에 들어서 수년간 경험을 쌓거나 공적을 세우지 않는 이상은, 남궁진혜처럼 정의무학관을 우수한 성적으로 졸업한 자들만 도전할 수 있는 자리에 이미 올라 있는 선배들이었다.

"잘 부탁드립니다, 선배님들."

적호단 조장들의 소개에 진화 일행도 공손하게 인사했다.

"우리 큰집의 마녀가 올 줄 알았는데 말입니다."

"흐흐흐, 안 그래도 오겠다는 걸, 단주한테 부단주가 어딜 가냐고 혼나더라."

남궁구는 일전에 안면이 있었다고 적호단원과 붙임성 좋게 대화를 나누었다.

진골장에 숨겨진 비밀 통로를 쫓아 현오를 구하러 가는 길.

분명 환마제나 그 수하들이 기다리고 있을 터였다.

하지만 진화 일행과 적호단 일 조, 삼 조 대원들은 두렵거나 긴장한 기색 없이 웃으면서 모든 준비를 마쳤다.

오히려 그들보다 장안 무림인들이 더 긴장한 눈으로 그들을 보고 있었다.

"기어코 가는군."

"소림 중은 이미 죽은 거 아니야? 이런 때에 왜 굳이 구하러 간다는 건지."

장안 무림인들 몇몇이 현오를 구하러 나서는 진화 일행과 적호단원들을 보며 눈살을 찌푸렸다.

그들 대부분은 진화 일행이 종남파와 성 주변을 정리하는 모습을 곁에서 지켜본 터라. 얼마 전까지 진화 일행을 영웅시하며 경외하던 이들이었다.

하지만 귀천성의 공격이 예견된 시점에서 진화 일행이 현오를 구출하러 간다고 하자, 그들은 진화 일행이 자신들을 지켜 주지 않는다며 불만을 표했다.

"종남파 무인들 반을 죽였잖아! 그러면 책임을 져야 할 거 아니야!"

"그 소림 중은 자기들 일행이라 이거지!"

정의맹 장안 본부를 나서는 진화의 일행의 귀에도 당연히 그들의 목소리가 들렸다.

진화가 모른 척하자 그 뒤를 따르긴 했지만, 일행의 표정이 좋지 못했다.

"뻔뻔한 인간들!"

"저런 정신머리로 어떻게 이제까지 전쟁을 치렀는지 모르겠네!"

나하연과 당혜군이 씩씩거렸다.

남궁구나 남궁교명, 팽가 형제 또한 입으로 내뱉지 못하는 심한 말을 속으로 곱씹고 있는 얼굴이었다.

다만 유일하게 진화 혼자만 편안한 얼굴이라.

"도련님, 너는 괜찮아?"

남궁구가 진화의 표정을 살피며 물었다.

하지만 진화는 정말 괜찮은 얼굴이었다.

상관없는 사람들의 수군거림 따위, 이제 신경 쓰지 않기로 하지 않았던가.

"어차피 저런 사람들 대부분, 오래 살지 못하더라고."

진화가 씨익 웃으며 말했다.

언뜻 해탈한 듯도 보였다.

하지만 그렇게만 보기엔, 하필 곧 귀천성과 대대적인 전투를 치를 예정이라.

남궁구가 어색하게 웃으면서 진화의 곁에서 떨어졌다.

"와, 역시 우리 도련님이야."

"악담은 속으로만 해라."

남궁구가 고개를 저으며 말하자, 남궁교명이 진화를 보며 남궁구에게 눈치를 줬다.

진화는 어쩐지 남궁교명의 말이 더 기분 나빴다.

인림을 지나 무법지대 저자의 한복판.

진골장은 일전의 살육이 없었던 일처럼 깨끗했다.

사람들 또한 아무 일 없었던 듯 바쁘게 진골장을 스쳐 지났다.

진화 일행과 적호단이 진골장으로 다가가자, 그제야 진골장 주변으로 느껴지는 이질감이 드러났다.

시끄러운 주변과 달리 진골장에서만 풍기는 적막감. 주인 없는 진골장을 두고도, 마치 그곳이 보이지 않는 듯 무시하는 사람들. 그리고 누구 하나 진화 일행과 적호단이 있는 쪽으로 시선을 돌리지 않았다.

늘 위험 속에 사는 무법지대의 사람들이었지만, 진골장이 여전히 위험하다는 것을 알고 있는 것이리라.

진화는 사람들의 태도를 보며, 진골장에 아직 무언가 숨겨져 있는 것을 확신했다.

“놈들이 준비하고 있을지도 모릅니다.”

“주의하겠습니다.”

진화의 말에 적호단 일 조장이 굳은 얼굴로 고개를 끄덕였다. 긴장해야 할 때와 그렇지 않을 때를 구분하는 것이, 경험 많은 적호단원들이 전장에 집중하는 비결이라.

함께 온 적호단원들 모두 기감을 날카롭게 세우며 사방을 경계하고, 진화 일행도 덩달아 긴장감을 높였다.

그때, 진화가 진골장 안채로 검을 휘둘렀다.

천뢰제왕검법 천뢰우전.

퍼―――――――엉!

단순히 주의하라는 경고가 아니었던 듯.

진화의 온몸에서 푸른 기사가 번쩍거릴 만큼, 단숨에 최선을 다해 날린 강기였다.

하늘에서 번개가 떨어진 듯, 새파란 섬광이 진골장 안채에 내리꽂혔다.

그리고.

콰광. 쾅! 콰―앙!

갑작스러운 상황에 다른 사람들이 뭐라 반응하기도 전에, 굉음과 함께 진골장 안채가 무너져 내렸다.

"무, 무슨……!"

놀란 적호단 일 조장이 차마 말을 잇지 못하고 진화에게 입을 뻐끔거렸다. 그 모습을 보며 진화가 당연하다는 듯 말했다.

"밑에서 준비하고 있는 놈들 다 깔려 죽으라고요."

진화의 말에 일 조장은 그제야 진화와의 첫 만남이 정확하게 떠올랐다. 노을 진 강변에 마라탕처럼 떠 있던 시체들을 누가 만들었는지.

그때.

쿵! 쿵!

퍼---엉!

무너진 흙더미가 들썩이더니, 이내 터져 나갔다.

"적이다!"

일 조장의 외침과 함께 적호단원들이 검을 빼 들고 앞으로 나섰다. 진화 일행도 각자 대비를 하며 진화를 보았다.

"밖에서 지원 부탁드립니다. 저들이 나오는 대로 저희는 안으로 들어가겠습니다."

"예!"

진화의 말에 적호단 삼 조장이 급히 대답했지만, 여전히 당황스러운 기색이 역력했다. 하지만 차분하게 생각을 정리할 시간은 없었다.

쉭! 쉬익-! 쉭!

터져 나간 구멍에서 진골장 혹은 귀천성 무인으로 보이는 흑의인들이 뛰쳐나왔기 때문이다.

"죽여라!"

적호단 일 조장의 외침이었다.

귀천성도를 본 적호단의 눈빛엔 어느새 살기가 가득했다.

흙더미 속 커다란 구멍이 난 속에서 순식간에 수십 명의 흑의인이 뛰어나오고, 진화 일행과 적호단이 그들을 향해 검을 휘둘렀다.

"우린 내려간다!"

진화의 말에 남궁구와 남궁교명을 시작으로, 중간에 당혜군과 나하연, 마지막으로 팽가 형제가 뒤를 따랐다.

구멍으로 보이던 곳에는 안쪽으로 멀쩡한 계단이 이어지고 있었다. 그리고 안은 단단하게 쌓은 돌벽이 끝도 없이 이어진 제대로 된 통로라, 곳곳엔 야명주까지 박혀 있어서 안전해 보이기까지 했다.

"빌어먹을 노예상!"

커다란 수레가 다닐 정도로 넓고 긴 통로와 전체에 박힌 야명주의 숫자를 보며, 당혜군이 욕지거리를 뱉었다.

그사이 적호단은 빠르게 통로 입구를 차지하고 흑의인들을 막았다.

"전투 소리가 안 들리는군."

진화 일행이 무사히 들어간 것을 확인하고, 적호단 삼 조장이 한숨을 쉬며 말했다.

"약속대로 여기서 입구를 지키고 대기하는 게 좋겠어."

"글쎄, 그건 진짜 불안해서……."

적호단 삼 조장은 여전히 진화가 내놓은 작전이 불안한 듯했다. 하지만 일 조장의 생각은 달랐다.

"마상 노인이 뱉어 놓은 정보를 얼마나 신뢰할 수 있느냐의 문제지만, 작전만 놓고 보면 간단하고 효율적이야."

챙---! 챙--!

쉐에에엑--!

일 조장이 앞에 있던 흑의인의 가슴을 베며 말했다.

그는 방금까지 자질구레한 농담을 즐기던 사람이라곤 생각할 수 없는 냉정한 눈빛으로, 곧바로 다른 상대를 찾았다.

"이곳을 무너뜨린 것도, 당황스럽긴 하지만 맞는 방법이야. 밑에 깔린 놈들을 봐."

일 조장의 말에 삼 조장이 힐끗 옆을 보았다.

굳이 찾지 않아도, 무너진 건물에 깔려 죽은 흑의인들의 시체들이 곳곳에 있었다.

대충 따져도 족히 수십은 될 정도라.

"이놈들 다 상대하려면 우리 애들이 다칠 수도 있었어. 어차피 놈들도 우리가 찾아간다는 걸 예상하고 있다면, 오히려 이쪽이 안 다치고 안전하지.”

현오를 죽이려고 했다면 벌써 죽였을 것이라, 안심하고 날린 공격이었다.

일 조장은 광마전 전투에서 보았던 진화의 뇌전을 떠올리며, 진화 일행에 대한 걱정은 잠시 묻어 두었다.

“우리는 탈출로를 지키고 대기한다.”

“충!”

일 조장의 명에 적호단원들이 매섭게 검을 휘두르며 흑의인들을 죽여 갔다.

“정보보다 통로가 더 긴 것 같지 않아?”

남궁구의 말에 다른 일행도 긴장한 듯 통로 끝을 살폈다.

‘교활한 늙은이가 그 와중에 거짓말을 한 건가?’

정보의 출처인 마상 노인에 대한 신뢰가 전혀 없는 상태였다. 하지만 놈들의 공격과 현오의 안위를 생각한다면, 정보의 진위 또한 현오를 찾으면서 가려낼 수밖에 없었다.

“다시 한 방 날려 볼까?”

“안 돼요!”

진화의 말에 당혜군이 뾰족하게 소리를 질렀다.

이 통로마저 무너진다면 땡중보다 자신들이 먼저 죽을 것

이라.

당혜군이 도끼눈을 뜨고 진화를 노려보았다.

저 얼굴 곱상한 동의장이 이제까지 얼마나 손 속이 과격했던가. 주변에 저 인간을 막을 사람도 없었으니.

당혜군은 저라도 진화를 감시하기 위해 두 눈을 부릅떴다.

"그렇게 열렬한 눈으로 남궁 공자를 보다니, 내가 질투를 해야 하는 시점인가?"

"닥쳐, 미친년아."

당혜군이 나하연의 헛소리를 칼같이 차단했다.

그때, 진화가 손을 들어 일행을 멈췄다.

'저기.'

진지한 얼굴로 손가락을 가리키는 진화의 모습에, 일행 모두 이제 통로의 끝에 다다랐음을 알았다.

"보이는 적은 모조리 섬멸한다."

"충."

진화의 명과 함께, 진화 일행이 곧장 앞으로 뛰어들었다.

쉐에에에엑---!

"크아아악!"

"놈들이다-! 막아!"

진화의 뿌린 검기에 비명이 터졌다.

'우리가 온다는 것을 알았을 텐데, 도망을 안 갔다고? 도망을 안 간 것인가, 못 간 것인가?'

진화의 눈동자에 푸른 번개가 번뜩였다. 그리고 앞에서 느껴지는 가장 강렬한 기운을 향해 검을 휘둘렀다.

파파파파파팟ㅡㅡㅡㅡ!

퍼ㅡㅡㅡ엉!

굉음과 함께 진화 일행이 적들 속으로 뛰어들었다.

멀끔한 건물의 내실과 같은 공터였다.

사방의 위, 아래로 계단이 있는 것을 빼면, 어딘가의 응접실이라 해도 믿을 만큼 깨끗한 내실이라.

"네가 남궁진화겠군."

조용히 말을 거는 목소리.

진화는 천뢰우전을 맞고도 멀쩡하게 서 있는 사내를 보았다. 진화가 느꼈던 강렬한 기운의 소유자였다.

사내를 보자니, 진화는 그가 누군지 알 듯했다.

흑표범처럼 날카로운 이목구비에 근육질의 체구.

손에는 여인이나 들 법한 가늘고 긴 도를 들고 있었으니.

사내가 바로, 환마제의 오른팔이라는 사혈도객(瀉血刀客) 비표일 것이다.

진화는 이전 생에 그와 직접 만난 적은 없었으나, 소문은 들어 알고 있었다. 상대를 난도질하여 온몸의 피를 빼고 죽이는 잔인한 손 속의 마두라고.

'가늘고 긴 도신. 가늘고 긴 근육과 폭발력을 내는 대근육

을 단련한 것을 보면, 도를 연검과 같이 쓰는 모양이군.'

진화가 저를 노려보는 비표를 찬찬히 살폈다.

이전 생의 수많은 경험은, 처음 보는 상대 앞에서도 당황하지 않게 도와주었다.

'수하들을 방패막이로 썼나?'

진화는 비표의 주변에 널브러진 흑의인들을 보며, 그가 진화의 공격을 수하들로 하여금 막았다는 걸 알아차렸다.

"위?"

진화의 말에 비표의 눈썹이 꿈틀거렸다.

"아니, 아래로군."

진화가 디딤발을 박차고 앞으로 달려갔다.

"어딜!"

쉐에에엑---!

비표의 도가 연검처럼 흔들렸다. 그리고 유연한 도신이 바람을 뚫고 진화를 꿰뚫을 듯 쏘아졌다.

챙! 챙!

진화의 눈동자에 번개가 번뜩였다.

동시에 진화의 검이 물결처럼 흔들리는 도신의 옆면을 때려 기의 흐름을 끊고, 진화의 왼 주먹이 비표의 복부를 노렸다.

파지지직---!

"흣!"

놀란 비표가 고양이처럼 유연하고 빠른 몸놀림으로, 공중에서 몸을 비틀어 진화의 폭뢰신권을 피했다.

하지만 처음부터 진화가 노린 것은 비표가 아니라, 아래로 향하는 계단이었으니.

퍼—————엉!

진화의 기운에 부딪힌 문이 그대로 뚫려 나갔다.

동시에 비표의 수하들을 상대하고 있던 남궁구와 일행이 계단으로 뛰어 내려갔다.

"……허!"

"이런, 미친……!"

차마 욕지거리도 나오지 않는 듯, 남궁구와 당혜군의 얼굴이 창백하게 질렸다. 남궁교명이나 나하연, 팽가 형제의 얼굴도 그들과 다를 바 없었다.

천장에 거꾸로 매달린 수십 명의 사람들. 아니, 시체들.

그들의 목에선 지금도 피가 흘러내리고 있었고, 그 피는 열 명은 족히 들어갈 법한 거대한 욕조로 떨어졌다.

그리고 욕조는 얼마나 많은 사람들이 흘린 것인지 모를 피가 가득 채워져 있었다.

"지독한 새끼들!"

남궁교명이 텅 빈 감옥에 몇 명 남지 않은 사람들을 보며 입술을 깨물었다.

그때.

쉐에에엑---!

퍼-엉!

진화가 검을 휘둘러, 일행에게 날아든 하얀 기운을 베었다.

"정신 차려!"

진화의 음성이 일행을 깨웠다.

그렇다. 어떤 충격적인 광경이든, 이미 죽어 버린 사람들에 정신을 팔기에 그들은 지금 적진 속에 있었다.

진화와 일행이 천천히 계단을 내려오고 있는 비표와 그 수하들을 경계하며, 하얀 기운이 날아든 쪽을 보았다.

촤르르르르---!

구슬이 구르는 영롱한 소리와 함께, 한 여인이 요염한 자태로 모습을 드러내었다.

"호호호호, 기대도 안 했는데, 현오만큼이나 먹음직스러운 먹이가 왔네."

온몸을 화려한 장신구로 장식했지만, 요요하게 웃는 얼굴에서 도무지 눈을 뗄 수 없는 여인이었다.

여인이 진화와 일행을 보며 혀로 입술을 핥았다.

그리고.

쇄아아아아----!

여인의 눈에서 하얀 실타래 같은 기운이 흘러나오며 진화 일행을 향해 뻗어 갔다.

["이쪽으로 들어가! 여기 들어가면 최소한 굶어 죽을 일은 없을 거야."

커다란 대문을 향해, 어머니는 형제의 등을 떠밀었다.

"어서 들어가!"

생전 처음 보는 슬픈 눈을 하고, 그렇게 소리쳤었다.

그때 이후 형제는 다시는 어머니를 만날 수 없었다.

겨우 며칠.

며칠이 지나 그녀를 찾았을 땐, 그들이 살던 작은 오두막엔 고약한 냄새를 풍기는 시체만이 기다리고 있을 뿐이었다.

순간, 죽은 시체가 눈을 뜨고 그들을 보았다.]

팽가 형제의 얼굴이 창백하게 질렸다. 그 옆에선 남궁교명이 사납게 얼굴을 일그러뜨리고 있었다.

"으드득. 남궁도!"

그가 무슨 꿈을 꾸고 있는지는, 묻지 않아도 알 듯했다.

목만 내놓은 채 죽은 가족들, 피 흘리는 식솔들.

남궁도가 웃으면서 제 심장을 뽑고 있었다.

이게 사실이 아니라는 건 알고 있었다.

하지만 남궁교명은 악몽에서 눈을 돌리지 못하고, 심장에서 느껴지는 고통을 오롯이 견디고 있었다.

["이제 가야 해요."

여자가 파리한 안색으로 말했다.

"그래. 문주께서 죽었다면."

아버지는 문서에서 눈도 돌리지 않았다.

"말리지도 않는 건가요?"

"애초에 첩자와 혼인한 내 잘못이니까."

"구아에겐……."

그때서야, 아버진 손에서 붓을 놓았다.

"죽었다고 말할 거다."

"당신!"

"아이의 엄마는 병으로 죽은 거다. 창서각주의 아들이자 남궁의 송골매에게, 친모가 첩자란 건 치명적인 약점이 될 테니까. 당신에게 조금이라도 모정이 남아 있다면, 조용히 떠나."

아버지는 검고 찬 눈으로 여자에게 말했고, 여자는 그길로 집을 나갔다.

"보았느냐? 처음부터 떠나지 않는 선택지는 없었다. 앞으로 네 어미는 죽은 거다."

아버지는 똑같이 검고 찬 눈으로, 저에게 그리 말했다.

그리고.

쉐에에엑----!

폭풍처럼 날아간 검풍이 여자를 집어삼켰다.

여자의 그림자가 폭풍 속에서 갈가리 찢어졌다.]

"흐윽!"

괴로운 듯 남궁구의 얼굴이 일그러졌다.

그때.

파지지지지직----!

퍼-엉!

하얀 실타래처럼, 거미의 거미줄처럼 일행을 휘감고 있던 기운이 깨어졌다.

"허억!"

"헉!"

발밑이 무너지는 느낌과 함께, 팽가 형제와 남궁교명, 남궁구가 놀란 얼굴로 정신을 차렸다.

"꺄-악! 아, 하, 하하!"

당혜군은 비명을 지르며 눈을 떴다. 그리고 놀란 눈으로 주변을 보다, 갑자기 웃음을 터뜨렸다.

"미친 건가?"

나하연이 걱정스럽게 물을 정도로, 당혜군의 반응은 이상했다.

"멍청한 당혜평이 당문을 차지하는 것보다 세상이 무너지는 게 백배, 천배 나아."

당혜군이 창백하게 질린 얼굴로 독기를 뿜으며 말했다.

나하연은 평소 당혜군의 모습으로 돌아왔다며 안심했다.

"다들 정신 차렸으면 검 들어. 산 채로 저기 매달리기 싫

으면.”

뒤에서 들리는 차가운 진화의 목소리에, 일행이 놀란 눈으로 진화를 찾았다.

파지지지직-----!

챙-! 챙!

푸른 번개를 번뜩이며 진화가 한 여인을 무지막지하게 공격하는 중이었다. 비표와 그 수하들이 필사적으로 진화의 공격을 막고 있었다.

“환마제의 악몽경이다.”

진화의 말에 일행은 어떻게 된 상황인지, 자신들이 본 것이 뭔지 깨달았다.

“그럼 저 여자가 환마제?”

실제로 심장이 뽑히는 고통을 느꼈던 남궁경이 놀란 눈으로 여자를 보았다.

눈이 마주친 여자가 그들을 향해 요요한 미소를 보였다.

“저 빌어먹을 년!”

“죽인다!”

당혜군과 팽가 형제가 드물게 마음이 맞아 여자에게 살기를 뿜었다. 그들의 악몽은 끝까지 전개되지 않았으나, 그게 더 좋지 못했다.

그들은 이미 악몽의 끝을 알고 있었기 때문이다.

“구, 다 잤으면 저자들을 다 죽여.”

"아, 예!"

진화의 말에 남궁구가 화들짝 놀랐다.

저도 모르게 존대를 하는 것이, 아직 완전히 정신이 돌아오지 않은 듯한 모습이었다.

"창궁의 어린 송골매가 우습게 되었군."

진화가 얼굴이 하얗게 질린 남궁구를 보며 혀를 찼다.

그러자 남궁구가 힘없이 웃었다.

"그냥 괜찮냐고 물어봐 주면 안 될까, 도련님?"

평소의 남궁구였다.

"현오를 찾아! 뭔가 느껴지긴 하는데, 환마제의 기운에 뒤덮여서 정확하게 찾을 수가 없다."

진화는 남궁구의 앓는 소리를 못 들은 척했다.

아니, 정말 들리지 않는 듯 눈앞의 흑의인을 베기 바빴다.

"에휴, 매정하긴."

남궁구가 피식 웃으면서 싸움을 피해 벽 쪽으로 이동했다.

"현오, 우리 뚱뚱땡중, 뭐라도 속삭여 보라고. 이 형님이 금방 찾아 줄 테니."

남궁구가 기감을 끌어 올리는 동시에 벽 쪽으로 귀를 가까이 대었다.

그 앞을 자연스럽게 진화가 막아섰다.

쉐에에엑---!

비표를 향해 검기를 날리며, 진화가 남궁구를 힐끗 보았

다. 벽에 귀를 대고 집중해서 엿듣는 모습이, 이제 정말 괜찮은 듯했다.

다른 일행 또한 분노를 뿜으며 필사적으로 여자를 공격하고 있었다.

"죽어라, 환마제!"

"다시 해보시지! 내가 당혜평을 갈가리 씹어 먹어 줄 테니까!"

분노와 원망, 악몽이 뒤섞인 난전이었다.

본래 환마제의 악몽경의 무서운 점이 그것이었다.

악몽에서 깨어나도 온전히 벗어날 수 없다는 것.

가장 끔찍한 비극은 언제나 사람들의 상상 속에 있었기 때문이다.

파지지지직----!

계단 위에서 계속해서 흑의인들이 내려왔다. 죽으면 보충하고, 죽으면 다시 보충하는…… 지루한 소모전.

'마치 우릴 여기 붙잡아 두고 있는 것 같군. 저런 껍데기로!'

진화의 눈에서 새파란 불꽃이 번뜩였다.

사혈도객 비표가 남궁교명과 함께 계단 쪽으로 떨어지고, 팽가 형제가 흑의인들을 밀어낸 찰나.

여인이 나하연의 용수권에 밀려나는 그 순간.

진화의 눈동자에 당혜군의 만천화우를 막는 데 집중하고 있는 여인이 눈에 들어왔다.

파파파파파팟----!

천뢰제왕검법 낙엽--!

순식간에 앞을 막는 흑의인들을 지나, 진화의 푸른 번개가 여인에게 꽂혔다.

"꺄아악-!"

퍼----억!

여인이 비명을 지르며 벽에 처박혔다.

놀란 비표의 앞을, 이를 악문 남궁교명과 팽가 형제가 막고, 당혜군과 나하연이 여인의 목숨을 끊으려 달려들었다.

그때.

"도련님, 저기!"

남궁구가 진화에게 소리쳤다.

진화의 검에 청광이 번뜩이는 번개가 솟아났다.

쉐에에엑----!

하늘의 번개가 벽에 내리꽂힌 듯.

파파파팟---! 콰-앙!

번개 모양으로 갈라지던 벽면이 마침내 무너져 내렸다.

그리고 그 안에 또 다른 통로가 모습을 드러냈다.

제법 거대한 통로의 안에서, 코가 따가울 정도로 짙은 혈향과 퀴퀴한 냄새, 그리고 강한 환마제의 기운과 현오의 기

운이 느껴졌다.
진화와 남궁구가 그 길로 뛰어들었다.
"안 돼!"
이번에는 정말로 당황했는지, 비표가 다급하게 소리를 지르며 몸을 날렸다.
하지만 엄청난 힘이 그의 발을 붙잡고 휘둘렀다.
"어딜-!"
사나운 얼굴을 한 팽수와 눈이 마주치는 것과 동시에.
사혈객 비표의 몸이 철창을 부수고 안으로 처박혔다.
퍼-----억!
"크윽!"
등뼈를 부수는 충격과 함께 기혈이 뒤틀린 듯, 비표가 객혈을 했다. 그러나 그의 위기는 끝나지 않았다.
쉐에에에엑-----!
"헉!"
비표가 다급하게 몸을 굴렸다.
수-욱!
비표가 튀어나올 듯 커진 눈으로, 바로 얼굴 옆에서 난 소리를 향해 시선을 돌렸다. 단단한 돌벽에, 감옥의 철창을 이루던 쇠 봉이 박혀 있었다.
'쇠 봉이 박히는 소리라고?'
무슨 쇠 봉이 두부 뚫듯 돌벽을 뚫는단 말인가.

비표가 도저히 믿을 수 없다는 표정으로 쇠 봉을 보았다. 하지만 잠시 숨 돌릴 틈도 없이, 매서운 바람이 불어닥쳤다.

쉐에에엑--!

챙! 챙!

"큿!"

협곡을 꿰뚫는 돌개바람처럼, 남궁교명이 비표의 연검을 쳐 내며 뚫고 들어왔다.

푸-욱.

순식간이었다.

살가죽이 뚫리고 몸이 관통당하는 것은.

"커억! 크."

눈앞이 붉게 물들고, 숨을 뱉으려는 순간마다 끊임없이 피가 흘러내렸다.

이전 생과 달라진 점이었다.

남궁교명은 비약을 먹고 강해졌던 이전보다 훨씬 강해졌다. 내공은 비슷하거나 모자랄지 모르지만, 그 운용과 검술의 능란함이 이전과는 비교도 할 수 없을 정도로 강하고 정교했다.

남궁교명뿐 아니라 다른 일행도 마찬가지였다.

"죽어라-!"

검게 빛나는 광채를 뿜으며, 나하연이 쓰러진 여인의 가슴뼈를 부수고 사천패룡권 흑룡패기를 박아 넣었다.

나하연의 권이 바닥까지 뚫고 들어갔다.

지금 정의무학관 아니, 정의맹의 황금 기수라 불리는 이들은 이전과 달리 죽지 않았고, 눈부신 성과와 미래를 쟁취했다.

진화가 일행에게 환마제의 껍데기로 보이는 여인과 사혈도객 비표를 맡겨 놓고 망설임 없이 통로 안으로 뛰어들 수 있었던 이유였다.

물론, 그 이유엔 진화 자신도 포함되었다.

"어, 어떻게 알았지?"

사람인가 싶을 정도로 거대한 살덩어리.

지독한 혈향이 옆에 있는 피 웅덩이에서 나는 것이라면, 코를 찌르는 듯 역겨운 냄새는 그의 몸에서 나는 것이라.

평범한 성인의 열 배는 되어 보이는 살집에 팔 하나 제대로 운신하지 못하는 것이 눈에 보일 정도였다.

움직이는 것이라곤 겨우 작은 머리통 하나.

둥그런 박과 같은 것이 빼꼼 올라오더니 진화를 보았다.

검은 실선으로 보이는 그것이 눈인 듯, 두꺼운 눈꺼풀 속에서 끊임없이 진화를 살피고 있었다.

"단전이 없는 것이 기운을 뿜고 있으니 이상할 수밖에."

짧게 대답한 진화가 옆을 보았다.

"현오! 땡중!"

남궁구가 구석에 처박혀 쇠사슬에 감겨 있는 현오를 풀어 주고 있었다. 그 모습을 보며 진화가 환마제를 힐끗 보고, 태연하게 말했다.

"이제 일어나."

진화의 말에 환마제가 혼란스러운 듯 고개를 갸웃거렸다.

그때.

"아우, 진짜 죽는 줄 알았네. 조금 더 있다간, 관세음보살님 앞에 만두 빚고 있을 줄 알았다니까."

놀란 눈을 뜬 남궁구에게 민망한 듯 웃으며, 현오가 태연하게 몸을 일으켰다.

"어, 어떻게! 어떻게!"

환마제가 격하게 턱살을 떨며 물었다. 놀란 것과 함께, 그는 제가 속았다는 것에 화가 난 듯했다.

그에 진화가 태연하게 물었다.

"지옥 속에 있었나?"

창백한 안색이 아니더라도, 기운의 조화가 흐려지고 맥이 약해진 것이 느껴졌다. 그 괴로움을 환마제 또한 고스란히 맛보고 있었기에, 지금 현오의 태연함을 믿을 수 없는 것이라.

다만, 진화만이 어찌 된 일인지 짐작할 뿐이었다.

"내가 가장 애정하는 지옥이었지."

현오가 힘겹게 대답했다.

세상에 오직 진화만이 현오를 이해할 수 있었다.

속에서 끊임없는 증오와 분노, 광기와 갈망이 충돌하는 혼

돈지체를 견디고 있는 진화만이, 천살지체를 견디고 있는 현오를 이해할 수 있는 것이었다.

현오가 남궁구의 부축을 받아 몸을 일으키는 것을 보고, 진화가 환마제에게 눈을 돌렸다.

"대전쟁에서 죽었다고 들었는데…… 살아도 산 것은 아니었나 보군. 육체가 무너졌으니까."

"허! 애송이. 히익히익, 너 따위 애송이가 감히 이 환마제님을 그런 눈으로 볼 주제나 된다고 생각하느냐?"

환마제는 저를 향해 혀를 차는 진화를 되레 비웃었다.

"제물 따위! ……히-익. 너희들은 역천제와 광마제의 그럴싸한 껍데기일 뿐이야! 히익히익-! 나 또한 곧 그럴싸한 껍데기를 가질 것이고!"

제대로 숨도 제대로 쉬지 못해 가쁜 소리를 내면서도, 환마제는 여유를 잃지 않았다. 그와 동시에, 진화는 환마제의 불안전한 몸에서 이전의 여인과는 비교도 할 수 없는 거대한 기운이 움직이는 것을 느꼈다.

"전부 긴장해라!"

진화가 놀라서 소리쳤다.

"이히히히히히! 늦었어-! 너희는 내 부활의 축배 노릇이나 하려무나!"

거대한 살덩어리를 들썩이며 환마제가 웃음을 터뜨렸다.

그리고 새하얀 운무처럼 퍼진 환마제의 기운과 함께, 진화 일행이 내려왔던 계단으로 구름처럼 많은 흑의인들이 밀려 내려오기 시작했다.

"일단 막아!"

"공자님-!"

당황한 팽가 형제와 당혜군, 나하연의 목소리와 함께, 남궁교명이 진화를 찾는 소리도 들렸다.

"이히히히! 히익. 히익. 이곳은 인림이다! 내가 만든 인간으로 된 감옥!"

검은 실눈에서 하얀 광채가 뿜어져 나오고, 남궁교명과 일행이 죽이고 또 죽이는데도 흑의인들이 끝없이 밀려들었다.

진화가 살기를 품고 환마제를 노려보았다.

"지금 당장 널 죽여야 할 이유가 더해졌군."

"으히히히히, 그래? 히익. 히익. 할 수 있겠어?"

진화의 말에, 환마제가 다 삭아 내린 이를 드러내며 진화를 비웃었다.

"내가 만든 인림이 이것으로 끝인 것 같으냐?"

"……무슨 뜻이지?"

"사람은 어디에나 있어! 악몽은 누구나 꾸지! 히익, 히익. 내 영원한 악몽에 갇힌 자들은, 내 죽음과 함께 잠들 것이다! 이히히히히히-!"

"……!"

환마제의 말에 남궁구와 현오가 경악을 금치 못했다.

"그게 왜?"

"헉!"

"뭐?"

태연한 진화의 말에, 남궁구와 현오가 턱을 빼고 진화를 보았다.

환마제의 말을 못 알아들은 것인가?

진화는 벌써 검을 번뜩이고 있었다.

"크아아악!"

"젠장--! 이게 다 뭐야!"

밖에서는 남궁교명과 당혜군의 비명 같은 고함이 울려 퍼졌다. 그들은 흑의인들을 쓰러뜨리고 있는 동시에 점점 그들 속에 파묻히고 있었다.

더는 지체할 시간이 없었다.

"죽어라."

진화가 망설임 없이 검기를 날렸다.

새파란 섬광이 환마제를 향해 날아갔다.

쉐에에엑---!

퍼-엉!

새하얀 운무가 진화의 검기를 막았다. 그리고 그 안에서, 환마제의 검은 눈이 얄미울 정도로 완벽한 호선을 그리며 진화를 보았다.

"정말 괜찮느냐? 나와 함께 죽는 사람이, 장안 성안의 사람 절반이래도? 으히히히히히!"

"그, 그런……!"

환마제의 말과 남궁구와 현오가 경악했다.

다른 일행 또한 환마제의 말을 듣고 있었는지, 절망스러운 눈으로 흑의인들을 보았다.

그제야 환마제의 운무가 돌벽 사이를 자유자재로 오가는 것이 진화의 눈에 들어왔다. 진화도 눈치채지 못한 사이, 환마제의 기운이 멀리까지 뻗어 있었다.

푸른 번개로 번뜩이던 진화의 눈빛이 서늘하게 가라앉았다.

"장안 사람 절반이라……."

장안 사람 절반.

어디서 나온 자신감인지는 모르겠지만, 영 근거가 없는 것은 아닐 것이다.

실제로 눈앞에서 보고 있으니 말이다.

지금 일행을 덮치는 흑의인들은 제대로 공격을 한다기보다 진화 일행의 앞에 스스로 목숨을 던지고 있었다.

"크읏, 젠장!"

"죽여! 망설이지 말고 죽여!"

남궁교명의 외침이 필사적으로 들렸다.

남궁교명의 목소리가 높아질수록, 환마제의 웃음소리도 높아졌다.

"이히히히히!"

고함은 지르다 만 비명이라. 적이지만 사람이었다.

남궁교명과 일행이 단호하게 대응하는 중이지만, 결국 변변찮은 저항도 없이 죽어 가는 이들을 보다 보면 죄책감을 느끼고 지쳐 갈 수밖에 없을 것이다.

그렇다고 저들을 멈추기 위해 환마제를 죽인다면?

그 또한 흑의인들은 무사하지 못할 것이었다.

환마제의 말처럼, 저들은 환마제의 기운에 지배를 당하고 있었으니 말이다. 그런데 그런 이들이 흑의인만이 아니란다.

"젠장!"

공격하는 이들을 죽일 수도, 그렇다고 환마제를 죽일 수도 없는 상황.

남궁구와 현오가 환마제를 노려보며 분노를 억눌렀다.

그때, 옆에서 피식- 웃음이 새는 소리가 들렸다. 진화가 즐거워하는 환마제를 보며 삐뚜름하게 입꼬리를 올리고 있었다.

"네가, 그래서 지금까지 제대로 공격을 못 하고 있었구나?"

진화가 먹잇감을 앞에 둔 맹수처럼 환하게 입을 벌렸다.

환마제의 작은 눈이 살집을 찢을 듯 커졌다.

"자, 잠깐!"

환마제의 목소리였을까, 아니면 진화 일행 중 누군가의 목소리였을까.

어찌 되었든 누구의 말이든 소용없었다.

진화의 번개가 육중한 환마제의 몸뚱어리 위로 사정없이 내리쳤기 때문이다.

콰광—!

펑! 펑! 펑!

하얀 운무가 열심히 진화의 번개를 막았지만, 수십, 수백 개의 뇌전을 모두 막아 낼 수는 없었다.

"크아아아악!"

완전히 무너지기 직전의 육신.

악몽경을 유지하느라 제대로 싸우지도 못하는 상태.

약해진 마제를 사냥하기에 지금보다 적기가 또 있을까.

진화의 얼굴에 환하게 미소가 가득했다.

"자, 잠깐만, 도련님—!"

"진화, 장안 사람들을 다 죽일 셈인가!"

당황한 남궁구와 현오가 다급하게 진화를 불렀다.

그 순간, 향기로운 기운이 그들을 부드럽게 감싸듯 끼어들었다.

"아해야, 잠시 멈추거라."

자애로운 목소리가 진화의 발걸음을 멈추었다.

장안성.

본래라면 장안 수비군과 몇 안 되는 장안 무림 사람들이 지키고 있어야 할 곳에, 마치 전쟁이라도 하듯 병사들과 무인들이 성벽 위를 지키고 있었다.

그들은 잔뜩 긴장한 얼굴로 성 밖을 보고 있었다.

"대체 언제 오는 거야? 오는 건 확실해?"

"그러니까, 언제까지 벌서듯 경계를 해야 하는지."

몇 시진 동안 긴장하고 있던 이들 중에는, 벌써 기다림에 지친 이들이 나왔다.

해가 중천에 올랐다가 점점 기울기 시작했다.

바람이 바뀌고, 하늘이 서서히 붉게 물들기 시작할 즈음엔, 거의 대부분의 사람들이 지쳐 있었다.

"오늘은 아닌 거 아니야?"

"그러게. 굳이 이렇게 전부 나와 있을 이유 있어? 경계를 설 놈들 남기고 좀 쉬고 있어야 잘 싸우든지 하지. 하여튼 윗대가리들 일 처리는…… 쯧쯧."

머리 위에 어두운 그림자가 질 때, 곳곳에서 불만이 쏟아졌다.

"오늘따라 안개가 심하네."

"모래바람 아니야? 지금 시간에 무슨 안개가…… 컥! 무, 무슨……?"

동료의 말에 투덜거리던 병사는, 제 살을 뚫고 나온 창날을 보다가 믿을 수 없다는 눈으로 고개를 돌렸다.

쉐에에엑---!

갑자기 나타난 검이 병사의 목을 내리쳤다.

"으아아아악--!"

동료의 죽음 본 병사가 소리를 지르고, 그의 뒤에서도 누군가 창으로 그의 몸을 쑤셨다.

쉐에에엑--!

챙! 챙!

"왜, 왜 그래?"

"으아악"

퍼----엉!

"소양문주, 이게 무슨 짓이오!"

"으아악!"

"배, 배신이다! 소양문이 배신했다!"

중소 문파의 문주들이 있던 곳에서도 칼부림이 일었다.

아니, 칼부림이 일어나지 않은 곳이 없었다.

전혀 생각지도 못한 시점에, 생각지도 못한 곳에서.

"단주님, 내분입니다!"

"뭐? 배, 배신인가?

"아닙니다!"

수하의 물음에 성벽으로 나간 적호단주와 현무단주는, 밖에 모이는 광경에 할 말을 일었다.

"이게…… 대체 무슨 일이야!"

정의맹 무인들끼리 서로가 서로를 향해 검을 휘두르는 난전이었다.

아수라장.

기습으로 시작된 효율적인 공격과 적아를 구분할 수 없는 혼란은, 정의맹 무인들을 착실하게 죽음으로 이끌었다.

"단주님, 산임방 무사들이 현무단을 공격했습니다!"

"뭐?"

놀란 현무단주가 저도 모르게 되묻고 말았다.

산임방이라니!

장안성에서 가장 큰 곡식 창고를 운영하는 곳이라, 현무단의 보호를 받는 곳이었다.

상단을 중심으로 표사들만 존재하는 곳에서 갑자기 현무단을 공격하다니.

배신이라고 하기엔, 이유를 이해할 수 없었다.

하지만 그렇게 이유를 알 수 없는 공격이 성벽은 물론 성안 곳곳에서 일어나고 있었다. 성벽은 물론 성안에서 전투가 일어나고, 고함과 비명이 곳곳에서 터졌다.

적호단주조차 지금의 상황을 어떻게 해야 할지 선뜻 판단을 내리지 못했다.

그때였다. 일련의 무리가 다급하게 적호단주를 찾아왔다.

"적호단주!"

"당신은……?"

적호단주에게 급히 달려온 이들은, 월하회주 장소팔과 월하회 무인들이었다.

"환마제의 술수요. 저들 모두, 환마제의 악몽경에 당한 것이오! 성녀께서 환마제에게 갔소. 성녀께서 악몽경을 풀 때까지 저들을 분리해야 하오!"

월하회주가 다급한 목소리로 말했다.

월하회주는 적호단과 현무단이 즉시 그의 말에 따를 것이라 생각했다. 하지만 적호단주의 생각은 조금 달랐다.

"환마제의 위치를 알아낸 것이오?"

적호단주의 날카로운 목소리에, 월하회주가 순간 당황한 표정을 지었다.

정의맹과 월하회는 엄연히 다른 곳이었다.

십이좌회의 아래에 있는 것은 맞지만, 십이좌회는 결국 천하제일 고수들을 일컫는 말에 불과할 뿐 어떤 약속이나 협정이 있는 것은 아니었다.

월하회는 현오의 납치 장소를 알아내 준다고 장담했지만, 결국 진화가 마상 노인을 고문해서 정보를 알아낼 때까지 도움이 되지 못했다.

결론적으로 저들이 한 일은, 현오의 뒤를 지키려는 진화 일행을 방해한 것밖에 없었던 것이다.

"저들을 분리한다니, 또 따로 계획이 있는 것인가?"

적호단주의 말투가 공격적이었다.

월하회주는 적호단주의 목소리에 깔린 불신을 읽었다. 하지만 자신들의 잘못이 있으니, 그것을 탓할 수는 없었다.

월하회주는 한숨을 쉰 후, 월하회의 일을 설명했다.

"우리는 환마제의 최종 제물이 움직인다는 정보를 입수하고, 그것을 추적하고 있었소. 환마제의 위치뿐 아니라 환마제가 어떻게 살아남았는지 알아내는 것이 무엇보다 중요했소! 추적에 성공하면 현오를 구출하는 것도 자연스럽게 해결될 것이었고."

"그런데 일이 실패했군."

적호단주의 눈빛이 더 날카로워졌다.

월하회주는 적호단주의 비난을 기꺼이 감수하기로 했다.

"혼현마제가 직접 움직였소. 최종 제물을 추적, 탈취하기 위해 보낸 우리 쪽 무인들이 모두 죽었소."

"혼현마제가?"

적호단주의 눈이 커졌다. 월하회를 비난하고 있기엔, 혼현마제라는 이름이 결코 가볍지 않았다.

"성녀께서 악몽경을 풀러 가셨소."

"악몽경이 풀 수는 있는 거요?"

"안 된다면, 환마제를 죽이시겠지."

월하회주가 매서운 눈을 빛내며 말했다.

"혼현마제의 도착을 늦추기 위해 장안에 있는 월하회의 무인들이 모두 나갔소."

"이곳의 일은 우리가 해결해야겠군."

여러 상황이 겹치긴 했지만, 정의맹 본부를 뚫고 도망친 혼현마제였다.

월하회 무인들로는 혼현마제를 죽일 수 없을 것이었다.

결국 혼현마제의 발걸음을 늦추기 위해 월하회 무인들이 목숨을 걸고 나선 것이라.

월하회의 희생을 존중하며, 적호단주 또한 월하회주의 손을 잡았다.

"그나저나, 환마제는 어디 있었소?"

적호단주가 지나가듯 물었다.

"인림의 바로 아래에, 진골장과 이어진 지하 비밀 장소가 있었소."

진골…… 뭐?

순간, 적호단주가 걸음을 멈추었다.

"……이런 씨발."

적호단주가 사정없이 욕지거리를 뱉었다.

자애로운 여인의 목소리에도 불구하고 진화는 검을 마저 휘둘렀다.

진화의 번개가 그를 잡는 유려한 기운마저 뿌리치고, 자욱

하게 깔린 환마제의 기운을 뚫으며 사납게 번뜩였다.

펑! 퍼-엉!

"크아아아아악!"

살이 타들어 가는 냄새와 함께, 환마제가 고통스러운 듯 비명을 질렀다. 거대한 육신이 꿀렁거렸다.

앞을 가릴 만큼 자욱했던 운해가 갈라지며, 환마제의 머리가 보였다.

진화가 눈을 번쩍였다.

그때.

"이런, 정말 인내심이 없는 아해로구나."

휘이이익-!

팟! 팟!

"칫!"

진화는 자신을 앞을 막는 여인의 팔을 뿌리쳐 보았지만, 그녀는 부드러운 몸놀림으로 진화의 검로를 막았다.

결국 앞이 막힌 진화가 그녀를 노려보았다.

"네가 남궁의 아해로구나. 어머나, 듣던 대로 정말 꽃같이 곱구나. 호호호!"

육칠십 대 평범한 노부인의 모습이었다.

희끗한 머리를 우아하게 단장한 노부인이 진화를 향해 유쾌하게 웃었다.

지금 이 상황에 외모 칭찬이라니.

언뜻 눈치 없고 웃음만 많은 노부인 같기도 했다.

하지만 그녀에게서 상쾌한 꽃향기와 함께 뿜어져 나온 기운은 지금도 환마제의 운해를 짓누르고 있었다.

"성녀께선 마제를 죽이러 온 것이 아닙니까?"

진화가 불만스러운 듯 야희성녀를 노려보았다.

옆에서 현오와 남궁구가 기함하듯 진화를 보았다.

진화가 힐끗 뒤를 보았다.

야희성녀의 기운이 환마제의 기운을 누르며, 환마제의 방밖에 있던 수많은 흑의인들이 쓰러져 있었다.

'그래도 십이좌회는 십이좌회라는 건가?'

진화가 야희성녀를 살폈다.

야희성녀가 십이좌회에 든 것은, 천하의 밤을 손안에 쥐고 있었기 때문이다.

결코 무공으로 유명하거나 직접적으로 전투에 참여했다는 말을 들어 본 적이 없는 사람이었다. 하지만 그런 말이 무색하도록, 실타래처럼 퍼진 환마제의 기운을 억누르는 야희성녀의 기운은 강하고 거대했다.

'동시에 환마제의 기운을 다 누르진 못했지.'

진화가 야희성녀와 환마제의 기운을 보며, 그녀의 경지를 가늠했다.

야희성녀의 기운이 환마제의 기운을 누르긴 했으나, 환마제의 기운은 오히려 사방으로 날뛰며 돌벽 사이로 빠져나가

고 있었다.

"으히히히히! 야희성녀! 히익히익. 날 살리러 온 건가? 히히히히!"

야희성녀에 의해 기운이 눌렸음에도, 환마제는 얄밉게 웃어 댔다. 그에 야희성녀의 표정이 돌변하며, 표독스러운 눈빛으로 환마제를 째려보았다.

"죽기 싫으면 악몽경을 푸는 게 좋은 거야, 이 징그러운 자식아."

야희성녀의 말에, 환마제가 온몸을 출렁거리며 웃었다.

"으히히히히히히! 히익. 히익."

웃음소리가 멈추고, 환마제가 무거운 고개를 들었다.

"네년이 온 것을 보니, 혼현마제가 왔구나. 그렇지?"

완벽한 호선을 그린 눈이 이번에는 야희성녀를 조롱했다.

'혼현마제가 온다고?'

혼현마제라는 말에 진화가 눈을 크게 뜨고 야희성녀를 보았다.

야희성녀는 환마제의 조롱에 더욱 싸늘한 얼굴로 노려보았다.

"대체 어떻게 살아남은 거지? 그때 분명 네놈의 목을 쳤는데?"

야희성녀의 물음에 환마제가 답을 할 리 없었다. 그는 그저 야희성녀가 이곳에 나타났다는 사실에 기뻐할 뿐이었다.

"으히히히히히! 날 죽인다고? 히익, 히익. 죽여 봐! 죽여 봐! 이히히히히! 히익. 히익. ……넌 날 못 죽일걸. 악몽은 풀리지 않아. 날 죽이면 전부 같이 죽을 거다! 날 죽인다면 네년은 무림 영웅이 아니라 장안의 살인자가 되겠지! 이히히히히히!"

환마제가 야희성녀를 조롱하며 웃음소리를 높였다.

마치 약을 올리는 듯.

야희성녀가 누르고 있던 환마제의 기운이, 이전보다 거세게 돌벽 사이를 빠져나갔다.

'뭐가 어떻게 되는지 알 수 없군. 하지만 혼현마제가 온다는 걸 환마제가 저렇게 반기는 걸 보면…….'

진화는 이전 생을 떠올렸다. 역천대법에 대해 자세한 것은 알지 못하지만, 역천대법을 실행하는 방식은 분명 알고 있었다. 저를 삼키던 만년독수와 주문을 외며 스스로의 피를 바치던 술법사들, 그리고 희열에 찬 광마제.

"새로운 껍데기로 갈아 치운다고 했으니, 혼현마제가 최종 제물을 가져오는 건가?"

진화의 말에, 야희성녀와 환마제가 놀란 눈으로 진화를 보았다. 진화는 그들의 시선을 덤덤하게 마주했다.

"뭐가 어찌 되었든 상관없어."

진화가 새파란 검강을 번뜩이며 환마제를 향해 뛰어올랐다.

"넌 지금 죽는다!"

진화는 영웅이 되는 데에 관심이 없었다.

물론 장안 모든 사람들의 살인자가 되는 것도, 상관없었다.
야희성녀가 환마제의 기운을 누르고 있는 지금이 기회였다.
"자, 잠깐! 악몽은 풀리지 않는다고 했어! 전부 죽는다고!"
환마제가 다급하게 소리쳤다.
하지만 진화는 아랑곳하지 않고 검을 휘둘렀다.
쉐에에에엑---!
퍼------엉!
"차라리 잘됐네, 한 번에 해결할 수 있겠어."
진화가 서늘하게 웃으며 푸른 섬광을 뿜었다.
쉐에에에엑!
진화의 기운과 환마제의 기운이 부딪히고, 진화는 방금 전과 같이 사정없이 환마제를 공격했다.
펑! 펑! 펑!
몸을 움직일 수 없는 환마제가 거대한 기운을 모아 진화의 공격을 막았다.
"정말이다! 전부 죽을 거다! 네놈은 장안의 살인자가 될 것이다! 장안의 원수가 될 거라고!"
환마제가 악에 받친 듯 소리를 질렀다.
환마제의 기운이 물줄기처럼 일어나 진화에게 쏘아지고, 진화는 그것을 베어 내며 환마제의 몸을 노렸다.
야희성녀는 당황스러운 눈으로 진화와 환마제의 충돌을 지켜보았다.

그 옆에는 남궁구와 현오, 어느새 합류한 남궁교명과 일행이 입을 벌리고 있었다.

쉐에에에엑--!

파팟!

핏줄기가 튀어 올랐다.

"크아아악! 너! 너! 너!"

환마제가 숨을 헐떡이며 비명을 질렀다.

그 모습을 보며 야희성녀가 기가 막힌 듯 숨을 뱉었다.

"허어! 보기와 달리 많이 과격한 아이구나."

야희성녀가 한숨을 쉬었다. 하지만 앞으로 무림을 밝힐 아이를, 환마제의 말처럼 장안의 살인자, 장안의 원수로 만들 수는 없었다.

악몽경을 풀 수 없다면 그 짐을 짊어지는 것. 자신이 해야 할 일이었다. 결단을 내린 야희성녀의 눈에 살기가 스쳤다.

샤아아아아악----!

꽃향기가 모여들며 서서히 환마제의 기운을 조여들어 갔다.

그 순간.

파----앗!

야희성녀의 기운이 깨졌다. 누군가, 성녀의 기운을 깨뜨렸다. 야희성녀의 안색이 빳빳하게 굳었다.

그녀는 진화와 일행을 보호하겠다는 듯 그들의 앞에 자리했다.

진화는 그녀의 뒤에서 통로 쪽을 보았다.

'이 기운…….'

진화는 통로를 들어오는 사람의 기운을 느끼기 위해 기감을 집중했다.

진화가 이전 생보다 조금 더 일찍 경지를 넘어선 후, 의천검주에게 가르침을 받으면서 골몰한 것이 만물의 조화였다.

만물이 소생하는 법칙처럼.

살아 있는 것들은 음과 양의 조화가 완벽하면서, 동시에 완벽하지 않았다.

사람도 마찬가지.

일견 음양의 조화가 균형 있게 있다가 그것이 흐트러지면 병이 생기고 몸이 무너지는가 싶지만, 그 균형이라는 것이 사람마다 달랐다.

모든 사람의 외모가 다른 것처럼, 타고난 기질과 내공심법, 무공에 따라서 서로 조금씩 다른 균형(均衡)을 가지고 있었던 것이다.

상대가 기운을 숨긴 터라 확신할 순 없었지만, 진화는 지금 들어오는 이가 누구인지 얼추 알아차렸다.

그리고 곧바로 손을 움직였다.

파지직-!

파파파파파팟---!

"자, 잠깐……!"

퍼—엉!

"아아악!"

다급한 목소리가 진화를 막으려다, 곧 비명을 질렀다.

"아아악! 아악! 아—악!"

고통과 악에 받친 환마제의 비명에, 야희성녀는 물론 남궁구와 일행도 놀란 눈으로 진화를 보았다.

그때, 진화가 검을 들고 저를 공격하는 환마제의 기운을 베어 내며 말했다.

"저쪽은 성녀께 맡기지요."

"아해야?"

야희성녀가 놀라서 진화를 불렀다. 하지만 그녀도 곧 진화처럼 급히 팔을 휘둘렀다.

섬뜩한 기운.

휘이이이익---!

야희성녀가 그녀와 뒤의 후기지수들에게 날아든 섬뜩한 예기를 잘라 냈다.

타---앙!

투둑. 툭. 툭.

뭔가가 야희성녀의 기운에 튕겨 나가 끊어지는 듯한 소리가 들렸다. 그리고 그 소리를 뚫고, 혼현마제가 친근한 목소리로 야희성녀에게 인사를 건넸다.

"허허허허! 이거, 생각지도 못한 반가운 사람이군. 흥미로

운 이들도 있고."

혼현마제가 진화와 현오에게 눈길을 보내며 빙그레 웃었다.

순간, 정체를 드러낸 혼현마제의 기운이 지하 가득 뻗어 있던 환마제와 야희성녀의 기운을 조여들기 시작했다.

"큿!"

목을 죄어 오는 듯한 위압감에 당혜군이 신음을 내었다.

다른 이들 또한 얼굴이 하얗게 질렸지만, 힘을 내어 주먹과 무기를 들었다.

"오, 이런. 성녀, 혼자인가?"

마치 다른 관도생들은 보이지도 않는 사람처럼.

"허허, 천운이 내게 닿았군."

혼현마제가 기쁜 듯이 웃었다.

야희성녀와 관도생들의 주변으로, 혼현마제의 현홍사가 먹이를 노리는 뱀처럼 넘실거렸다.

그 와중에도 야희성녀는 혼현마제 제갈무진의 얼굴에서 눈을 떼지 못했다.

"너는 정말로 혼현마제인가?"

그녀도 들어 알고 있었다. 제갈무진이 혼현마제였다고.

하지만 그건 틀린 말이었다.

분명 혼현마제는 그녀와 천수현인 제갈길현, 풍선 곤학진인이 목을 날려 죽였었다. 여기 환마제와 마찬가지로.

그런데 두 사람 모두 살아 있었다니.

놀랍고 참담한 일이었다. 하지만 그보다 더 참담한 것은.

"너…… 네가 어찌!"

야희성녀가 무너진 속내를 드러내며 얼굴을 일그러뜨렸다.

야희성녀는 적어도, 그래, 정말 적어도.

육체가 붕괴된 환마제와 마찬가지로, 혼현마제 또한 제갈무진의 껍데기를 뒤집어쓰고 불완전하게 있을 것이라 예상했다. 하지만 이건, 완전히 제갈무진이 아닌가!

"어떻게 육신이 바뀌었지?"

경악을 금치 못한 야희성녀의 혼잣말이 진화의 귀에도 들어갔다.

'육신을 바꿔? ……그러고 보니, 환마제도 새로운 껍데기라 말했지. 설마 광마제가 날 죽이려 한 것이, 단지 강해지기 위해서가 아닐 수도 있는 건가?'

진화는 역천대법에 대해 보다 자세히 알아봐야겠다는 생각을 했다. 하지만 지금은, 눈앞의 일이 먼저였다.

"칫."

진화가 혀를 찼다. 못마땅함은 혼현마제가 아니라 야희성녀를 향한 것이었다.

그녀는 무엇에 그리 충격을 받았는지, 아직도 경악을 금치

못하며 혼현마제를 보고만 있었다.

'판단이 느려.'

대반격 때 외에는 전투에 참여한 적이 없다 했던가.

전투에서는 찰나의 판단이 생과 사를 나누는 법이었다.

야희성녀가 곧바로 혼현마제를 공격하고, 혼현마제가 잠깐 정신없는 틈에 환마제라도 죽일 수 있었다면 좋았을 것을.

좋은 기습의 때를 놓쳤으니, 이제 양쪽이 제대로 부딪히게 될 터였다. 하지만 그렇게 되면, 진화 쪽이 유리할 것이 하나도 없었다.

지금도 보라.

혼현마제가 뱀처럼 천천히 걸어 들어오고, 야희성녀는 둥지를 지키는 새처럼 조금씩 물러서고 있지 않은가.

'적어도 전투에선 별 쓸모가 없군.'

진화가 십이좌회의 일인인 야희성녀를 향해 가차 없는 평가를 내렸다. 그리고 날카로운 눈빛으로 환마제를 보았다.

-잠시 저 사람을 붙잡아 두십시오.

-뭐?

진화의 전음에 야희성녀가 놀란 듯 되물었다. 하지만 진화는 이미 땅을 박차고 환마제에게 달려가고 있었다.

쉐에에에엑---!

푸른 번개가 환마제의 기운을 뚫고 들어갔다.

"아아악! 아악! 젠장! 젠장! 젠장! 이 빌어먹을 애송이, 죽여 버릴 거다! 갈기갈기 뜯어서 한 줌도 남기지 않고 먹어 치울 거다-!"

환마제가 고래고래 소리를 질렀다.

그 소리에 혼현마제 또한 짜증스러운 듯 눈살을 찌푸렸다.

"추태는…… 쯧."

사아아아악----!

이번에는 야희성녀의 기운이 현홍사를 피해 혼현마제의 발밑으로 퍼져 갔다.

그에 혼현마제가 야희성녀를 보며 싱긋이 웃었다.

"회포는 차근차근 풀어야겠군."

휘이이이이잉---!

혼현마제의 현홍사가 성난 회오리처럼 뭉쳤다.

그리고 순식간에 환마제의 기운을 누른 야희성녀의 기운을 찢어 버렸다.

"크아아아아----!"

환마제의 기운이 풀려나고, 다시 흑의인들이 계단 아래로 뛰어 들어오는 소리가 들렸다.

"구! 현오!"

남궁교명이 눈을 크게 뜨고 남궁구와 현오를 불렀다.

"땡중, 움직일 수 있겠나?"

"미안하네, 며칠간 제대로 먹질 못했더니 온몸에 힘이 없군."

현오가 사슬 자국이 시뻘겋게 남은 팔을 들어 보이며 말했다.

"음, 괜찮네."

남궁교명이 고개를 끄덕였다.

물론, 현오가 바라는 의미의 '괜찮다'는 분명히 아니었다.

"저 흑의인들은 하던 대로 한 방에 대가리를 깨면 된다."

"나무아미타불 관세음보살. 저 인정머리 없는 놈에게도 자비를 베푸소서."

현오가 입술을 댓 발 내밀며 염불을 외었다.

그리고 남궁구와 남궁교명, 당혜군과 함께, 팽가 형제와 나하연의 뒤에 섰다.

쉐에에에엑---!

"놈-!"

야희성녀가 노성을 터뜨리며 팔을 휘둘렀다.

펑--!

펑펑펑-! 펴--엉!

뱀처럼 입을 벌린 현홍사와 노란 나비가 뭉쳐 있는 듯 해사한 기운이 정면으로 부딪혔다.

펑! 펑! 펑!

쿠르르르릉!

거대한 지하가 흔들릴 정도로 강한 충돌이 끊임없이 이어졌다.

야희성녀는 일행을 보호하며 싸우려니 힘이 부쳐 보였고, 그렇다고 일행이 나서서 그녀를 도울 수도 없었다.

남궁구와 남궁교명이 걱정스러운 눈으로 뒤를 보았다.

"으아아악! 죽어! 히-익! 히—익!"

퍽! 퍽! 퍽!

새하얀 기운이 물줄기처럼 솟아 나와 거미의 다리처럼 진화를 향해 찔러 댔다.

눈에 보이지도 않을 정도로 빠른 속도였다.

카-앙!

진화의 기운이 거미의 다리를 베어 내고 또 베어 내었다.

하얀 기운이 뒤의 일행을 노릴 수 없도록, 진화는 잘 보이지도 않는 모든 공격을 족족 잘라 냈다.

야희성녀도, 진화도, 감히 그들이 도울 수도, 끼어들 수도 없는 싸움이었다.

일행은 그들이 할 수 있는, 해야 하는 일로 눈을 돌렸다.

흑의인들이 안으로 들어왔다.

"흣!"

쉐에에엑---!

야희성녀의 기운이 흑의인들이 방으로 들어오는 것을 막

았다. 하지만 그녀는 지금 혼현마제의 현홍사를 막는 것만도 벅찰 지경이었다.

그때.

"지금이다-!"

남궁구의 외침과 함께, 팽가 형제와 나하연을 선두로 관도생들이 야희성녀의 뒤를 벗어났다. 그리고 통로 가득 들어오는 흑의인들을 쓰러뜨리며, 밀고 나가기 시작했다.

퍼---억!

퍼-엉!

"이들은 저희가 맡겠습니다!"

남궁교명이 야희성녀에게 통보하듯 말하고, 혼현마제가 그들을 향해 요사스러운 눈빛을 번뜩였다.

쉐에에에엑---!

야희성녀가 급하게 몸을 날려, 관도생들을 노리는 현홍사를 잘라 냈다.

통로를 기준으로, 관도생들과 야희성녀, 그리고 그 앞에 혼현마제와 진화, 환마제가 섰다.

야희성녀와 혼현마제의 위치가 바뀌며, 진화가 혼현마제와 환마제의 사이에 끼인 형국이 된 것이다.

'이런 큰일이구나!'

야희성녀가 낭패한 얼굴로 진화를 보았다.

휘이이이이이익---!

현홍사가 뱀처럼 진화를 향해 날아갔다.

"아해야!"

야희성녀가 급하게 월연비장(月演秘掌)을 쏘았지만, 그 또한 현홍사에 가로막혔다.

퍼---엉!

"웃!"

현홍사가 터져 나가며 야희성녀의 얼굴에 상처를 남겼다.

콰—앙!

파파파파팟!

진화가 있는 곳에서도 불길한 소리가 울렸다.

푸른 불꽃이 뭔가 부딪히는 듯 계속해서 번뜩였다.

혼현마제가 야희성녀를 향해 비릿한 웃음을 지었다.

"혼돈지체를 챙기고, 네년을 죽여 과거의 분풀이를 해 주마."

혼현마제의 눈이 붉게 빛났다.

"안 돼!"

야희성녀가 다급한 얼굴로 앞을 뛰어들고, 그 모습을 보며 혼현마제가 양손을 펼쳤다.

"곤학처럼 죽여 주마!"

휘이이이이--!

붉은 기운이 뭉치며 현홍사가 만든 회오리가 덩치를 키웠다.

곤학진인은 저 현홍사에 온몸이 찢겨 나갔다.

그러나 그가 혼현마제의 목을 날렸었다.

야희성녀 또한 사나운 얼굴로 기운을 끌어 올렸다.

동귀어진을 각오한 듯, 살기 넘치는 눈이 수백 마리 뱀처럼 꿈틀거리는 현홍사를 뚫고 혼현마제를 노리고 있었다.

하지만 모두 그들의 계산일 뿐이었다.

파파파파팟------!

"아아아아악!"

고통에 찬 비명이 방 안 가득 울렸다.

환마제가 숨을 헐떡이며 고통스러워하는 가운데, 출렁거리는 그의 거대한 몸에 가닥가닥 바늘처럼 쪼개진 현홍사가 빼곡하게 박혀 있었다.

그리고 또다시. 환마제의 기운이 운무처럼 깔린 곳에서, 푸른 불꽃이 파바바박- 튀었다.

"아아악! 너! 너! 네 이놈--! 하악, 하악!"

하얀 기운이 환마제의 몸으로 되돌아가 푸른 불꽃이 튀는 현홍사를 뽑아냈다.

야희성녀는 물론, 혼현마제가 놀란 눈으로 진화를 보았다.

'내 현홍사를 움직여?'

혼현마제는 믿을 수 없다는 눈으로 진화를 보았다.

아까의 굉음과 불꽃.

현홍사가 남궁진화의 기운과 계속해서 부딪히는 줄로만

알았다. 그런데 환마제의 몸에 박힌 저것은 뭐란 말인가.

그의 기운과 끊어진 현홍사가 제 스스로 환마제의 몸에 박혀들진 않았을 것이다.

결국 남궁진화가 자신의 현홍사를 움직인 것이다.

'어떻게 한 것이지?'

혼현마제가 다시 진화에게 손을 뻗었다.

그와 동시에.

"끄아아아악–!"

파팟–––!

환마제가 비명을 지르며, 기어코 제 몸에 박힌 현홍사 조각을 모두 빼냈다.

그에 맞춰 진화의 눈동자에 푸른 번개가 번뜩였다. 그리고 진화가 왼손에 있던 푸른 뇌전을 휘두르자, 환마제의 몸에서 나온 현홍사 조각이 모조리 혼현마제를 향해 날아갔다.

"이런!"

쉐에에에에엑––!

파다다다닥!

혼현마제가 진화를 공격하려던 것 그대로, 날아드는 현홍사 조각을 막았다.

그 순간을 놓치지 않고, 야희성녀의 월연비장이 그의 기운을 뚫고 들어왔다.

파파파파팟–––!

"감히……!"
또다시 제 목을 노리고 들어오는 월연비장을 보며, 혼현마제가 얼굴을 일그러뜨렸다.
쏴아아아아악———!
방금 전과 비교도 할 수 없는, 사악하고 강한 기운이 뿜어져 나왔다.
붉은 불을 뿜어 대는 검은 회오리가, 야희성녀의 기운을 집어삼키며 앞으로 나갔다.
"성녀님!"

사천패룡권 흑룡패기.

나하연이 검은 용과 함께 야희성녀를 돕기 위해 뛰어들었다. 그녀의 뒤로, 지친 기색이 역력한 관도생들이 창백하게 질린 얼굴로 야희성녀를 보고 있었다.
'왜 저들이 이곳으로 왔지?'
흑의인들을 통로 밖으로 몰아내며 함께 나갔던 이들이었다. 그런데 왜 저들이 이곳에 다시 왔단 말인가.
'벌써 그들을 모두 죽인 것인가?'
아니. 흑의인들의 수를 생각하면 말도 안 되는 일이었다.
'말도 안 되는 일인데…….'
야희성녀가 저도 모르게, 진화가 있는 쪽을 보고 말았다.

야희성녀의 눈이 찢어질 듯 커졌다.

"음?"

야희성녀가 경악하는 모습에 의아함을 느낀 혼현마제가 야희성녀의 시선을 쫓아 뒤를 보았다.

새파란 뇌전이 혼현마제를 덮쳤다.

"어떻게! 주, 죽였다고?"

퍼------엉!

팔을 들어 뇌전을 막았다. 하지만 이번에는 혼현마제조차 혼란스러움을 감추지 못했다.

새까맣게 타 버린 환마제의 시체를 밟고 저를 내려다보고 있는 남궁진화의 모습을, 도무지 이해할 수 없었다.

"대체 언제……!"

혼현마제가 경악을 금치 못한 얼굴로 진화를 보았다.

그건 야희성녀와 관도생들도 마찬가지였다.

"죽였어? ……기어이, 환마제를 죽였더냐!"

야희성녀가 창백하다 못해 퍼렇게 질린 얼굴로 물었다.

질문이 아닌 추궁으로 들릴 정도로, 야희성녀는 당혹스러움을 감추지 못했다.

장안 사람의 절반!

관도생들의 머릿속에 환마제가 소리치던 목소리가 떠올랐다.

—장안의 살인자! 장안의 원수!

진화가 소리 없이 밟고 선 검은 시체가, 마치 장안 사람 절반의 주검처럼 보이는 듯했다. 하지만 다른 사람들의 혼란과 당황스러움을 전혀 모르는 듯.

진화가 혼현마제를 향해 잔잔하게 미소를 지었다.

"운이 좋네, 한 번에 둘이라니."

순식간에 환마제의 형체를 하고 있던 까만 재가 흩어졌다.

흩어지는 재를 뚫고, 푸른 번개가 쏘아져 나왔다.

—아, 악몽경을 깰 방법을 알려 주마!

환마제의 목소리가 진화의 머릿속에 맴돌았지만, 진화는 검을 멈추지 않았다.

푹! 푹! 푹!

진화가 피한 자리에 땅이 움푹움푹 파였다. 그럴 때마다 환마제의 기운은 조금씩 더 빨라지며, 진화를 노렸다.

그러다…….

'이게 악몽경인가?'

진화는 눈앞에 보이는 광경에, 보자마자 악몽경에 당했음을 알아차렸다.

시간 감각이 느려진 것과 동시에, 저를 향해 원망을 쏟는 사람들.

"너 때문이야! 너 때문에 내가 이렇게 된 거야!"

"죽어! 빌어먹을! 죽어, 이 불길한 자식아!"

어머니와 아버지가 저를 향해 원망의 말을 퍼부었다.

"아아아악! 내가 왜 이렇게 되어야 해! 죽으려면 네가 죽었어야지!"

목이 잘린 남궁진혜가 검을 들고 진화에게 휘둘렀다.

"너 때문이다. 네가 남궁에 불행을 가져왔구나!"

"제물로 죽어 가던 천한 놈이 내 가문을 몰락시키다니!"

"어떻게 지킨 남궁인데!"

"너 때문이야! 전부, 너 때문이야!"

가주님과 할아버지를 비롯해서 남궁세가의 모든 사람들이 진화에게 달려들었다.

푹! 푹! 푹!

그들이 쥔 칼이 진화의 몸을 쑤셨다.

칼이 살을 파고드는 섬뜩한 감각과 고통이 진짜처럼 느껴졌다. 하지만 그럼에도 진화는 꼼짝도 하지 않고 칼을 맞았다.

진화는 원망과 저주의 말을 끊임없이 퍼부으며 저를 죽이려는 사람들에게 저항도 하지 않았다.

곧 온몸의 피가 빠져나온 듯 피투성이가 되었다.

그때까지도 진화는 눈앞의 광경에서 눈을 돌리지 않았다.

'고작 이런 게 악몽이라고?'

진화가 입꼬리를 비틀며 환마제의 악몽경을 비웃었다.

어째서 최악이라고 만들어 낸 악몽이 현실보다 못할까!

이전 생에서 저들의 죽음이 훨씬 끔찍했었다.

진화는 차라리 저들의 손에 죽었으면 좋았을 거라 수백 번도 넘게 생각했었다.

저들이 휘두르는 칼이라면 기쁘게 맞았을 것이었다. 그러니 이 광경은, 악몽이 아니라 달달한 당몽(糖夢)이었다.

다만.

'감히 귀천성의 희충(戱蟲) 따위가 뉘의 죽음을 그리는 것이냐!'

악몽 속에서도 피투성이인 사람들의 모습이 가시처럼 목에 걸렸다. 머리가 잘린 남궁진혜의 모습에, 진화의 속에서 천둥이 울었다.

진화는 사방으로 번개를 뿜어내며 가당치 않은 환상을 그려 낸 환마제의 세상을 부쉈다.

콰광광-----쾅!

쾅-! 쾅!

진화가 환마제의 기운을 베어 내자, 진화의 정신에 들어온 악몽경이 흔들렸다.

운무와 같이 자유로운 환마제의 기운은 호흡을 통해 쉽게 진화의 정신으로 들어왔지만, 진화의 정신을 지배하진 못했다. 운무처럼 자유로운 기운은 퍼뜨리기는 좋으나, 온전히 통제하기엔 환마제조차 쉽지 않았기 때문이다.

물론 진화의 기운이 환마제의 기운을 부술 정도로 강한 것이 제일 큰 문제였다.

콰과----광 쾅!

"자, 잠깐!"

환마제의 목소리가 다급하게 울렸다.

악몽경에서 완전히 벗어난 것은 아닌지, 여전히 그의 모습은 보이지 않았다. 하지만 눈에 보이지 않는다고 해서 그가 존재하지 않는 것은 아니니.

진화는 망설이지 않고 환마제의 기운을 향해 검을 휘둘렀다.

쉐에에에엑---!

"끄아아아악! 하악, 하악, 정말 날 죽일 셈이냐! 날 죽이며 어찌 될지 모르느냐!"

돼지 멱따는 소리가 들려오는 것을 보면, 검을 제대로 휘두른 듯했다.

'기감에 이상이 생긴 것은 아니라는 말이군.'

진화가 사방으로 기감을 끌어 올렸다.

악몽경에 갇혔다는 건, 시간과 공간 감각이 무너졌다는 의미였기 때문이다.

'나가야지. 저쯤이었나?'

환각이나 진법에 당했을 때, 기억에 의존하는 것은 좋지 않은 방법이었다. 하지만 진화는 이전 생에서도 정신세계를 지배하거나 진법에 빠진 적이 한두 번이 아니었다.

진화는 기억이 아니라, 기억의 기준점이 중요하다는 것을 알고 있었다.

'다행히 기감에 이상이 있는 것은 아니니까.'

파지지지직-!

진화의 왼손에 뇌전이 모여들었다.

저곳을 찢으리라.

진화의 눈이 먹이를 노리는 매처럼 저 멀리서 느껴지는 환마제의 숨결을 노렸다.

"안 돼! 멈춰! 정말 죄 없는 이들까지 모두 죽일 셈이냐!"

환마제의 다급한 목소리가 머릿속을 울렸다.

"아아악! 대체 왜 그러는 거야! 진소야! 진소야, 정신 좀 차려 보게!"

쉐에에엑----!

"커헉!"

"어? ……헉! 명해! 내, 내가 왜! 아아악! 명해!"

정신을 차리고 제가 한 짓을 보고 고통스러워하는 이가, 곧 다시 동공에 초점을 잃고 검을 들었다.

챙-! 챙-!

"구석으로 몰아라! 살수는 펼치지 마라!"

적호단주의 필사적인 외침이 곳곳에 퍼지고, 적호단과 현무단이 이를 악물고 검을 든 사람들을 안으로 몰았다.

"비켜! 정신 괜찮은 놈은 밖으로 빠지라고!"

쉐에에엑!

"아악!"

"사형!"

악몽경에 당한 사람과 그렇지 않은 사람의 구분이 어려웠다. 악몽경에 당한 사람도 겉으로 보기엔 멀쩡했기 때문이다. 난전이 벌어진 상황에서 일일이 동공을 확인하기도 쉽지 않았다.

"젠장! 어쩔 수 없다! 적호단과 현무단, 종남파를 제외한 이들은 검을 넣고 물러서라!"

"그게 무슨 말이오! 우리더러 도망하라는 말이오?"

"그럼, 이렇게 계속 서로에게 칼질하면서 다 죽을 거요!"

적호단주의 명에 현무단주와 종남파가 따라 주고는 있었지만, 그건 그들이 정의맹 소속이거나 지은 죄가 있어서일 뿐. 다른 중소 문파의 장문들은 자신들의 제자를 보호하는 데에 우선하여 적호단주의 명을 들을 이유가 없었다.

그래서인지 전장은 계속 정리가 되지 않았다.

"저들을 다 죽일 것이냐? 히-익, 히-익, 날 살려 준다면, 저들을 살려 주마."

환마제가 협상안을 내밀었다.

"진짜 같군."

진화가 검을 멈추고 악몽경이 보여 주는 광경을 보았다.

실제 장안성에서 일어나는 일인 듯 사실적이었다.

하지만 그건 진화의 느낌만이 아니었다.

"저건 진짜다! 내 악몽경에 연결된 이들의 기억이라고!"

환마제의 말에 진화가 검을 내렸다.

환마제는 진화가 제 말에 흔들렸다고 확신했다.

"그, 그래. 저 지옥은 진짜다! 히-익, 날 살려 주겠다고 약속해라! 여, 여기서 나가겠다고 약속해! 그럼 저 지옥을 끝내 주마!"

환마제가 진화를 설득하기 위해 필사적으로 외쳤다.

'이번만 넘어가면, 이번 위기만 넘어가면…….'

환마제가 하는 말 한마디, 한마디마다 그의 다급함이 느껴졌다.

진화는 환마제의 설득이 계속되는 중에도, 눈앞의 광경에서 눈을 떼지 못하고 있었다.

"단주님!"

"젠장! 안 되면 죽여! 쓰불, 지들이 안 비킨 걸 어쩌라고!

그냥 우리 쪽만 정리하고, 위험한 놈들은 그냥 죽여!"

악에 받친 적호단주의 고함이 퍼졌다.

어쩐지 자포자기 한 듯도 했다.

그도 그럴 것이, 아군과 적이라 표현하기엔, 저들은 적이 아니었다.

정신을 잃고 환마제의 기운에 당한 것뿐이라.

그런 이들을 죽이는 건, 생각보다 큰 충격이 남았다. 하지만 정신없이 휘두르는 칼을 맞고 죽어 줄 수도 없었다.

물론 위기를 기회로 삼은 사람도 있었다.

쉐에에엑--!

"잘됐네! 이 새끼들, 이전부터 마음에 안 들었어! 오늘 죽어 봐라!"

남궁진혜가 신이 나서 날뛰었다.

손에는 검이 아니라 커다란 쇠몽둥이를 들고, 보이는 족족 팔다리를 부수고 있었다.

문제는 남궁진혜가 악몽경에 당한 사람들을 부수고 나가면 나갈수록, 점점 그들로 둘러싸이고 있다는 것이었다.

"……저 귀한 집 망나니 같은 놈이!"

"차라리, 저렇게 하는 게 낫지 않을까요?"

"……."

위태로워 보이는 상황 속에, 적호단원 하나는 차라리 저게 속이 편하겠다 싶었다.

적호단주 팽치의 고민이 깊어졌다.

'누님!'

악몽경에 당한 이들의 상태를 알면 알수록, 점점 혼란스러워지는 상황.

진화가 넋을 잃은 듯 그것을 보고 있자, 환마제가 기쁜 듯이 소리쳤다.

"곤란하구나! 상황이 점점 위험해!"

하지만 그도 잠시.

"히-익, 히-익, 어서, 어서 결정해. 나가겠다고 약속하면 악몽경을 풀어 주마! 전부! 그러니까 여길 나가! 나가…… 큇!"

흥분한 듯 소리치던 환마제가, 갑자기 숨이 막힌 듯 말을 잇지 못했다.

진화의 검이, 악몽경 속에서도 정확하게 그의 두툼한 살덩어리를 찔렀기 때문이다.

"아아아아악-!"

머릿속이 터질 듯 비명이 울렸다.

진화를 둘러싼 악몽경이 흔들리며, 밖의 상황과 살을 출렁이며 고통스러워하는 환마제의 모습도 보였다.

"죄 없는 이들을 모두 죽일 셈이냐! 내가 죽으면 저들도 전부 죽을 거다! 살인자! 장안의 원수! 너, 너 때문에 다 죽었다는 걸 알게 되면, 너는 장안의 악마로 불릴 거다! 네가 바로 악마라…… 끄어어어억-----!"

진화는 환마제의 비명을 들으며 검을 뽑았다.

그리고 무심한 얼굴로 검을 확인했다.

비릿한 혈향과 미끌거리는 붉은 피.

환마제를 찌른 것이 환상이 아니라!

진화의 입꼬리가 슬쩍 말려 올라갔다.

"히익, 히익, 악몽경을 풀어 주마! 환몽을 깰 방법을 알려 주마!"

환마제가 정말로 필사적으로 소리쳤다. 하지만 진화는 이미 환마제를 찌를 수 있다는 것을 확인한 후였으니.

"필요 없다."

푸---욱!

흑요석처럼 빛났지만, 동시에 온기 하나 없이 식은 눈.

진화가 가차 없는 손 속으로 환마제를 찔렀다.

"아아악! 이 악마 같은 자식! 이런 개 같은 새끼! 아아아악!"

환마제가 진화를 향해 욕지거리를 끌어 퍼부었다. 하지만 진화의 눈에서 번개가 번뜩이자, 다시 입장을 달리했다.

"사, 살려 줘! 제발 살려 줘! 헉, 헉, 죄 없는 사람들을 전부 죽일 거냐? 당장 풀어 줄게! 헉, 헉, 날 살려 주면 당장 저들을 풀어 줄게!"

환마제가 애원했다. 하지만 진화는 환마제의 몸에 박아 넣은 검을 거침없이 휘둘렀다.

"장안의 절반이 아니라 전부를 죽인데도, 누님의 털끝 하나 건드리지 못한다. 그러니 지금 당장 죽어라!"
번-------쩍!

천뢰제왕검법 현천섬뢰-.

해가 터진 듯 번쩍이는 섬광과 함께, 진화를 둘러싸고 있던 악몽경과 새하얀 운무 같은 환마제의 기운이 일거에 사라졌다.
진화는 까맣게 잿덩어리가 된 환마제의 시체를 밟고 섰다.
"어떻게! 죽, 죽였다고?"
혼현마제가 경악하며 진화를 보았다.
진화는 야희성녀와 관도생들을 압박하고 있던 혼현마제를 향해 거침없이 검을 휘둘렀다.

퍼------엉!
푸른 뇌전이 혼현마제의 팔에 부딪혔다.
카가가가가강---!
끼아아아악----!
현홍사가 마치 비명을 지르는 듯한 소리를 내며, 진화의 검에 잘려 나갔다.

챙! 챙! 챙!

진화가 눈앞에 닥치는 대로 현홍사를 끊고 혼현마제를 몰아붙이고, 혼현마제는 이제 다른 생각을 할 겨를도 없이 진화의 공격을 막기에 급급했다.

"큿!"

혼현마제의 입에서 신음이 나왔다.

'이놈, 이전보다 훨씬 강해졌구나.'

혼현마제의 눈빛이 매서워졌다.

콰광---!

"네놈 탓에 장안의 절반이 죽었겠구나! 과연, 환마제의 저승길이 외롭지 않겠어!"

혼현마제의 목소리가 진화는 물론 일행의 귀에 박혀들었다.

진화가 혼현마제를 몰아붙이는 동안, 관도생들은 그들의 싸움에 끼어들지 못했다. 대신 그들이 할 수 있는 일을 찾아, 살아 있는 노예들을 풀어 주었다.

그리고 그 많던 흑의인들이 모두 죽었다는 것을 확인했다.

"과연 누가 악당일까? 장안의 절반이 죽어 버렸는데! 과연 정의맹에서 네놈을 받아 줄까? 남궁에서 네놈을 품을 수 있을까!"

혼현마제의 말에 진화의 눈매가 꿈틀거렸다.

남궁세가에서 계속 진화를 품을 수 있겠냐는 말이 진화를

자극한 듯했다.

진화와 함께 혼현마제를 노리고 있던 야희성녀의 눈빛도 같이 흔들렸다.

야희성녀가 걱정한 것이 바로 그것이었다.

'남궁세가의 사랑받는 양자라 했지만…….'

야희성녀가 진화를 보았다.

아무리 사랑받는 양자인들, 전 무림이 비난하고 나선 이를 품어 줄 수 있을까. 환마제를 죽인 불세출의 인재건만, 과연 사람들의 비난을 견뎌 낼 수 있을까.

야희성녀의 눈빛이 걱정으로 물들었다.

그때, 진화가 서늘한 눈으로 혼현마제를 보았다.

"이미, 전쟁은 터졌다."

쉐에에에엑---!

천뢰제왕검법 천뢰우전-.

난폭한 기세로 입을 벌리고 있던 강철로 된 회오리 속으로 거대한 번개가 꽂혔다.

퍼------엉!

현홍사가 터져 나가고, 그 여파에 혼현마제와 진화, 야희성녀 모두 한 장씩 물러섰다.

쿠르르릉!

지하가 무너질 듯 흔들리고, 남궁구를 비롯한 관도생들이 살아 있는 노예들을 감싸고 몸을 웅크렸다.

"큿!"

"으으. 으으……."

공포에 질려 신음하는 소리를 들으며, 남궁구와 현오가 일행에게 눈짓했다.

"일단 나가자."

"우리만?"

남궁교명이 놀란 눈을 떴다. 하지만 남궁구와 현오의 표정도, 결코 좋아서 하는 소리는 아닌 듯 굳어 있었다.

"우린 도움이 안 돼. 괜히 걸리적거리는 것보다, 이 사람들만이라도 안전한 곳으로 이동시키는 게 좋아."

남궁구의 말에 일행도 고개를 끄덕였다.

심정적으로 선뜻 받아들일 순 없었지만, 그게 옳은 말이라는 것엔 모두 동의했다.

다만, 사방으로 터져 나오는 여파를 피하는 것이 문제라.

"죽어라!"

쉐에에에엑---!

진화의 검과 야희성녀의 월연비장을 혼현마제가 터뜨리듯 쳐 냈다.

퍼---엉!

콰르르르-쿵!

그들의 기운에 한쪽 벽이 무너지고, 남궁구와 일행은 사람들을 안고 급하게 몸을 굴려 그것을 피했다.

"차라리 나와 가는 것이 나을 것이다! 역천지체, 아니 혼돈지체!"

"……!"

진화의 눈빛이 처음으로 흔들렸다.

"네 옆을 보아라! 성녀라는 이마저도 눈빛이 달라졌다! 환마제를 죽였다고, 널 비난하는 것이다!"

"헛소리다-!"

혼현마제의 말에 야희성녀가 급하게 소리쳤다.

"너를 흔들려는 수작이다! 저자의 말에 흔들려선 안 된다!"

야희성녀가 필사적으로 진화에게 외쳤다.

하지만 그들은 여전히 진화를 모르고 있었다.

"전쟁은 일어나기도 하고 발발하기도 하는데, 왜 굳이 터졌다고 말할까."

"뭐?"

그러고 보니, 아까 전에도 그런 말을 했던가.

혼현마제가 의아한 듯 진화를 보았다.

진화의 눈이 혼현마제의 그것과 마주쳤다.

흑요석처럼 끝도 없이 깊고 빛나는 눈. 얼굴마저도 세상에서 가장 아름다운 돌로 깎아 놓은 듯했다. 그리고 돌처럼 온기 하나 느껴지지 않았다.

"세상에 전쟁이 좋아서 하는 사람들이 있을까, 네놈들 외에! 전쟁이 터지면 모두에게 죽을 이유가 생긴다! 대부분 원치 않았음에도 전쟁에 휘말린다. 그리고 스스로를 지키지 못하는 것을 시작으로, 모두의 죽음에 이유가 붙는다! 사람들의 죽음은 내 탓이 아니라, 그들이 약한 것이 이유고, 네놈들이 만들어 낸 이유 때문이다--!"

쉐에에엑-!

파파파파팟---!

거대한 번개가 땅을 가르며 혼현마제에게 닿았다.

"약한 것이 죄가 되는 세상을 만든 것은 네놈들이다!"

챙챙--!

푸른 불꽃이 튀었다. 천벌이 내려지듯 혼현마제를 쫓았다.

"네놈들에게 간다면, 광마제의 새 껍데기가 되는 것인가?"

콰------앙!

피가 섞이는 듯, 진화의 번개도 자색으로 물들었다.

단정한 혼현마제의 얼굴도 낭패감으로 물들었다.

"남궁이 날 품을 필요 없다."

콰광---! 쾅!

"크읏!"

혼현마제가 튕겨 나듯 물러섰다.

진화의 검을 막아 내는 것도 벅차건만, 야희성녀의 기운이 매 순간순간 그의 발을 붙잡으니.

이제 정말 위험해질 수 있다는 위기감이 그를 덮쳤다.

"이번엔 내가 남궁을 지킨다-!"

펑-! 펑펑펑---펑!

스스로 번개가 된 듯, 진화의 온몸이 새파란 뇌전에 휩싸였다.

천뢰제왕검법 폭력뇌전-!

퍼-억!

악에 받친 듯한 진화의 외침이 혼현마제에게 닿았다.

진화의 검기를 받아 내던 현홍사가 터져 나가며, 혼현마제 또한 튕겨 나와 벽에 부딪혔다.

쿵!

"크헉!"

혼현마제가 내장이 진탕된 듯 울컥- 검은 피를 뱉었다.

"스승님!"

"수오야, 지금이다-!"

갑작스럽게 들린 목소리에 혼현마제가 피를 토하며 다급하게 외쳤다.

그 모습에 불길한 기억을 떠올린 야희성녀가 사색이 되어 소리쳤다.

"피해라! 지금 당장 이곳을 나가---!"

쉐에에에엑------!

"크아아악!"

마지막 비명을 끝으로 정적이 흘렀다.

주변으로 조각조각 널브러진 사람의 시체.

짙은 혈향과 고약한 주검의 냄새가 숲 가득 흘렀다.

"하아. 하아……."

어린 소년이 주변을 둘러보며 숨을 골랐다.

밤이 깊었으니, 곧 피 냄새를 맡은 짐승들이 고깃덩어리를 뜯으러 올 것이었다.

'뒤처리를 하지 않아도 되는 건, 참 다행이네.'

소년은 흩어진 시체 조각을 보며 조금 느긋한 생각을 했다.

그때, 마차 안에 있던 중년인이 걸어 나왔다.

"스승님."

소년, 수오가 놀란 듯 혼현마제를 보았다.

"오, 깔끔하게 처리했구나."

혼현마제는 고깃덩어리가 널브러진 광경을 보며 흐뭇하게 고개를 끄덕였다.

현홍사를 쓰는 것이 뇌평만큼 능숙하진 않았지만, 단 한 사람도 놓치지 않은 일 처리가 마음에 든 듯했다.

"어찌 나오셨습니까?"

수오는 습격을 처리하고 나면 곧바로 길을 재촉하던 스승이 마차를 나온 것이 의아했다.

하지만 혼현마제는 수오의 물음에 답을 하지 않고, 조용히 하늘을 올려다보았다.

"역시…… 흐름이 바뀌었구나."

"예?"

"하늘의 흐름이 예사롭지 않아 서두를까 했는데. 아니나 다를까, 천기가 달라졌다. 환마제의 수명이 얼마 남지 않았어."

혼현마제의 말에 수오가 놀란 듯 눈을 크게 떴다.

한낱 인간이 하늘의 흐름을 다 살펴볼 순 없겠지만, 가끔 제 스승은 커다란 변화를 읽을 줄 알았다.

스승이 환마제의 죽음을 읽었다면, 필시 환마제가 죽음에 이를 만큼 이번 일이 위험하다는 의미라.

수오는 한 치의 의심 없이 긴장한 얼굴로 혼현마제를 보았다.

"일이 잘못된다면, 역천대법의 흔적을 없애야 한다."

혼현마제가 냉정하게 말했다.

일이 잘못된다는 건, 역시 환마제의 죽음밖에 없었지만, 혼현마제에게는 환마제의 죽음보다 귀천성의 부활이 중요했다.

혼현마제의 시선이 잠깐 마차에 닿았다가, 다시 수오를 향했다.

"너는 일이 잘못될 시, 역천대법의 흔적을 무너뜨릴 준비를 하거라. 명심해라. 설사 환마제가 빠져나오지 못하더라도, 너는 그것을 완전히 파괴하는 데만 집중해야 할 것이다."

"예, 스승님."

수오가 공손하게 스승의 명을 받들었다.

갑자기 무너진 천장.

"스승님---!"

천장, 아니 지하로 뚫린 구멍을 통해 수오가 현홍사가 담긴 타래를 혼현마제에게 던졌다.

쉐에에에엑--!

파팟!

진화가 그것을 향해 본능적으로 검을 휘둘렀으나, 혼현마제가 몸을 날리며 검기를 쳐 내고 타래를 잡았다.

그리고 붉게 변한 눈으로 진화를 노려보았다.

"누구도 이곳에서 살아 나가지 못한다!"

터질 듯 툭 불거진 혈관과 붉은 눈.

그리고 제갈무진의 인자한 얼굴 위로 사납게 일그러진 노괴의 얼굴이 겹쳐졌다.

진화의 눈동자가 커졌다.

'과연, 저것이 혼현마제 본래의 얼굴인 것인가!'

놀랐다. 하지만 진화가 관심 있는 건, 혼현마제의 추악한 본모습이 아니라, 저 노괴가 어떻게 제갈무진이라는 껍데기를 뒤집어썼는가 하는 것뿐이었다.

게다가 지금 당장은 그것도 중요한 것이 아니었다.

'환마제가 죽었으니, 여기서 이자만 죽인다면 전쟁의 판도가 바뀐다!'

진화의 눈이 번뜩였다. 진화가 땅을 박차고 혼현마제에게 달려들었다.

"안 된다-!"

진화의 뒤쪽에서 야희성녀가 찢어질 듯 고함을 질렀다.

콰광----!

지하가 흔들릴 정도로 굉음이 울렸다.

"진화야!"

"도련님!"

야희성녀의 고함에 계단을 오르던 관도생들도 놀라서 뒤를 돌아보았다.

"안 돼! 어서 나가거라!"

"하지만……!"

"너희가 어찌할 수 있는 싸움이 아니다. 어서 나가!"

야희성녀가 망설이는 남궁구와 일행을 윽박지르듯 밀었다.

"어서-!"

콰광! 쾅!

야희성녀의 뒤로 벽이 무너져 내렸다.

몸을 가누지 못하는 노예들을 부축한 이들은 다급한 얼굴로 계단을 올랐고, 남궁교명과 남궁구도 입술을 깨물고 밖을 향해 달렸다.

콰광쾅----쾅-----!

"……!"

뒤가, 지하가 완전히 무너졌다.

"도련님-----!"

"구! 교명!"

안으로 달려 들어가려는 남궁구와 남궁교명을 팽가 형제와 현오가 급하게 붙잡았다.

콰광! 쾅!

그들이 있던 바닥도 곧 무너질 듯 위태로웠다.

"걱정하지 말게! 그 시주는 나찰도 뱉어 낼 자가 아닌가. 곧 화룡(花龍)처럼 승천할 걸세!"

현오가 남궁구와 남궁교명을 끌어당기며 말했다.

이 상황에 농담이 나오나 싶었지만, 현오의 얼굴은 진심 그 자체였다.

어차피 그들이 있던 곳마저 무너지기 시작하면서, 지하로 가는 계단이 있던 자리는 이제 보이지도 않았다.

이제는 현오의 말에 희망을 걸어 보는 수밖에 없었다.

'죽인다.'

퍼------엉!

달려드는 진화를 보고, 수오가 급하게 현홍사를 뻗어 진화의 검을 막았다.

진화는 가소롭다는 듯 수오의 현홍사를 가닥가닥 태워 버렸다.

"아아아악-!"

현홍사를 타고 올라간 뇌전에 수오가 비명을 지르며 구멍에서 튕겨 났다. 하지만 그 아주 잠깐의 시간 동안.

"현음지뢰파(顯陰地雷波)--!"

혼현마제가 현홍사를 끌어당겼다.

쩌어어억.

펑! 퍼버버벙-펑!

붉은 기운에 휩싸인 현홍사가 벽을 터뜨리며 퍼져 나갔다.

진화가 그곳으로 뛰어들었다.

"아해야, 안 된다!"

진화가 걱정되어 나가지 못한 야희성녀가 다급하게 소리쳤다. 하지만 푸른 번개는 뿌연 먼지와 떨어지는 돌덩어리를 모조리 태우며, 혼현마제에게 내리꽂혔다.

콰광광----광!

지하가 크게 흔들리며, 천장과 벽이 완전히 무너지기 시작했다.

그 바람에 진화를 향해 다가갈 수 없었던 야희성녀가 욕지거리를 뱉었다.

"이 빌어먹을 개자식!"

무너지는 벽 사이로 거미줄처럼 얽혀 붉게 빛나고 있는 현홍사가 보였다. 그걸 끊어 내려 월연비장을 뻗었지만, 닿기도 전에 야희성녀의 기운이 터져 나갔다.

퍼—엉!

"니미! 더럽게 질기잖아!"

야희성녀가 이제까지와 달리 저자의 걸패처럼 욕을 내뱉었다. 그리고 성질을 부리듯 월연비장을 계속해서 날렸다.

펑! 펑! 펑! 퍼-엉!

현홍사를 조밀하게 엮어 만들어진 옥혼진(獄魂陣)은, 일전에 숭산 자락에 설치했던 때보다 훨씬 강한 힘을 발휘하고 있었다.

아니, 애초에 혼현마제는 귀천성의 머리인 동시에 환술에 능한 고수이자, 무림 최고의 진법가라 할 수 있었으니.

과거에도 그는 영혼마저 가둔다는 옥혼진을 자유자재로 조종하며, 환술로 곤학진인의 몸을 찢어 놓았고, 천수현인 제갈길현을 환각으로 속여 만독에 중독시켰으며, 그 자리에 있던 야희성녀를 땅에 파묻으려 했던 전적이 있었다.

지금의 위력은 그가 이전의 힘을 회복하고 있는 과정이라 봐도 무방했다.

어쩌면 지금이야말로 그를 죽일 절호의 기회일 수도…….

콰광-----쾅! 쾅!

앞에서 다시 굉음이 울리고, 야희성녀의 발밑이 흔들렸다.

'안 돼! 괜한 기대와 욕심으로 저 아이를 잃어서는 안 된다!'

야희성녀가 이를 악물었다.

그리고 혼신의 힘을 모아, 가장 중요한 통로를 죄어 오고 있는 현홍사를 향해 월연비장을 날렸다.

퍼-------엉!

태-앵!

현홍사 한 줄이 끊겨 나갔다.

그 모습을 보며 야희성녀가 다시 힘을 내었다.

위에서 떨어지는 잔해를 일일이 막아 낼 겨를이 없어 그녀의 몸에는 하나둘 상처가 늘어났지만, 야희성녀는 결코 걸음을 멈추지 않았다.

쉐에에에엑---!

콰---광!

진화의 검이 붉은 현홍사에 둘러싸인 혼현마제를 내리쳤다. 사방으로 번개가 튀며 돌이 더 크게 무너졌지만, 진화는 그런 것에 전혀 신경 쓰지 않았다.

아니, 오히려 벽이 무너지면서 뿌연 먼지가 시야를 가리는 게 나았다.

이만하면 야희성녀의 눈에도 잘 보이지 않을 것이다.

차라리 잘되었다.

보는 눈이 줄었으니, 마음껏 날뛰어도 좋으리라!

진화의 입가에 들뜬 미소가 맺혔다.

쉐에에에엑---!

진화의 뇌전이 피가 섞인 듯한 자색에서 더 진하게 물들었다. 그리고 혼현마제의 기운을 뚫고 그를 감싼 현홍사를 베었다.

마침내 그를 보호하던 진법의 테두리를 깨부순 것이라.

타-앙!

"노-옴!"

혼현마제가 분노한 음성으로 소리치며, 살기를 끌어 올렸다. 떨어져 나간 현홍사가 붉은 뱀처럼 진화에게 달려들었다.

카-아!

섬뜩하게 울어 대는 강철 뱀을 보며, 진화의 번개가 넘실거렸다. 그 모습이 마치 혼현마제의 공격을 비웃는 듯했다.

시끄럽게 울어 봤자 땅을 기어 다니는 미물일 뿐. 겁낼 것이 무에 있겠는가.

쉐에에에엑---!

진화의 검에 실린 뇌전이 가소롭다는 듯 붉은 뱀을 태워

버렸다.

그것도 순식간에.

닿는 순간 검은 재가 되어 날리는 현홍사를 보며, 혼현마제의 눈이 커졌다. 이제 보니, 남궁진화의 검강에서 뿜어진 기운이 전과 달리 검게 빛나고 있었다.

진화의 눈이 혼현마제를 향했다.

쉐에에에엑---!

천뢰제왕검법 낙엽.

까아아아아악----!

공기마저 고통스러운 비명을 토하며, 진화의 뇌전에 갈라졌다.

탕! 탕! 타---앙!

사방으로 내리치는 번개에 혼현마제를 감싼 현홍사가 모조리 깨어졌다.

"이런……!"

당황한 혼현마제가 급히 몸을 피했다.

콰광광----쾅!

그 자리로 천장의 돌덩어리가 떨어졌다.

"허!"

혼현마제가 저도 모르게 한숨을 터뜨렸다.

다행이라 해야 할까.

파스스스슷----!

커다란 돌덩어리가 소리도 없이 검은 재가 되어 흩어지는 것을 보며, 혼현마제는 오랜만에 모골이 송연해지는 느낌을 받았다. 하지만 안심하긴 일렀다.

지금도 뿌연 먼지 속에서 검은 눈이 번뜩이며 저를 노리고 있었다.

'남궁진화!'

대체 이 무슨 무위란 말인가.

겪어 보기 전에는 믿지 못했을 것이었다.

'광마! 대체 어떤 괴물을 만들어 낸 것인가!'

혼현마제는 괜히 자리에 없는 광마제를 탓해 보았다.

하지만 지금은 살아남는 것이 우선이었다.

'허어, 이 혼현이 쥐 새끼처럼 도망칠 궁리를 하게 되다니. ……내 힘을 완전히 회복하고 움직였어야 했는데! 내가 놈을 과소평가한 것이야! 이곳을 나간다면, 광마제가 무엇을 노리고 저런 놈을 만들었는지 알아봐야겠구나! 으드득!'

옥혼진이 깨어지긴 했지만, 이제 이곳은 완전히 무너질 것이다.

가장 중요한 목적을 달성했으니, 자존심이 상하지만 이제 여기서 살아 나가야 할 것이었다.

'저 괴물이 놓아준다면 말이지.'

혼현마제가 이전과는 다른 눈으로 진화를 보았다.
재가 흩어지는 것과 함께 순식간에 제 기척을 없애는 진을 짰다. 하지만 급하게 짠 진이 언제까지 저 괴물의 이목을 가릴지 장담할 수 없었다.
'위로!'
혼현마제가 천장을 보았다.
이곳을 무너뜨릴 계획을 하며 봐 둔 탈출로였다.
몸을 날린다면 놈이 눈치채겠지만…….
'그래, 날 따라온다면, 그땐 이곳의 돌덩어리와 함께 파묻어 주마!'
도망칠 궁리를 하던 혼현마제가 순간, 다른 생각을 떠올렸다. 그리고 입가에 요요한 미소를 흘리며 때를 보았다.
파스스스슷----!
진화와 혼현마제의 위에 있던 천장이 이번이 마지막이라는 듯 흔들리고, 혼현마제의 눈빛이 번뜩였다.
'지금이다!'
혼현마제가 순식간에 진을 거두고 위로 뛰어올랐다.
그때.
"어딜 가려고!"
검은 번개가 기다렸다는 듯 그의 눈앞에서 웃고 있었다.
"무, 무슨…… 크아아아악!"
어설프게 만든 진으로는, 완전히 기운을 풀어 낸 진화를 속일 수 없었다.

다만 진 속에 있는 혼현마제를 한 번에 죽일 수 없으니.

진화는 사냥감을 기다리는 맹수처럼 숨을 죽이고 기다렸다. 그리고 혼현마제가 튀어 오르는 순간을 노려, 단숨에 그의 목을 꿰뚫었다.

"죽인다!"

쿠---웅!

이전보다 강해졌다.

필사적으로 노력했고, 한순간도 달달한 현실에 취해 비참했던 이전 생을 잊지 않도록 스스로를 경계했다.

끊임없이 솟아오르는 복수심을 누르면서도, 때때로 온몸의 혼돈을 풀어 놓고 그때의 고통을 곱씹었다.

'자세히는 모르지만 네놈이다. 네놈이 역천마제의 부활뿐 아니라 귀천성의 부활을 주도하고 있는 건 분명하다. 그러니, 네놈마저 죽인다면, 남궁의 악몽은 그만큼 멀어질 것이다!'

소중한 이들을 지키기 위해 무엇이든 하기로 결심했다.

그것이 네놈들보다 더한 악마가 되는 일일지라도!

"타아아아아--!"

진화가 땅으로 떨어진 혼현마제를 향해 검을 내리꽂았다.

끼아아아아아----!

주변의 모든 것이 흔들리고, 공기가 울었다.

검은 번개가 마치 추락하는 용처럼 거침없이 떨어졌다.

천뢰제왕검법 현천섬뢰-!

번------쩍

눈앞을 가리는 섬광 속으로 혼현마제가 사라졌다.

펄---럭!

"아해야, 더는 안 된다--!"

야희성녀가 다급한 목소리로 진화를 부르며 달려왔다.

그녀는 진화의 허리를 잡아채 공중으로 솟아올랐다.

순식간에 그들이 있던 바닥이 완전히 무너져 내렸다.

그리고 까만 밤하늘로 올라섰을 때.

진화는 거대한 땅덩어리가 전부 내려앉은 것을 볼 수 있었다. 인림이라 불리던 노예시장 전부가 땅속으로 사라졌다.

펄—럭.

야희성녀가 진화를 안고 사뿐하게 내려앉았다.

한쪽에서 다급하게 진화를 찾는 목소리가 들렸다.

"도련님--!"

"공자님!"

"진화-!"

남궁구와 남궁교명, 현오를 선두로 관도생들이 진화를 향해 달려왔다.

"괜찮습니까?"

"죽는 줄 알았잖습니까!"

"아미타불 관세음보살! 아이고, 살았네! 거 보게, 내가 이 작자는 부처님도 뱉어 내신다 하지 않았나!"

"헉! ……아아, 그 꽃 같은 얼굴에 상처라니!"

다른 이들이 진화의 무사함을 기뻐하는 동안, 나하연은 진화의 얼굴에 난 상처를 보고 몸을 휘청거렸다.

진화는 제 몸을 마음껏 주물럭대는 관도생들을 보며, 어쩔 줄 모르는 얼굴로 몸을 맡기고 있었다.

'뇌전으로 쳐 내야 하나.'

이제는 다리와 엉덩이까지 주물럭대는 남궁구를 보며 진화가 심각하게 눈매를 좁혔다.

그때, 멀리서 사자후가 터졌다.

"야------아! 이 쌍노무 자식들이 누구를 만지는 거냐!"

남궁진혜가 악귀 같은 얼굴로 달려오며 소리치고 있었다.

"진화야, 안 돼요! 싫어요! 하면 죽인다--- 하라고!"

다행이라 해야 할까.

"허어어엉! 이 사람아, 이 사람아!"

"으흑흑흑흑!"

곳곳에서 울음소리가 흘렀다.

먹지도 마시지도 않으며 삶의 의욕을 놓아 버린 사람들이, 습관처럼 흐느끼는 소리.

심지어 죽은 친인 중에는 자신들이 죽인 이들도 꽤 될 것이다.

어쩌면 죄책감에 크게 울지도 못하는 것일 수도.

장가 부락의 참상이 있은 지 얼마 지나지 않아서 또 벌어진 대량의 죽음 앞에, 장안의 사람들은 슬퍼하는 것조차 만성이 되어 버린 듯했다.

"온 사방이 시체로군요."

"장례 형식을 다 갖추다간 전염병이 퍼져서 산 사람들도 다 죽이겠어."

현무단주와 적호단주가 성 밖을 보며 한숨을 쉬었다.

이번 일로 현무단과 적호단의 희생은 크지 않았지만, 희생이 적다고 아픔마저 적은 것은 아니었다.

"월하회의 상단에 부탁해서 시신을 먼저 정의맹으로 보내기로 했네. 우리가 함께하면 좋겠지만, 일단 이곳의 뒤처리를 해야 하니까."

적호단주가 씁쓸한 얼굴로 말했다.

때마침, 죽은 현무단원과 적호단원의 시신이 실린 관이 수레에 옮겨지고 있었다.

"가는군요."

현무단주의 눈이 붉게 달아올랐다.

"……바보 같은 새끼들. 급하면 그냥 다 죽여 버릴 것이지."

결국 적호단주도 욕지거리를 뱉으며 하늘을 보았다.

죽은 현무단원과 적호단원 대부분은 악몽경에 당한 자들을 격리할 때, 그들을 죽이지 않으려 손 속에 사정을 두다가 불시에 당한 이들이었다.

물론 이번에 죽은 이들이 다 그러할 것이다.

다만 현무단주와 적호단주는 가족을 그리워하다가 죽어 버린 수하들의 유언조차 전할 수 없다는 게 미안할 뿐이었다.

수하들의 관을 실은 수레가 출발하는 것을 보고, 현무단주와 적호단주가 집무실로 들어갔다.

안에는 종남파 장문인과 살아남은 장안 중소 문파의 장문인들 그리고 죽은 이들을 대신한 자들이 자리해 있었다.

"마음이 무거운 자리입니다. 하지만 살아남은 우리는 할 일을 해야지요."

"흐음."

적호단주가 가장 상석에 앉았다.

이제 적호단주가 회의를 주도하는 데에 불만을 표하는 자는 아무도 없었다.

"야희성녀 님과 창천화룡 남궁진화가 나서서 환마제를 죽였습니다."

적호단주는 일부러 진화의 별호를 내세웠다.
별호를 가졌다는 것 자체가 무림의 인정을 받았다는 것이니, 관도생이라는 것을 이유로 진화의 공을 평가절하 하는 것을 방지하기 위함이었다.
"음, 환마제가 죽어 악몽경이 무너진 모양이군요."
"그렇습니다. 본래 악몽경이라는 것이 환마제의 기운으로 정신을 지배하는 것이었으니, 그가 죽지 않았다면 그 '참혹한 난리'도 끝나지 않았을 겁니다."
다른 한편으로, 적호단주는 환마제를 죽인 공로를 진화와 야희성녀, 두 사람에게 나누었다.
적호단주는 환마제를 죽인 것은 분명 큰 공로이지만, 싸움이 끝난 후 사람들에게 원망의 대상이 될 수 있다는 야희성녀의 생각에 동의했다.
어쩌면 어릴 때 너무 큰 공을 세운 진화에게 시기나 질투가 몰려들 수도 있었다.
아름다운 외모와 신룡에 오른 무위, 남궁이라는 배경. 그리고 양자라는 출신.
진화는 지금도 손쉬운 시기와 질투의 대상이었다.
그래서 적호단주는 진화에게 공을 주는 동시에 사람들이 납득하기 쉬운 방법을 찾은 것이다.
"죽은 이들은 한데 모아서 화장하고, 위령제를 지내는 것이 어떻겠습니까?"

"그게 무슨! 집단 장례를 하자는 것이오?"

"이대로 있다간 온 장안에 시체 썩은 내가 진동을 할 겁니다. 지금도 부패가 진행되고 있고, 짐승이며 벌레가 꼬이고 있죠. 약해진 사람들이 병에 걸려 죽기 좋은 환경입니다."

적호단주가 펄쩍 뛰는 한 장로를 향해 말했다.

"각 문파의 문주님이나 필요한 경우 따로 장례를 치르도록 하시죠. 냉정한 말이지만, 시체를 빨리 처리해야 남은 사람들이 살 가능성이 커집니다."

적호단주의 말에 사람들은 납득을 하면서도 무거운 표정이었다.

그때, 현무단주가 나섰다.

"환마제가 죽고 그 세력이 사라졌으니, 한동안 이곳 장안에도 평화가 오겠지요."

평화라는 말에, 하나둘 고개를 들어 현무단주를 보았다.

"악몽경에 당했지만, 함께 싸운 이들입니다. 정성을 기울여 합동 장례를 치르고, 무당과 종남에서 나서서 위령제를 지내고 위령비를 세우지요."

위령제와 위령비.

모두 산 사람들의 위안이었으나, 현무단주의 말에 모두가 고개를 끄덕였다.

두 개의 단어로 사람들은 죄책감이 조금 덜어진 얼굴이었다.

"현무단주의 말대로 당분간 이곳에 전쟁 위협은 없을 것이오. 다만, 인림으로의 출입은 당분간 엄금해 주시오. 곧 정의맹과 월하회, 한림회에서 조사단을 보내올 것이오. 그들의 조사가 끝날 때까지요."

적호단주의 말은 일방적이고 권위적이었다.

하지만 그의 말이 끝남과 동시에, 사람들은 일사불란하게 움직이기 시작했다.

그 모습을 보며 적호단주가 혀를 찼다.

권위의 다른 말은 위계질서라.

전쟁에서 무엇보다 중요했던 그것이, 다 끝나고 나서야 잡히기 시작했다는 것이 씁쓸할 뿐이었다.

진화와 일행은 야희성녀의 배려로, 혼란이 수습될 때까지 월하루에서 치료를 받고 몸을 추스르기로 했다.

장안 성안만큼은 아니지만, 이곳에 머무는 것도 그리 편하지만은 않았다.

혼현마제의 도착을 늦추기 위해 월하회의 희생도 컸기에, 화려한 객잔이 우울한 분위기로 가득했다.

심지어 월하회주를 겁박하며 진화가 날려 먹은 별채 기둥도 여전히 부러진 채였다.

"허허허, 몸은 이제 괜찮은가? 성녀께서 찾아 계시네. 내가 안내하지."

월하회주가 소탈하게 웃었다.

희생은 컸지만, 그만한 성과를 얻어 냈으니.

월하회주는 과거 불미스러운 일은 잊고, 진화 일행을 극진하게 대접해 주었다.

"저기로 들어가 보게. 어딘지는 알지? 저 부러진 기둥 뒤편일세."

"……."

"오, 기둥은 걱정 말게. 남궁세가에 따로 변제를 요구해 놓았으니."

물론 진화에게 이곳을 보여 주는 것을 보면, 진짜로 과거를 잊었는지는 의문이었다.

진화는 제 어깨를 두드리고 가는 월하회주의 모습이 무척이나 거슬렸다.

저 가벼운 발걸음을 보자면, 이 말을 하기 위해 일부러 안내를 맡은 것이라 확신할 수 있었다.

'어머니가 놀라시면 어쩌지?'

진화가 한숨을 쉬었다.

차라리 이전 생처럼 자신의 사비로 변제하는 것이 속이 편할 것 같았다.

그때, 별채 안에서 웃음소리가 흘러나왔다.

"호호호, 월하회주가 짓궂은 농을 하는 것이다. 걱정 말고 들어오너라. 남궁세가만은 못해도 월하회가 그런 자잘한 것까지 변제를 요청할 정도로 금력이 없진 않으니."

야희성녀의 말에 진화가 깜짝 놀란 듯 주변을 둘러보았다.

분명 기척은 안에서 느껴지는데, 제 얼굴을 앞에서 본 듯 속을 꿰뚫고 있는 것에 놀랐다.

별채의 안은, 예상 밖으로 화려했다.

색색의 원석을 엮은 주렴과 화려한 장식의 가구, 장식품 그리고 채색이 된 다기까지.

단아한 귀부인의 모습을 하고 있는 야희성녀의 행색과는 상반된 분위기였다.

"호호호, 원래 나이가 들수록 화려한 것이 좋아진단다. 겉으로 보기엔 단아하지만, 하나하나 따져 보면 값이 어마어마한 것이 진짜 귀부인의 사치거든."

야희성녀의 말에 진화가 눈살을 찌푸렸다.

아까부터 속내가 다 읽히는 듯한 느낌이 가히 좋지 않았다. 하지만 그것마저도 야희성녀에게 들킨 듯.

야희성녀가 손자를 보는 듯 자애로운 표정으로 진화를 보았다.

잠시 분위기를 환기시키는 정적이 흐르고.

야희성녀가 미안한 표정으로 말문을 열었다.

"환마제를 죽인 공로를 나와 나누게 되어 유감이구나."

첫마디가 의외였으나, 공적은 진화의 관심사가 아니었다.

"윗전의 염려를 알고 있고, 적호단주의 판단을 신뢰합니다."

덤덤한 진화의 말에 야희성녀의 눈가 주름이 짙어졌다.

적호단주의 판단을 신뢰한다는 말은, 아직 야희성녀를 신뢰한다는 것은 아니라는 말이라.

"호호호, 요 새침한 녀석!"

"……그런 건 부디 속으로 생각해 주시겠습니까?"

"네 속만 들키는 게 불공평하다고 느끼는 듯해서 말이다. 내 속내도 솔직하게 드러내 주려고."

"괜찮습니다."

진화가 야희성녀의 호의를 단호하게 거절했다.

"왜 약하고 싸움도 못 하는 내가 이 일을 맡은 것인지 궁금했지?"

"……."

진화가 눈을 데구루루 굴려서 야희성녀의 시선을 피했다.

역시, 제 속만 읽히는 건 불공평한 듯했다.

"이제 곧 인림에 남아 있는 흔적을 뒤지러 정의맹과 한림회의 진법가와 풍술사, 학사 들이 올 거란다. 사실 내가 필요한 건, 그 때문이지."

진화가 의아한 듯 야희성녀를 보자, 야희성녀는 그 모습이

귀엽다는 듯 웃음을 터뜨렸다.

"호호호, 명기는 모시는 영감의 헛기침 소리만 들어도, 술을 따를지 옷자락을 풀지 알 수 있는 법이다. 혼현마제 그 영악한 놈이 천하제일의 진법가라면, 나 야희는 천하제일의 독심술사지. 세상에 나만큼 눈치가 빠른 이가 또 있을까."

야희성녀가 자신감 있는 미소를 지었다.

"혼현마제가 작정하고 파괴한 곳이다. 진법가들이 건질 수 있는 건 얼마 없을 것이다. 하지만 나는 그놈이 파괴한 흔적에서 놈의 속내를 샅샅이 훑어 낼 거란다."

파괴된 모양에서, 숨기고자 하는 것을 찾는다니.

야희성녀의 말이 영 설득력이 없진 않았다.

다만 궁금한 것은 그 이야기를 왜 제게 하는 것일까.

진화의 눈매가 가늘어졌다.

그런 진화를 향해 야희성녀가 야릇하게 웃어 보였다.

"아해야, 내가 널 부른 것은 그 때문이란다. 네가 아는 것을 알려 주렴. 너는, 그 역천대법을 알고 있지 않니?"

"……!"

야희성녀가 꿰뚫는 것은 속내만이 아닌 것인가.

진화가 놀란 눈을 뜨고 야희성녀를 보았다.

"환마제의 방에서 네가 뭔가를 찾는 것을 보았단다. 까만 구덩이와 피가 담긴 것을 보는 눈초리도 심상치 않았지. 가엽게도 너는…… 그것을 기억하고 있구나. 그렇지?"

야희성녀의 말에 진화가 얼음처럼 표정을 굳혔다.

"네 도움을 요청하는 것이란다. 물론, 네가 원하지 않으면, 정보의 출처는 영원히 새어 나가지 않을 거란다."

"……그렇게 하기엔, 우리 사이에 신뢰가 부족하지 않습니까? 성녀께선 저를 보호해 줄 이유가 없습니다."

"글쎄……."

진화의 도발적인 물음에도, 야희성녀는 미묘하게 웃을 뿐이었다.

"확실히. 약한 것이 죽는 이유가 되는 세상이라는 건……정도인이 입에 담기는 위험한 생각이지."

야희성녀가 진지한 눈으로 진화를 보았다.

"너는 왜 정도의 정의를 추구하지 않니?"

겨우 다섯 살.

그 나이부터 쭉 남궁세가에서 교육을 받았으니, 마땅히 명문 정파가 가져야 할 사고방식을 가졌어도 무방했다.

그런데 진화는 그들과 사고의 궤를 달리하고 있었다.

이전 생에서부터 진화는 한 번도 그들에게 속해 본 적이 없었기 때문이다.

야희성녀는 진화의 그런 점을 정확하게 꿰뚫고 있었다.

이제까지 계속해서 진화의 속내를 읽어서 그것을 알려 줬으니, 저를 속이지 말라는 경고는 충분히 한 것이라.

진화도 굳이 거짓을 둘러댈 생각이 없었다.

"남궁이 정의를 추구합니다."

시간을 거슬러 왔지만, 진화가 다시 정파인들과 같은 사람이 될 순 없었다. 하지만 진화가 남궁세가 사람이라는 것도 달라지지 않았다.

충분한 답이 되었는지는 모르겠지만, 야희성녀는 만족스러운 듯 고개를 끄덕였다.

"이것으로 충분한 것입니까?"

오히려 진화가 의아한 듯 물었다.

"호호호, 충분하단다. 남궁은 계속해서 정의를 추구할 것이고, 너는 그런 남궁을 지키고자 할 터이니."

눈부신 섬광이 환마제를 죽이고, 혼현마제를 삼키는 것을 보았다.

세상에서 본 적 없는 인재.

야희성녀가 애틋한 눈빛으로 진화를 보았다.

십이좌회라는 천하제일의 고수와 은거기인 들이 모두 나섰지만, 끝내 귀천성을 무너뜨리지 못했다.

어쩌면 귀천성을 무너뜨리기 위해서는, 이제까지 세상에 없었던 인재가 필요한 것인지도 몰랐다.

바로 진화처럼.

"네가 계속 남궁세가의 편에 있는 한, 내가 널 도울 이유는 충분하단다. 그러니 아해야, 일단 네가 아는 것부터 뱉어내겠니?"

야희성녀의 호의는 여전히 믿을 수 없었지만, 그녀의 박력에 밀린 진화는 결국 붓을 들었다.

그리고 제가 다섯 살에 기억하고 있는 역천대법의 모습을 알려 주었다.

글이 아니라 사람을 읽어 내는 야희성녀.

그녀라면 자신의 기억에서 다른 이들은 알아내지 못할 것을 읽을 수 있을지도 몰랐다.

잠시 후.

진화는 제가 기억하는 역천대법을 모두 적어 주었다.

야희성녀는 진화가 적어 내린 것을 보고, 안쓰러운 눈으로 진화를 보았다.

이렇게나 고통스러운 유년의 기억을 아직 가지고 있다니.

무엇보다 아이의 아픔이 끝나지 않았다는 것이 가장 가슴이 아팠다.

하지만 야희성녀는 아프다는 말 대신 다른 것을 꺼냈다.

"이전에 보았던 환마제와 혼현마제의 모습이, 진짜 그들의 모습이라 생각해선 안 된단다."

"알고 있습니다."

사실 그건 누구보다 진화가 제일 잘 알았다.

정의맹을 몰아붙이던 귀천성의 모습.

그리고 뇌왕에 오른 자신을 어린아이처럼 사로잡은 광마제의 압도적인 무위.

"붕괴된 육체로 장안 사람들을 악몽경에 가두었고, 제대로 무공을 쓸 수 없는 몸으로 인림을 무너뜨렸어. 지금 숨어서 힘을 키우고 있는 마제들은, 그들처럼 약점을 드러내지 않을 거란다."

야희성녀는 선배로서 진화에게 경고했다.

"다시 전쟁이 시작될 거다, 모두가 알고 있듯이. 그때까지 조금 더 안전한 곳에서 성장하거라."

야희성녀가 진짜 진화에게 해 주고자 했던 말이었다.

그녀의 경고와 당부에서, 진화도 이제야 야희성녀가 그를 부른 진심을 느낄 수 있었다.

세가 사람이 아닌 다른 이에게는 처음으로 느껴 보는 호의라.

마음씨 좋은 이웃집 할머니를 만난 듯, 야희성녀를 보는 진화의 눈빛도 잠잠하게 가라앉았다.

"참, 그곳의 성장이 필요하면, 월하루를 찾고. 예쁜 아이들로 내주마."

"……."

여러모로 맞지 않는 할머니였다.

대번에 눈빛이 통명스러워진 진화의 모습에, 야희성녀가

장난스럽게 눈을 찡긋했다.

"으음, 우리 아이들의 자존심을 위해 그건 하지 말까? 호호호, 농이다. 일전에 보니, 네 누이의 서슬이 퍼래서 우리 아이들 머리채가 남아나질 않겠더구나. 호호호!"

야희성녀의 농담에 진화도 피식- 웃음을 터뜨리고 말았다.

용무를 마친 진화가 뒤도 돌아보지 않고 방을 나섰다.

그런 진화의 뒤로, 야희성녀가 물었다.

"천하에서 제일 나쁜 놈이 누구인지 아느냐?"

"나쁜 놈, 말입니까?"

"살면서 너처럼 세상을 부술 듯이 검을 휘두르는 이를 본 적이 있단다. 그중 한 사람은 영웅이 되었지. 너는 네 할아버지를 많이 닮았구나. 부디, 네 할아버지처럼 모두를 지켜 내렴."

야희성녀의 말에 진화가 일단은 고개를 끄덕였다.

하지만 가는 내내 '나쁜 놈'이라는 말이 찜찜하게 남았다.

야희성녀는 걱정스러운 눈길로 진화가 가는 모습을 지켜보았다.

그녀의 기억 속.

원독에 가득 차서 세상을 부술 듯이 검을 휘두르던 사람은, 두 사람이었다.

역천마제와 제왕검.

"두 사람 모두 잔인하고 무지막지했지. 하지만 한 사람은 세상을 삼키려 했고, 한 사람은 세상을 구원하려 했단다. 검을 어찌 휘두를지는 상관없단다. 부디 악마가 아니라 영웅이 되거라."

야희성녀가 진화를 향해 작은 바람을 전했다.

종남파의 일이 끝났으니, 관도생로서 진화 일행의 임무도 끝이 났다.

진화 일행은 다음 일정을 지시받기 위해, 적호단주의 집무실을 찾았다.

형식적으로 임무의 종결을 알리고, 복귀 일정을 알리면 될 일이었다.

하지만 적호단주가 꺼낸 말을 전혀 예상 밖이었다.

"정의무학관을 갔다가, 곧바로 휴가를 얻지?"

"그렇습니다."

"다들 집에 가는 일정인가?"

"그렇죠?"

생각과 다른 전개에, 눈치 빠른 남궁구가 의문문으로 답을 했다.

그에 적호단주가 꾹 눌러 참으며 억지로 입꼬리를 끌어 올렸다.

“정의무학관으로 가면 새로운 임무를 받을 거다.”

“새로운 임무요?”

“아아, 별건 아니야.”

적호단주의 말에 진화 일행이 더 불길한 듯 그를 보았다.

적호단주는 그 모습이 마음에 드는 듯 심술궂게 웃었다.

“양주로 혼인을 위해 떠나는 이왕자와 제갈지현을 호위하는 일이다. 남궁세가나 패황권가 모두 가는 길이잖아.”

“에엑?”

“음.”

“……거부할 수는 없는 일입니까?”

남궁구와 남궁교명이 얼굴을 일그러뜨리는 동안, 진화가 진지하게 물었다.

“어, 안 돼.”

적호단주가 몹시 만족스러운 얼굴로 고개를 저었다.

맛 좋은 음식 진珍 따를 화化 : 과거를 떠올리게 하는 것

장안 본부로 하나둘, 사람들이 몰려들었다.

월하회와 한림회에 섭외된 풍수가들과 학사들이 밀려들기 시작한 것이다.

아직 정의맹 진법가들은 출발하지도 않았다.

"새 사람이 몰려오고 있군요."

"주루와 객잔을 다시 짓고 있다고 들었습니다."

적호단주의 말속에 가시가 있었다.

어떻게 이런 시국에 술과 향락을 팔 생각 하느냐는 책망이 담겨 있었다.

하지만 월하회주의 생각은 그와 달랐다.

"사람들이 활기를 찾겠지요. 당장 먹고살 일도 필요할 것입니다."

월하회주의 말에 적호단주가 놀란 눈을 뜨고 그를 보았다.

월하회주는 적호단주가 아닌 힘을 내 일하고 있는 백성들을 보고 있었다.

"사람들이 활기를 찾으면, 슬픔도 차차 뒤로 밀려나겠지요. 그리하면 언젠가 다시 웃을 날도 오지 않겠습니까."

"……그렇군요."

무인과 상인의 차이였을까.

복수를 위해 검을 드는 무인과 달리, 백성들은 일상을 회복하는 것으로 슬픔을 극복했다.

언뜻 힘없는 자들이 전쟁을 감내하고 견디는 법같이 보이기도 했다. 하지만 건물을 올리고 다음에 먹을 곡식의 씨를 뿌리는 백성들의 모습이, 손이 터져라 검을 휘두르는 무인들보다 약해 보인다 할 수 있을까.

적호단주가 큰 깨달음을 얻었다는 듯 고개를 끄덕였다.

그리고 옆을 돌아보았다.

"그런 의미로, 언제 떠날 테냐?"

"……."

진화는 한동안 적호단주와 시선을 마주치지 않았다.

"저 사람들 보이지? 자리가 없어. 정의맹 진법가들 오기 전에, 어서 별채 비워라."

"……."

진화는 진법가들이 출발할 때까지 복귀를 미뤘다.

제갈지현이 가는 길에 뒤통수를 날려도 시원찮을 판국에, 호위라니. 하지만 결국 시간은 흐르게 되어 있고, 진화와 일행은 짐을 싸서 길을 나서야 했다.

무림에는 여러 가지 길이 있다.

정도, 사도, 마도, 그리고 흑도.

물론 대부분 무림인들은 흑도를 무시했고, 특히 정도인들에게 흑도는 '도'가 아니다.

그들은 무림인이라기엔 생각과 행동이 얕았고, 도를 논하기엔 신념과 의지가 없기 때문이다. 하지만 어쨌든 흑도도 무림의 일 도(一道)를 담당하는 이들이라.

그들은 어디에나 존재했고, 누구든 될 수 있었다.

"으아아악-!"

사람이 많이 드나드는 포구.

어느 한 객잔의 앞에서 웬 비명이 울렸다.

진화가 제 주머니를 노리는 좀도둑의 손목을 꺾어 버린 것이다.

"아아악! 내 손! 내 손-!"

좀도둑이 비틀어진 손가락을 붙잡고 고함을 질렀다.

도둑은 진화보다 어려 보이는 소년이었다.

주위에 소년을 지켜보는 시선들이 느껴졌다.

아마도 한 패거리일 것이라.

세상이 하도 흉흉하니, 나이 어린 도둑들도 심심치 않게 눈에 띄었다.

'바로 옆까지 저런 녀석의 접근을 허용하다니, 내가 만두에 정신이 팔린 건가.'

진화가 제 앞에서 김을 모락모락 풍기는 만두와 눈물을 매단 채 저를 노려보는 소년을 번갈아 보았다.

벌써 제 주머니를 노리는 손을 꺾어 버린 것도 세 번째.

'확실히, 이전 생이었다면 단숨에 팔을 잘라 버렸을 텐데. 나답지 않게 살기 없이 접근하는 이들에게 무방비했군.'

진화가 스스로를 통렬하게 반성했다.

그동안 현오가 만두를 한 입 베어 물고 다가왔다.

"손 속이 너무 과하오. 손이 저치들 밥벌이인데, 그 손을 망가뜨리면 쓰나. 부디 저 인정머리 없는 시주에게도 자비를 주소서, 나무아미타불 관세음보살."

환마제에게 잡혀 며칠 굶은 이후로, 현오는 무섭도록 식탐을 발휘 중이었다.

이번엔 안이 촉촉한 육즙으로 가득한 고기만두였다.

소년이 고기만두와 맨질맨질한 머리의 현오를 번갈아 보

았다.

결코 좋은 생각을 하는 눈빛은 아니었다.

“쓰불, 재수가 없으려니까!”

아픔에 땀을 뻘뻘 흘리던 소년이 바닥에 침을 택- 뱉으며 말했다.

“이 동네서 내 손을 이렇게 만들고 너희가 괜찮을 것 같아? 두고 봐! 두고 보라고!”

소년은 매섭게 진화와 현오를 노려보며 인파 속으로 달려 들어갔다. 패거리로 보이던 이들이 금세 소년의 모습을 가렸다. 조금 떨어진 곳에서 이 모습을 보고 있던 남궁구가 소년을 향해 감탄했다.

“거참, 앞으로 전형적인 흑도 악당이 될 유망주로군.”

“죽이는 게 나을까?”

남궁교명이 소년이 사라진 곳을 향해 눈을 빛냈다.

“넌 그렇게 생긴 얼굴로 살벌한 말 좀 하지 마!”

“내가 어떻게 ‘그렇게’ 생겼다는 거지?”

“네가 옆에 있었으면 저런 놈들이 근처에 얼씬도 못 할 만큼, ‘그렇게’?”

남궁교명과 남궁구가 금세 투덕거렸다.

이제는 둘의 그런 모습이 제법 익숙했다.

애초에 정의무학관으로 돌아가기 싫어서 최대한 노닥거리며 가는 길.

참 한가로운 오후 분위기였다.

그때, 그들의 뒤에서 정신이 번쩍 들 만큼 날카로운 목소리가 들렸다.

"따지고 보면 잰 양자잖아. 땡중이야 그렇다 쳐도, 여기 명문 세가 사람들이 수두룩한테, 쟤한테만 귀티가 느껴지나? 왜 쟤한테만 자꾸 도둑이 붙어?"

다른 사람에게 하는 말 같았지만, 다분히 진화를 공격하는 듯한 말투였다.

"당 소저는 말을 좀 삼가시오."

"따지고 보면 당 소저도 '그렇게' 생긴 부류다."

"씨-이!"

당혜군이 진화의 역성을 드는 팽가 형제를 도끼눈을 뜨고 노려보았다.

팽가 형제가 양손을 들고 물러섰다.

그러자 나하연이 그녀의 눈을 가리며 말했다.

"이해해라. 혜군이 오늘따라 예민한 것이 수상쩍겠지만, 알고 보면 우리가 지나는 곳이 진가현이기 때문이다. 혜군이 평소보다 여성성에 자신감이 떨어지는 장소지. 그래서 남궁 공자에게 한층 더 질투심을 느끼……."

"말하지 마-!"

당혜군이 급하게 나하연이 입을 막는 시도를 했다.

"아니, 평소 성격을 생각하면 수상할 것도 없었는데."

"진가현? 뒷이야기가 흥미로우니 계속해라."

팽가 형제가 거대한 팔을 뻗어 당혜군을 막았다. 당혜군이 이곳에 와서 유독 진화에게 시비를 걸듯 예민하게 군 것도 사실이라. 진화를 비롯한 다른 사람들도 흥미로운 얼굴로 나하연을 보았다.

"진가현. 혜군이 어릴 적 데릴사위를 청했다가 통쾌하게 차인, 아픈 과거가 있는 곳이다."

"아아악! 미쳤어? 그런 걸 왜 말해!"

당혜군이 귀까지 붉어진 얼굴로 소리를 질렀다.

"한 번 차였다고 물러서는 건, 참된 여자라 할 수 없다. 진정한 사랑이라면 적어도 열 번은 차이고도 도전할 수 있어야 하지."

"넌 열 번도 넘게 차였잖아!"

"정확하게 남궁세가에 열세 번 차였지만, 본인에게는 두 번밖에 안 차였다."

"퍽이나 자랑스럽냐!"

나하연이 당당하게 하는 말에 당혜군이 어이가 없다는 듯 버럭 했다.

언제 그렇게나 본가에 혼인의향서인지 뭔지를 보낸 거지.

이제야 알게 된 진화도 황당함을 금치 못했다.

그런 와중에, 진화는 또다시 살기 없이 접근하는 사람의 기척을 느꼈다.

'이번에는 죽일까?'

진화가 순식간에 뒤를 돌았다.

"저기…… 혹시, 당 소저?"

휙!

진화가 수기를 담아 뻗으려던 손을 황급히 내렸다.

이번에 접근한 사람은, 진화를 노린 것이 아닌 당혜군의 지인인 듯했다.

"넌? 네, 네, 네가 왜 여기 있어!"

당혜군은 청년과 마주하고, 곧 터져 나갈 듯 붉어진 얼굴로 당황스러움을 감추지 못했다.

당혜군과 정반대로 아래로 축 처진 눈. 큰 키에 마른 체구, 순박하게 웃는 모습이 인상적인 청년이었다.

"설마 저 사내가 당 소저를 찬, 그 사람?"

"그렇네."

팽수의 질문에 나하연이 고개를 끄덕였다.

"비련의 여주라기엔 당 소저가 너무 사납지 않나?"

"하필 여기서 만나다니…… 역시 사람은 평소에 마음을 곱게 써야 한다니까. 업보로다."

거기에 남궁구와 현오가 한마디씩을 더 보탰다. 그들의 대화는 당혜군과 청년의 귀에도 고스란히 들어갔다.

"아, 하하, 저는 전가장의 둘째, 전보현이라고 합니다."

청년이 사람 좋은 웃음을 보이며, 진화와 일행에게 인사를

건넸다.

순박한 인상에 근육이라고는 없을 듯한 마른 체구. 하지만 진화에게 내민 손에 꽉 들어찬 굳은살이 제법 인상적이었다.

한편.

무너진 인림에서 그리 멀지 않은 한적한 장원.

제법 넓은 장원에는 독한 약 향이 풍겨 나올 뿐, 사람의 인기척이 느껴지지 않았다.

그때, 부엌으로 보이는 곳에서 지독한 약 향의 출처인 듯한 탕약기를 들고 한 소년이 나왔다.

절뚝절뚝.

불편한 걸음으로 나온 소년은, 무너지던 인림에서 탈출한 수오였다. 그는 다리가 아닌 복부가 불편한 듯 한 손으로 옆구리를 받쳤다.

게다가 며칠 동안 먹지도 못한 것인지 부쩍 해쓱한 행색에, 창백하게 질린 얼굴에는 피곤한 기색이 가득했다.

"끄으으으으. 으아아아악!"

그때 방 안에서 비명이 새어 나왔다.

놀란 수오가 방 안으로 뛰어 들어갔다.

방 안은 앞이 보이지 않을 정도로 연기가 가득했다.

게다가 탕약 냄새를 가릴 정도로 달큰한 향기가 정신을 어지럽게 했는데, 방 안 곳곳에 태워 놓은 앵초의 냄새인 듯했다. 스승의 고통을 줄이기 위해 수오가 피워 놓은 것이었다.

"끄으으으으……!"

혼현마제는 머리부터 발끝까지 붕대를 감고, 고통에 신음하고 있었다. 마지막에 진화의 현천섬뢰를 온전히 다 피하지 못했던 것이다.

"스승님! 스승님, 정신이 드십니까?"

수오가 곁으로 달려가 혼현마제의 손을 잡았다.

온기 하나 느껴지지 않도록 붕대에 칭칭 감겨 있는 손이지만, 그것도 이제 하나밖에 남지 않았다.

"으아아아악---! 헉! 헉!"

온몸을 뒤틀며 괴로워하던 혼현마제가 눈을 떴다.

"스승님!"

"헉, 헉……."

붕대가 다 젖을 정도로 땀을 흘린 혼현마제는, 숨을 몰아쉬며 정신을 차리기 위해 애썼다.

한쪽 눈이 주변을 둘러보았다.

"이제 정신이 드셨습니까?"

"……내가 ……당한 건가?"

혼현마제는 당장 수오의 물음보다 망가진 제 몸이 먼저 눈에 들어온 듯했다.

"허어!"
허탈한 웃음소리가 새어 나왔다.
그 뒤로 참을 수 없는 모멸감이 솟아올랐다.
'내가 당한 것인가? 그 애송이에게! 내가, 이 혼현이 고작 제물 따위에게!'
"까드드득."
곱씹고 곱씹을수록 치솟는 분노에 저절로 이가 갈렸다.
그리고 한편으로는 제가 한심해서 견딜 수가 없었다.
"마지막의 그건, 남궁진화가 맞느냐?"
"……송구합니다. 저는 번쩍이는 섬광밖에 보지 못했습니다."
혼현마제의 물음에 수오가 조심스럽게 답했다.
"허허허!"
이번에는 웃음이 튀어나왔다.
눈이 부신 섬광이라면, 제가 마지막에 본 것과 동일했다.
혼현마제는 마지막에 아찔할 정도로 뜨거운 그것을 피해 겨우 몸을 날릴 수 있었다.
"남궁진화라……."
벌써 두 번.
환마제는 죽임을 당했고, 자신의 일이 어그러진 것도 벌써 두 번째라.
"유, 육체가 많이 망가지셨습니다. 일단 몸부터 추스르시지요."

수오가 탕약을 내밀었다.

혼현마제는 수오가 내민 탕약을 가만히 바라보다, 얌전하게 그것을 마셨다. 구역질이 올라올 정도로 역했지만, 맛을 보니 하나하나 농과 염을 방지하는 약재들이라.

혼현마제가 한쪽 팔이 있어야 할 곳이 허전하게 비어 있는 것을 보았다.

"망가졌군."

"……스승님."

"되었다. 처음부터 약해 빠진 육체였다. 이참에 시간을 두고 제대로 연마하면 된다. 그보다…… 그 혼돈지체의 이름이 남궁진화라 했던가."

혼현마제의 눈빛이 서늘하게 내려앉았다.

"광마제, 그 미친 늙은이가 섬뜩한 괴물을 만들었구나. 단순히 경지를 밟은 것이 아니라, 경지 너머 천상을 밟은 놈이야! 반드시 걸림돌이 될 위인이로다. 으드득! 광마제의 손에 넘기기도 위험한 놈이 되었구나."

혼현마제의 눈이 붉게 빛났다.

"수오야, 소리마제에게 연통을 보내거라."

"뭐라 할까요?"

"광마제가 깨어나기 전에, 놈을 완전히 없애라 전해."

혼현마제의 명에 수오의 눈이 커졌다.

제왕검에게 당한 육체가 아직 회복되지 않은 광마제.

진화는 그런 광마제의 최종 제물이었다.

마제들이 서로의 최종 제물을 건드는 것은 금기시되는 일이었다.

"저…… 스승님, 최종 제물을 없애도 될는지요?"

"아깝지만 그건 그냥 두기에 너무 위험해. 차라리 일찍 죽여서, 새로운 제물이 나타나길 기다리는 것이 더 낫다."

혼현마제의 말에 수오가 고개를 끄덕였다.

남궁진화에 대한 공포라면, 수오의 옆구리에도 남아 있지 않았던가.

"어차피 필요조건일 뿐이다. 육신을 빼앗길 것인지, 아니면 살아남을 것인지. 그건 모두 제 손에 달린 일이지."

혼현마제가 야릇한 미소를 띠고 방 한구석에 있는 어두운 형체를 보았다.

조용히 숨을 죽이고 있던 형체가 고개를 들었다.

혼현마제의 말을 전부 알아들을 순 없지만, 작은 형체는 본능적으로 제가 살 수 있는 길이라는 걸 느꼈다.

"조건은 모두 동일하다. 어떠냐, 네가 환마제가 되어 볼 테냐?"

혼현마제의 물음에 구석에 있던 형체가 서서히 고개를 끄덕였다.

혼현마제가 붉은 눈을 빛내며 요요하게 미소를 지었다.

붕대가 감기지 않은 그의 눈이, 제갈무진의 눈이었다가 곧 사악한 노인의 그것이 되었다.

혼현마제의 명을 받은 수오가 장원으로 나왔다.

그리고 소리가 나지 않는 피리를 힘껏 불었다.

사람의 귀에는 들리지 않는 소리를 듣고, 이내 높은 하늘에서 새 한 마리가 내려왔다.

"이것을 주인에게 전해 주렴."

수오가 고깃조각을 새에게 먹이며 다정하게 머리를 쓰다듬었다. 부엌 한쪽, 문이 닫힌 광에서 붉은 피가 흘러나오고, 새의 고개가 그리로 돌아갔다.

"워, 워. 알았어. 조금 더 떼어 줄 테니, 힘내서 가야 한다?"

수오가 웃으면서 광문을 열었다.

그곳엔, 본래 이 장원에 있었을 사람들의 시체가 쌓여 있었다.

수오가 그중 하나의 살점을 떼어 새에게 먹이고, 광문을 닫았다.

"낙양까지 한 번에 날아가렴."

파다다다다닥---!

새가 힘껏 날아올랐다.

낙양은 황제가 있는 가장 번창한 도시라.

소리마제는 그곳에서 세력을 회복하고 있었다.

그는 대반격에도 무사히 숨어든 이들 중 하나이니, 무리 없이 남궁진화를 죽일 수 있으리라.

"그 괴물, 하루라도 빨리 없어져 버려라. 후후후."

수오가 쑤셔 오는 옆구리를 잡으며, 새가 날아가는 모습을 구경했다. 파리한 안색에 두 눈이 붉게 빛났다.

동서고금을 막론하고, 사랑은 빠지지 않는 좋은 이야깃거리다.

언제, 어디서, 누구에게나 발생할 수 있는 돌발적인 변화들.

누구나 공감할 수 있기에, 다른 사람의 이야기에도 깊이 빠져드는 법이다. 하지만 사랑 이야기만큼 깊은 공감을 자아내는 것이 이별 이야기이다.

돌발적인 변화는 늘 긍정적인 방향으로만 나아가지 않고, 점점 쌓여 가는 이유들이 이별을 만들어 낸다.

한 번도 사랑에 빠진 적 없는 사람들도 드물지만, 사랑을 해 본 사람들 중 이별해 보지 않은 사람은 더 드물다.

다만 이별을 겪은 사람들의 감정은 공통적이지 않다.

이별은 사랑과 달리, 극단적 분노와 증오를 남기거나 혹은 짙은 미련을 남긴다.

저자에 나도는 남녀상열지사 중에, 불륜녀와 남편에게 복수하는 현모양처의 변신이나 상단주의 아들 대신 행차 나온 왕자와 사랑에 빠지는 이야기, 혹은 오해로 헤어진 연인이 다시 사랑을 꽃피우는 이야기가 인기인 것도 그 때문일 것이다.

다만 한 가지, 이별한 자들의 공통적인 감정이 있다면, 헤어진 연인에게 '과거와 다르게 완전히 잘나가는 나'를 보여주고 싶어 하는 점이랄까.

"여기, 패황권문의 나하연은 알 테고, 저쪽은 소림 마라승의 제자인 현오, 그 옆엔 남궁세가의 직계인 창천화룡 남궁진화와 남궁구, 남궁교명 그리고 이쪽엔 하북팽가 직계인 팽수, 팽신 형제야."

당혜군이 전보현에게 일행을 소개했다.

집안과 스승, 별호까지 품격 있게 소개하는 것이, 어쩐지 평소 일행을 향한 그녀의 언행과 매우 달랐다.

평소 당혜군은 일행을 향해 '미친년, 뚱뚱땡중, 양자 놈과 그 떨거지, 힘만 센 쌍둥이.'라 부르지 않았던가.

—우리도 입이 있는데.

—척 보기에도, 우리가 입을 열까 봐 선수를 친 것 같네만.

진화 일행은 단번에 당혜군의 의도를 눈치챘다.

"모두 정의무학관에서 수학 중인 동기들이야. 종남에서 임무를 수행하고 돌아가는 길이지."

당혜군이 전보현에게 당당하게 말했다.

그녀는 처음의 당황스러운 얼굴은 온데간데없이, 전보현이 묻지도 않은 근황까지 전하고 있었다.

다행히 전보현의 반응은 당혜군이 원하는 대로였다.

"아, 정말 대단한 분들이시군요."

정의무학관은 중원에서도 모르는 사람이 없는 정도 무림 최고의 출세가도라.

중소 문파 출신들은 물론이고 명문 대파에서도 자식이나 제자를 이곳에 보내기 위해 따로 선발 비무 대회용 무사부를 구할 정도였다.

입관만 하면 정의맹 무단에 들거나 요직으로 들 수 있으니, 관직에 나가지 않는 이상 이만한 출세도 없었다.

심지어 진화 일행은 면면이 중원에 모르는 사람이 없는 명문 대파 출신이지 않은가.

전보현의 얼굴에는 진화 일행을 향한 놀람과 부러움이 가득했다.

그러자 이번에는 당혜군의 표정이 좋지 못했다.

-자기가 밝혀 놓고 저런 반응은 뭐지?

-당최 어느 장단에 춤 춰야 할지 모르겠군.

남궁구와 현오가 서로 눈을 마주치며 고개를 저었다.

"이, 이렇게 만난 거, 가, 같이 밥이나 먹을래?"

"아, 저는……."

"괜찮아! 부담 갖지 마! 우리도 대충 때우려고 하는 거니까.”

당혜군이 어색한 얼굴로 전보현에게 식사를 권했다.

진화 일행은 전혀 식사를 할 예정이 아니었던지라, 당황스러운 눈으로 그녀를 보았다.

‘왜! 어차피 처먹을 거 그냥 들어가!’

방금 전까지 현오의 먹성을 구박하던 그녀는, 입 모양으로 협박까지 하며 일행을 만두가게로 밀어 넣었다.

—질척거리는 쪽이 당 소저였군.

—헤어지기 아쉬운 모양이니, 협조해 주자고.

현오와 진화가 순순히 만두가게로 들어가고, 그 뒤를 나하연과 팽가 형제가 따랐다.

그 모습을 보며, 남궁구과 남궁교명이 마지못해 안으로 들어갔다.

—아, 만두 먹기 싫은데 말이야.

—이건 빚으로 달아 두지.

남궁구와 남궁교명은 상대의 약점을 쥘 좋은 기회를 놓치지 않았다.

당혜군이 한숨을 쉬며, 전보현과 따로 자리를 잡았다.

“저기…… 잘 지냈어?”

"아예, 전, 늘……."

단둘이서만 얼굴을 마주하자, 생각 이상의 어색한 기류가 흘렀다.

"다른 사람들은?"

"다 잘 지냅니다."

"어머니 건강은 어떠셔?"

"늘…… 그렇죠."

"아, 그래?"

다시 침묵이 흘렀다.

전보현의 대답에서, 당혜군은 그의 사정이 한 치도 나아지지 않았음을 알아차렸다.

당혜군의 안색도 어두워졌다.

그의 사정이 나아지지 않았다는 건, 그들이 헤어졌던 이유도 전혀 달라진 것이 없다는 뜻이었기 때문이다.

무얼 기대했던 것일까.

안타깝게 헤어진 연인의 운명 같은 재회?

'바보 같은 년.'

당혜군은 이제야 이전보다 더 파리한 전보현의 얼굴이 눈에 들어왔다.

눈 밑의 검은 그림자도 짙어지고, 이전보다 더 말랐다.

봇짐에는 약재와 서책이 가득했다.

"어허! 난 죽을 뻔하지 않았나! 그런 내게 만두 좀 양보하면 어디 덧나나?"

"안 죽었잖아."

"이런 사-바 세계를 안 넘어가서 유감이라는 건가?"

현오와 진화가 하나 남은 만두로 붙었다.

남궁교명이 얼굴을 가리고 새 만두를 주문하고 있었다.

"……."

"……사실 저건 만두 안 먹으면 죽는 병이 있는 땡중이야. 그 옆엔, 양자 출신이라 식탐이 좀 있어."

망할 새끼들.

당혜군은 소리 내지 않고 욕지거리를 뱉었다.

저를 버린 과거 연인 앞에 내보이기에 참으로 창피한 놈들이 아닌가.

그나마 멀쩡한 허우대만 보였을 때 헤어지지 않은 제 판단을 탓할 수밖에 없었다.

그때, 입구에서 소란스러운 목소리들이 들렸다.

"없다니까 왜 그래요!"

"아, 그냥 한번 둘러만 본다니까."

"귀찮게 왜 이래? 아줌마야말로, 먼저 터지고 싶어?"

"아악!"

만두가게 주인이 밀쳐진 가운데, 딱 보기에도 저자의 왈패처럼 보이는 이들이 가게 안으로 들어섰다.

왈패들의 수가 십수 명은 넘어 보였다.

"아, 쓰불, 우리 애를 건드린 놈들이 여기로 들어간 걸 본 사람이 있다니까."

비단으로 된 도포를 아무것도 입지 않은 맨살에 걸치고만 있던 남자가 제일 앞에서 가게 안을 둘러보았다.

사내는 색색 가지 실로 긴 머리를 땋아서 늘어뜨린 동시에, 화려한 머리 장신구로 얼굴 한쪽의 흉악한 문신을 드러내고 있었다. 코와 귀, 눈썹을 뚫은 장신구가 험악한 외양을 더 괴기스럽게 만들었다.

사내가 뱁새 같은 눈으로 가게 안을 샅샅이 훑자, 안에 있던 손님들이 그자의 눈을 피했다. 그리고 뒤에서 나온 어린 소년 하나가, 사내에게 수군거렸다.

"포사 형님, 저기."

소년은 아까 진화에게 손을 꺾인 이였다.

복수를 위해 예상보다 일찍 돌아온 소년은 붕대를 감은 손으로 진화 일행을 가리켰다.

포사라 불린 사내가 진화 일행을 보았다.

"오오, 깔쌈한데? 안 알려 줘도 눈에 딱 띈다."

진화를 본 포사라는 사내가 눈을 번쩍 뜨며 히죽거렸다.

그러자 뒤에 있던 이들도 킬킬대며 그를 거들었다.

"흐흐흐흐! 소문이가 물건은 기가 막힌 걸 골랐네요."

"멀리서 봐도 후광이 나네."

"그냥 잡아서 팔면 값이 더 나오겠는데요."

왈패들의 말에 당혜군이 눈썹을 꿈틀거렸다.

진화 일행 또한 왈패들의 등장부터 그들의 대화를 듣고 있었지만, 누구 하나 신경 쓰지 않았다.

그들은 한 치 앞도 모르고 불에 뛰어드는 부나방들에게 검을 뽑을 가치도 느끼지 못했다.

다가오면 누군가의 사지를 부러뜨리든가, 깔끔하게 정체를 밝히면 될 일이었다.

하지만 이번 부나방들은 그들의 생각보다 훨씬 눈이 먼 듯. 왈패들은 앞에 있는 것이 촛불인지, 산불인지도 구분하지 못했다.

"여어, 이게 누구야?"

타악-!

왈패 중 하나가 습관처럼 전보현의 뒤통수를 때리고, 당혜군의 눈이 대번에 커졌다.

"전가장 약팔이 아냐? 네가 여기서 여자를 만나?"

"하, 병신 새끼! 지도 남자라고. 클클클!"

전보현을 향한 일방적인 조롱에, 당혜군이 기가 막힌 듯 숨 쉬는 것도 잊었다.

"이야, 가까이서 보니 이 여자도 인물이 괜찮네. 이봐, 이런 병신 놔두고, 나는 어때?"

왈패의 희롱이 결국 선을 넘어 당혜군에게 닿았다.

"……허!"

"다, 당 소저."

당혜군이 참았던 숨을 토하고, 전보현이 당혹스러운 표정으로 그녀를 불렀다.

동시에 당혜군이 손을 휘둘렀다.

퍼---억!

"억!"

목울대를 맞은 사내가 신음을 내며 물러섰다.

빈 공간으로 몸을 일으킨 당혜군이, 정확하게 사내의 천궁과 백회, 인중을 때렸다.

퍽! 퍽! 퍽!

사내가 정신을 차리지 못하고 비틀거리다가, 그대로 당혜군의 손에 목이 잡혔다.

"커헉! 무슨, 이 미친……!"

말은 나오지만 몸에 힘이 들어가지 않는 듯, 사내가 작은 당혜군의 손에 꼼짝도 못 하고 아등바등했다.

"뭐야!"

"이런 미친년이! 그 손 놓지 못해?"

진화 일행을 향해 가던 왈패들이 그제야 당혜군에게 눈을 돌렸다.

쉐에에엑---!

당혜군이 왈패의 목을 쥔 채, 제게 달려드는 이들의 얼굴에 은화대침을 날렸다.

퍽버퍽! 퍽!

살가죽을 뚫는 소리라기엔 너무 큰 소리와 함께, 당혜군에게 덤비려던 왈패들이 그 자리에 멈추었다.

그들은 사지가 마비된 듯 움직이지 못하고, 또르르 눈알만 굴려서 제 얼굴에 박힌 대침을 확인했다.

"으으, 으……."

왈패들이 비명도 지르지 못하고 신음으로 도움을 요청했다. 그 모습에, 당혜군 쪽으로 가던 왈패들이 그대로 멈춰 섰다.

"하아! 이건 또 뭐야?"

왈패들 사이로, 포사라는 사내가 천천히 걸어 나왔다.

"뭐야, 계집. 꼴에 무림인이야?"

다른 왈패들과 달리, 포사라는 사내는 당혜군의 손 속에 전혀 겁을 먹은 눈치가 아니었다. 오히려 뱁새같이 작고 가는 눈으로 당혜군을 샅샅이 살폈다.

당혜군은 저를 훑듯이 보는 사내와 그 뒤의 왈패들을 보며 코웃음을 쳤다.

감히 저자의 쓰레기 따위가 저를 향해 저런 눈빛을 하다니, 그동안 독심화의 독기가 유해지긴 했나 보다.

"어중간하게 도와주면 네가 더 괴롭겠지?"

당혜군이 전보현을 보지도 않고 물었다.

"당 소저……."

"걱정 마. 뒤탈 없이 전부 죽여 주고 갈 테니."

전보현이 걱정스러운 눈빛으로 그녀를 보고 있는 것을 아는지 모르는지.

당혜군은 손에 쥐고 있던 왈패의 목을 가뿐하게 비틀었다.

으드득.

당혜군의 손에 목이 잡혀 있던 왈패가 입에서 거품을 뿜어내며 바닥에서 몸을 비틀었다.

당혜군이 열 손가락 사이에 은화대침을 꺼내며, 겁을 먹은 듯 굳어 있는 왈패들 앞으로 나섰다.

"네놈들 손으로 손목을 비튼 다음, 무릎을 꿇고 납작 엎드려 빌어. 쓰레기 같은 목숨, 제발 살려 달라고."

당혜군의 말에 포사라 불린 사내가 재미있다는 듯 물었다

"하하! 계집, 말하는 본새가 예사롭지 않네? 어디, 한가락 하는 계집인가 봐?"

사내는 흥미로운 먹잇감을 발견한 듯 당혜군을 핥듯 혓바닥으로 입술을 핥았다.

그 순간, 은빛 무언가가 날아와 그의 혓바닥에 박혔다.

푸욱.

갑작스러운 공격에 놀란 사내가 눈을 크게 떴다.

"죽이기 전에, 빨리 빌어라, 쓰레기."

당혜군이 냉랭한 얼굴로 말했다.

독심화 당혜군.

적에 대해 자비가 없고, 손 속이 악랄하기 그지없다 하여

붙여진 별호였다.

하지만 포사라는 사내도 만만치 않았다.

그는 얼굴 하나 찡그리지 않고, 손으로 혓바닥과 얼굴에 박힌 은화대침을 뽑아 거기에 묻은 피를 혀로 핥았다.

"간이 크네. 무림인인가 봐?"

뱁새 같은 눈에 살기가 번들거렸다.

하지만 당혜군은 눈 하나 깜짝하지 않았다.

"사천당문의 당혜군이다."

"호오, 그래? 이거, 생각지도 않은 거물이네."

당혜군이 제 가문과 이름을 말하자, 사내도 놀란 표정을 지었다.

하지만 이내 능글맞은 표정으로 싱글거렸다.

"그런데 어쩌나? 내 뒤에도 거물은 있어. 이 몸의 뒤에는 남궁세가가 있거든. 천하제일 남궁세가."

사내의 말에 당혜군의 눈이 커졌다.

생각지도 않은 때에, 생각지도 않은 이의 입에서 나온 생각지도 못한 이름이라.

"남궁……이라고?"

당혜군의 반응에, 사내가 당당하다 못해 오만한 태도로 웃었다.

"그래, 너도 들어 봤지? 집안끼리 문제로 확산되기 전에 네가 사과하는 게 어때?"

들어만 봤다 뿐인가.

당혜군은 지금, 그 '남궁세가'가 사내의 뒤에 있는 것을 눈으로 보고 있는 중이었다.

그곳엔, 남의 일처럼 조용히 앉아 있던 진화와 남궁구, 남궁교명이 악당 같은 얼굴로 일어서서 웃고 있었다.

당혜군의 자리에서 난 소란에, 남궁구와 남궁교명이 당혜군과 왈패들을 살피며 말했다.

"음, 어쩌지?"

"가서 도와야 하나?"

말은 그렇게 하면서도 전혀 일어날 생각이 보이지 않았다.

"좋아하는 남자 앞에서 멋진 모습 보이도록 놔둬야 하는 것 아닌가?"

보통은 그 반대지만, 아무도 나하연에게 그걸 지적하지 않았다.

"그러기에는, 저 앞에 있는 자는 좀 위험해 보이는군."

현오는 뭔가 걸리는 것이 있는 눈치였다.

그때였다.

앞에 있던 자의 입에서 '남궁세가'의 이름이 나온 것은.

"역시…… 위험한 자였군."

현오가 고개를 저으며 말했다.

그때, 조용히 있던 팽수가 입을 열었다.

"포사, 어디서 들어 봤나 했더니, 사람을 죽이는 늑대 포사로군."

"식인 늑대?"

"하남에서 강도, 방화, 교살, 독살…… 온갖 방법으로 사람을 헤치고 재물을 탐하던 사파 고수로 악명이 자자했지. 나중에 악행이 점점 수위를 넘어 사패천의 눈 밖에 나서 축출당했다고 들었는데…… 그런 자가 어떻게 남궁세가의 이름을 들먹이지?"

생각지도 않은 거물이라.

팽수의 말에 놀라는 듯하던 일행의 눈이 자연스럽게 진화와 남궁구, 남궁교명을 향했다. 마지막 만두를 입에 넣은 진화가 천천히 자리에서 일어섰다.

"만두보다 못한 버러지가 감히 무얼 입에 담았는지, 주제를 물어야겠군."

진화가 눈빛을 반짝이며 강렬한 존재감을 뿜었다.

일행은 그것이 살기라는 걸 알았다.

식인 늑대 포사.

하남 일대에서 유명한 사파 고수이자 악당.

아니, 악당이라는 말로는 부족했다.

그는 한날 상인으로 위장에 부잣집 일가를 독살하고 겨우 그 집 곳간만 털었으며, 재미로 작은 마을 하나를 태우고 안에서 나오는 사람들을 베어 죽인 일도 있었다. 금품을 갈취해서 사람을 죽이는 건 예사고, 금품을 빌미로 고리대를 놓아 일가족을 말려 죽이는 건 그가 가장 좋아하는 취미였다.

상대를 짓밟고 괴로워하는 것을 지켜보는 건, 그가 일생 동안 추구해 온 쾌락이었다.

비록 강간하고 죽인 여자가 사패천의 높은 쓰레기의 첩이었던 바람에 쫓기는 신세가 되었지만.

포사는 그조차도 좋은 기회라고 생각했다.

하남을 떠나서 날개를 달게 된.

그런 의미로 진가현은 그에게 완벽한 곳이었다.

사람 많고 물자가 넘치며, 정의맹과 사패천의 영향력이 약해서 그가 마음껏 활개를 쳐도 되는 곳이니 말이다.

"내 뒤에 있는 남궁세가는 그들의 돈줄이 다치는 걸 극도로 싫어해."

포사가 비릿하게 웃으면서 당혜군에게 말했다.

놀란 토끼 같은 눈을 하고 대꾸도 못하고 있는 꼴을 보자니, 사천당문의 독심화도 별것 없다는 생각이 들었다.

'뭐, 이런 등신 새끼가……!'

당혜군은 눈앞에서 남궁세가를 들먹이고 있는 포사를 보

며 정신이 아연해졌다.

그리고 저도 모르게, 뒤에 있는 진화의 눈치를 보았다.

진화의 눈이 푸른 번개로 번뜩이고 있었다.

'이런 씨, 눈이 돌아갔네. 이러다가 현이까지 다치면…….'

당혜군은 눈앞의 왈패들보다 더 사악한 얼굴로 천천히 걸어 나오는 진화와 남궁구, 남궁교명을 보며, 다급하게 전보현을 보았다.

그는 창백하게 질린 얼굴로 곧 울음을 터뜨릴 듯 걱정을 가득 담은 눈으로 저를 보고 있었다.

'뒤로 빠져.'

당혜군이 전보현에게 눈짓을 했다.

그러자 전보현이 향해 고개를 끄덕이는 모습이, 역시 제 눈짓을 알아듣지 못한 듯했다.

당혜군의 눈짓을 잘못 이해한 사람은 또 있었다.

당혜군이 이리저리 눈치를 살피고 눈동자를 굴리는 모습에, 포사는 당혜군이 완전히 겁을 먹었다고 생각했다.

'흐흐흐, 역시 당문도 별거 없군. 남궁세가라는 말이 나오자마자 벌벌 떨어? 이 기회에 당문 계집의 눈물이나 뽑아 볼까? 가만 보니, 좀 사납긴 해도 미색도 상당한데.'

포사의 눈이 당혜군을 거쳐 전보현을 향했다.

포사의 눈이 야비하게 빛났다.

"생각 잘하라고. 사천당문도 옛날 말이지. 사천에 있지도

못하고, 이리저리 떠도는 신세잖아. 남궁세가의 눈 밖에 나면, 네년의 집안에서 널 버릴지도 모른다고. 집도 버렸는데, 계집이라고 못 버릴까."

"뭐야?"

포사의 선을 넘는 도발에, 당혜군은 돌로 머리를 맞은 듯 순간 멍해졌다.

당문의 세가 약해진 적도 없지만, 설사 가문의 세가 약해졌던들 사파 나부랭이에게 조롱당할 수준일까.

생각도 못 한 때에 전보현을 보고 마음이 흔들린 탓이다.

그러니 이런 쓰레기가 감히 제 앞에서 헛소리를 늘어놓는 게 아니겠는가.

머리끝까지 치솟는 분노에, 당혜군의 온몸에서 살기가 뿜어져 나왔다.

"네놈은 절대 곱게 죽지 못하겠구나."

분노로 이성을 잃기 직전이라, 말을 하는 동안에도 치가 떨렸다.

당혜군의 살기와 함께, 짙은 녹색 기운이 평온을 잃고 날뛰었다.

갑작스러운 당혜군의 변화에 포사가 흠칫했다.

하지만 곧 당혜군을 향해 비릿하게 웃었다.

"네가 어쩔 건데? 싸우려고? 오, 드디어 당문 독심화의 앙칼진 손맛을 보는 건가? 물론 그사이에 전보현은 내 수하들에게 아까운 목숨을 잃겠지만. 흐흐흐!"

포사가 사람을 잘 괴롭힐 수 있었던 건, 그만큼 상대의 약점을 잘 알아보기 때문이었다.

포사는 당혜군이 전보현을 위험하게 두고 어떤 것도 못할 것이란 걸 알았다.

그때였다.

사아아악----!

온몸에 소름이 돋고 모골이 송연한 느낌이 든 것은.

휙!

포사가 순식간에 뒤로 물러서며, 제 뒤를 보았다.

그 순간.

파지지지지지직------!

"크아아아아악--!"

"아아악!"

마른 하늘도 아닌, 건물 안에 치는 날벼락은 대체 뭐란 말인가.

수하들의 비명을 들으며, 포사의 얼굴이 경악으로 물들었다. 튀어나올 듯 커진 포사의 눈에, 수하들을 가뿐히 지르밟으며 한 사람이 걸어왔다.

남자가 점점 가까워질수록.

사람의 것이 아닌 듯한 얼굴에 홀린 듯 눈을 뗄 수 없는 동시에, 저도 모르게 자꾸 뒷걸음질 치고 싶어졌다.

본능이 제게 '도망가라' 경고하고 있었다.

"본 공자를 제외하고, 그대의 뒤에 있다는 남궁세가에 대해 말해 보겠나?"

부드러운 음성이 포사의 목을 죄는 듯 다가왔다.

걸음걸이, 표정, 눈빛까지, 남자에게선 날 때부터 존재했을 법한 위엄이 자연스레 흘러나왔다.

'본 공자를 제외하고?'

포사는 겨우 한 걸음 뒤로 물러나며 남자의 말을 되새김질했다.

'본인을 제외한 남궁세가라니. 그럼 저자는……!'

포사의 두 눈이 찢어질 듯 커지는 것을 보며, 남자가 천상의 선녀처럼 웃었다.

"이 진가현에 남궁진화와 남궁구, 남궁교명을 제외하고 어떤 남궁이 있다는 거지?"

"나, 남궁진화!"

모르는 이름이 아니었다.

제왕무적검의 아들이자, 남궁세가에 떠오르는 두 신룡 중 하나라.

'천상화에 버금가는 아름다운 외모에 제왕의 번개를 다룬다는?'

온몸으로 소문이 거짓이 아님을 보여 주는 듯한 남자였다.

포사는 상상치도 못했던 진화의 등장에 주춤주춤 물러섰

다. 그러나 이내 벽에 닿은 듯 무언가에 부딪혔다.

"헉! 뭐, 뭐야?"

포사가 놀라 뒤로 보았다.

그곳엔 남궁구가 비릿하게 웃으며 그를 내려다보고 있었다.

"감히 어떤 쓰레기가 남궁 행세를 하고 있는 거지?"

"거짓말이면 그 혓바닥부터 찢어 주마!"

남궁교명이 사납게 포사를 위협했다.

어느 쪽이 왈패인지 모를 만큼, 자연스러운 협박이었다.

갑작스러운 사태에 정신을 차릴 수 없었던 포사가 주변을 둘러보았다.

꿈인가 싶었지만, 바닥에는 여전히 수십 명의 수하들이 죽은 듯 쓰러져 있었다.

위기였다.

본능이 인생 최대의 위험을 경고하고 있는 듯 머릿속이 어지러웠다.

'이, 일단 도망을……!'

아무리 눈을 굴려 보아도 도망갈 구석이 없었다.

포사가 눈을 굴리자, 눈앞에 있던 진화가 해사하게 웃었다. 궁지에 몰린 쥐가 털을 세울 때, 그 앞의 고양이가 어떻게 웃었을지 알 것 같은 미소였다.

파지지지지지직----!

"크아아악!"

앞에서 번개가 번쩍이는 동시에, 정신이 아찔해질 정도의 고통이 그를 덮쳤다.

아니, 포사는 그대로 정신을 잃었다.

"구, 교명, 이 쓰레기의 뒤에 어떤 남궁세가가 있는 건지 알아 와라."

"충."

진화가 쓰러진 포사를 비웃으며 명을 내리고, 남궁구와 남궁교명이 신이 난 얼굴로 쓰러진 포사를 주워 들었다.

남궁세가의 이름이 높으니 이런 일까지 생기는 것인가.

뭔가 기분이 나쁘면서도 뿌듯한 일이었다.

당혜군은 그때까지도 쓰러진 포사를 노려보고 있었다.

"걱정 마, 절대 곱게 죽이지 않을 거니까."

진화가 안심하라는 듯 말했다.

굳이 신경 쓸 가치도 없는 잔챙이였지만, 저런 사파도 되지 못한 쓰레기가 남궁의 이름을 더럽힌 것을 그냥 넘어갈 생각은 없었다.

"아, 누추하지만 이곳이 전가장입니다."

전보현이 일행을 제집으로 안내했다.

언제까지 만두가게에서 행패를 부리고 있을 수 없었기에, 전보현이 일행을 제 집으로 안내했다.

“이놈들을 넣어 둘 곳은?”

“아, 저, 저기 광에 넣으면 됩니다. 지금은 아무것도 없어서…….”

전보현이 부끄럽다는 듯 얼굴을 붉히며 말했다.

하지만 현오와 팽가 형제에게 중요한 건, 한시라도 빨리 짐짝들을 내려놓을 곳이라.

“으읏차-!”

퍽퍽-철퍽-!

퍼-억! 퍽!

현오가 수레를 들자, 그곳에서 사람들이 쏟아져 내렸다.

다 떨어지지 못한 이들은 팽가 형제가 손수 들어서 던졌다.

“상전 났네. 인질 팔자가 상전 팔자로군! 만두도 못 먹고 이게 뭔가!”

현오가 혀를 차며 불만을 토했다.

만두가게에서 여기까지 실어 온 왈패를 두고 하는 말 같았지만, 사실은 진화에게 하는 말이었다.

놀랍게도 왈패들은 진화가 보낸 기운에 눌려 정신만 잃었던 것이라.

쓰러뜨려 놓고 신경도 쓰지 않는 진화를 대신해서 현오와 팽가 형제가 챙겨 온 것이었다.

“여기는 제 어머니 되시고, 여긴 제 동생들입니다.”

“아이고, 누추한 곳까지 오셨습니다.”

“혜군 누나-!”

“언니이---!”

전보현의 아픈 어머니가 일행에게 고개를 숙여 보이고, 동생들은 당혜군을 알아보고 그녀를 반갑게 끌어안았다.

당혜군과 키가 비슷한 아이부터 반밖에 되지 않는 어린아이까지.

“하나, 둘, 셋, 넷…… 줄줄이 어린 동생이 넷이네.”

“거기에 운신이 힘든 어머니에 전가장을 이 꼴로 만든 도박에 미친 숙부, 정신 못 차리고 사업을 벌여 빚을 늘이는 형님까지 있지.”

안타까운 눈으로 전보현의 동생들을 보던 현오와 팽가 형제는, 나하연의 설명에 아연실색한 표정을 지었다.

가족을 짐이라 말하긴 그렇지만.

집안이 빚더미인 상황에서 전보현 외에는 생계를 꾸릴 사람이 보이지 않는 것도 사실이라.

“데릴사위를 갈 처지가 아니구먼.”

“저 정도면 데릴사위를 청한 당혜군이 양심이 없는 거지.”

현오와 팽가 형제가 당혜군을 향해 혀를 찼다.

집안의 유일한 가장을 빼내 가는 악당을 보는 듯한 시선에, 당혜군이 발끈했다.

"그래서 차였잖아, 이 망할 자식들아!"

당혜군의 솔직한 말에, 오히려 전보현이 더 미안한 얼굴을 했다.

하지만 정작 당혜군은 당당한 얼굴로 전보현을 보았다.

"상황이 그때보다 더 안 좋은 거야? 네가 버는 수입이 상당할 텐데?"

당혜군이 물음에는 안타까움과 걱정, 약간의 분노를 담겨 있었다.

적지 않게 벌었을 텐데, 왜 아직 이 꼴이냐는 책망이었다.

그에 전보현이 한숨 섞인 미소를 지었다.

"그게…… 부끄럽지만 의약방까지 빼앗긴 터라, 수입을 만들기가 쉽지 않게 되어서요. 왕진 의원 일과 필사를 하면서 겨우 현상 유지만 하고 있습니다."

궁색하고 구질구질한 가난에 대한 이야기.

미련이 철철 넘치는 전 연인에게 결코 하고 싶지 않은 이야기였지만, 전보현은 숨기지 않고 말했다.

바닥까지 내보이고 난 후련함이 반, 당혜군이 미련 없이 떠났으면 하는 마음이 반이었다.

말을 하고 난 전보현은 이전보다 밝은 얼굴로 당혜군에게 웃어 보였다.

"그때, 그 인간 망종들만이라도 죽였어야……."

당혜군은 작금의 사태를 만든 전가장의 두 인간을 떠올리

며 이를 갈았다.

한편.

모두가 안타까운 얼굴로 헤어진 연인과 전가장의 사정을 듣고 있는 동안, 진화는 전가장을 둘러보았다.

구구절절한 연인의 사연보다 훨씬 눈길을 끄는 장원이었다.

현에 있기에도 제법 커다란 장원.

일하는 사람들이 없어서 곳곳에 해지고 부서진 곳이 보이지만, 정원과 건물의 배치가 여느 명가 못지않았다.

'위치도 진가현의 중심부지. 꽤 값이 나가는 장원이겠어.'

진화는 포사와 그 왈패들이 왜 전보현을 그렇게 괴롭히고 모욕을 주지 못해 안달이었는지 알 것 같았다.

아직 빼앗을 것이 남아 있었던 것이다.

'하지만 그깟 왈패들이 먹기에는 너무 크군. 정말로 그 포사 놈의 뒤에 누군가 있는 것인가?'

진화는 화초가 있어야 할 정원에 파가 심어져 있는 것을 모르는 척하며 장원 곳곳에 눈을 돌렸다.

그때, 남궁구와 남궁교명이 들어왔다.

심각하게 굳은 표정에 분위기마저 심상치가 않았다.

아니나 다를까.

그들의 입에서 나온 말은 전혀 뜻밖이었다.

"문제가 이상해졌어, 도련님."

"이들의 자금 출처가 본가 청화상단이라고 합니다. 게다가 포사의 입에서, 본가 장로의 이름이 나왔습니다."

"……!"

남궁구와 남궁교명의 말에 진화의 눈이 커졌다.

"남궁의 장로라고?"

설마 남궁을 사칭한 것이 아니라, 진짜 남궁세가가 배후에 있었을 줄이야.

"……으드득!"

저도 모르게 이가 갈렸다.

제왕검을 비롯한 가족들이 목숨 바쳐 지킨 명예와 신념 뒤에 숨어, 누가 감히 검은 이익을 탐했단 말인가!

"획기적인 자살 방법이군."

진화가 입꼬리를 비틀었다.

고운 얼굴에 단단하게 꼬인 심사가 그대로 드러났다.

"그래서 그 장로의 이름은 뭐라는데?"

"육장로 안상범이라는군."

"안상범?"

진화도 처음 듣는 이름에 눈썹이 들썩였다. 이번 생은 물론이고, 이전 생에서도 들어 본 적 없던 이름이었다.

"이번에 남궁도와 함께 남궁문, 남궁백의 빈자리에 새로 들어온 장로 중 하나다."

"하아!"

한숨이 절로 나왔다.

이전 생에 집안을 망친 이들을 대신해서 들어온 자가 다시 남궁의 이름을 더럽히고 있다니.

"쓰레기 보존 원칙이라도 있는 건가?"

얄궂은 운명 같은 연결 고리에, 진화가 코웃음을 쳤다.

"일단은 청화상단부터 가지."

진화의 결정에 남궁구와 남궁교명이 앞을 열었다.

"어쩔 셈이야, 도련님?"

"가법에 따라…… 전부 날려 버릴 거다."

언제부터 그런 가법이 있었는지 모르지만, 남궁구와 남궁교명은 군소리 없이 진화의 뒤를 따랐다.

"어어, 같이 가지!"

"남궁의 일이다. 마음은 고맙지만 소림이 끼어들 일이 아니다."

현오가 뒤를 따르려 하자, 남궁교명이 팔을 들어 그를 제지했다. 하지만 현오도 순순히 물러설 생각이 없었다.

"전혀 끼어들 생각 없네. 하늘에 맹세코, 부처님의 이름으로 절대 구경만 하겠다고 약속하지."

"뭐, 이런…… 꺼져, 이 미친 땡중아!"

중간에 생략된 수많은 나쁜 말들이, 남궁교명의 눈을 통해 전해진 듯했다.

"이대로 물러나라고? 나는 눈 뜨고 만두도 뺏겼단 말이네!

부처님의 이름으로 절대 물러서지 않겠네!"

"부처의 이름을 그런 데 쓰지 말라고, 이 미친 땡중아!"

남궁교명이 버럭 하는 가운데 현오, 그리고 슬며시 나하연과 팽가 형제까지 따라붙었다.

"구경하러 가는 거 아니야. 전가장을 괴롭힌 놈들 뒤에 누가 있는지 확인하려는 것뿐이야!"

당혜군이 당당하게 따라나섰다.

남궁세가는 양주는 물론 중원 전역에 영향력을 발휘하는 세가인 만큼, 쌓아 올린 부 또한 거의 일국에 버금간다.

그리고 그 부는, 남궁세가 소속의 상단들로 인해 쓰는 만큼 더 많이 쌓이고 있었다.

청화상단은 청해상단과 더불어 남궁세가의 가장 대표적인 상단 중 하나였다.

특히 청화상단은 남궁세가의 가장 대표적인 소득원인 차(茶)를 취급하고 있었는데, 남궁세가의 차는 황도의 유지들에 의해 귀한 취급을 받으며 요즘은 금보다 가치가 높았다.

남궁세가에서 장로급에 해당하는 상단주는 청해상단뿐이었지만, 요즈음은 청화상단의 자리도 마련되어야 한다는 말이 심심찮게 나오고 있었다.

진화는 최근 가문 내의 사정은 잘 몰랐다.

세가 내의 정치에 대해 남궁도 말고는 거의 신경을 쓰지 않았기 때문이다.

이전 생에서부터 남궁세가의 것을 탐하면 안 된다는 생각에, 남궁세가의 거대한 부나 재산에 관심을 둔 적도 없었다.

오죽하면 백의생 때 산술회계학에서, 금전 감각과 사업 감각이 떨어진다는 이유를 콕 집어서 '하'를 받았겠는가.

다들 쉬쉬했지만, 홍등금판 왕진오가 진화의 성적에 일부러 '하하하'를 찍었다는 소문이 기정사실화되어 있었다.

그가 진화를 공공연히 '만두공자'라 부르고 다녔기 때문이다.

실제로 남궁세가 직계로서 진화가 가진 권한이나 자금도 상당했지만, 정의무학관에 있는 동안 주머니에 있는 돈으로 만두를 사는 것 외에는 돈을 써 본 적 없는 진화였다.

하지만 그런 진화라도, 청화상단이 꽤 잘나가고 있다는 건 단번에 알아차렸다.

"어서 오십시오!"

점원이 밝게 인사하는 그곳은, 입구부터 진가현의 그 어떤 곳보다 화려했기 때문이다.

툭.

"책임자를 불러와라."

진화가 점원에게 남궁세가의 직계를 상징하는 창천패(蒼天

牌)를 내밀었다.

“헉! 자, 잠시만……!”

창천패를 보고 놀란 점원은 진화의 얼굴을 보고 말을 잇지 못했다. 점원은 더듬더듬 뭔가를 말하려다 황급히 안으로 달려 들어갔다.

청화상단으로 가는 길.

진화는 삼자대면을 시키기 위해 포사를 데려가기로 했다.

팽가 형제가 할 일을 찾았다는 듯 날름 포사를 들었다.

봉두난발에 피투성이가 되어 질질 끌려가는 포사의 모습에, 뒤에서 현오가 혀를 찼다.

“어떻게 그 잠깐 사이에 사람이 저 꼴이 되나?”

“저렇게 만들 때까지 불지 않은 건가? 그렇게 입이 무거울 것 같진 않았는데.”

나하연도 고개를 갸웃거렸다.

그러자 옆에서 남궁구가 심드렁하게 답했다.

“열 받아서 그냥 쳤어.”

“……누가?”

모두의 고개가 자연스럽게 돌아갔다.

“상반신은 내가, 하반신은 저놈이.”

포사의 하반신을 때린 남궁교명이 일행의 시선에 씨익- 웃어 보였다. 남의 불행을 먹고 사는 쓰레기 주제에 감히 남궁세가를 입에 올렸으니.

심사가 꼬인 건, 진화만이 아니었던 것이다.

청화상단은 어렵게 찾을 것도 없이, 진가현의 가장 중심부에 있었다.

"히이익! 자, 잠시만 기다려…… 커헙!"

청화상단의 점원이 이상한 소리를 내며 안으로 달려갔다.

그리고 잠시 후, 지부장으로 보이는 이가 달려 나왔다.

"진화가 보여 준 게 뭔데 그래?"

"창천패, 남궁세가 사람들에게는 황제의 어명보다 무서운 거지."

남궁교명이 싸늘한 눈빛으로 지부장을 보며 말했다.

비단 금포를 온몸에 감고 통통한 체격의 중년인.

진가현 지부장 주종도가 굽실거리며 진화 일행을 안으로 모셨다.

남궁구와 남궁교명 또한 '남궁'의 성을 쓰는 방계라, 한낱 작은 현의 상단 지부장이 무시할 바는 아니었다.

"아, 아이고, 도련님, 이런 누추한 곳까지는 어쩐 일이십니까?"

"우리 도련님이 못 올 곳에 왔어요?"

남궁구가 능글능글하게 웃으며 쏘아붙였다.
"아, 아니, 그런 건 아니고……."
"임무 수행하시고 돌아가는 길에, 더러운 소문이 공자님의 심기를 어지럽혔습니다."
"예? 그런 일이 있었습니까?"
"흥, 모르는 척은."
이번에는 남궁교명이 코웃음을 치며 주종도를 긴장시켰다.
남궁구와 남궁교명이 번갈아 가면서 위협하는 통에, 주종도의 얼굴이 땀으로 흠뻑 젖었다.
대체 이게 무슨 날벼락인지.
주종도가 땀을 닦으며 한숨을 돌리는데.
"허억!"
주종도는 그제야 피 떡이 된 포사를 발견했다.
포사가 새빨갛게 물든 이를 드러내며, 주종도를 향해 비열한 웃음을 보였다.
'저 인간 망종이 공자님 손에 잡혔는데 왜 이리로 온 거지?'
뭔가 불길함을 느낀 주종도가 바짝 긴장하며 안으로 들어갔다.
사람인가 싶은 정도로 아름다운 외모에 자연스럽게 흘러나오는 위엄.
주종도는 창천패의 주인이 소문의 제왕무적단주의 양자,

창천화룡 남궁진화임을 단번에 알아보았다.

"저자가 말하길, 저자가 운용하는 고리대의 자금이 이곳 청화상단에서 나왔다더군."

진화는 다짜고짜 본론부터 꺼냈다.

진화의 말에 주종도가 펄쩍 뛰었다.

"예에? 그 무슨 천부당만부당한 말씀이십니까? 저는 처음 듣는 말입니다."

주종도의 말에, 진화의 눈이 포사를 향했다.

그러자 포사가 주종도를 향해 비열하게 웃었다.

"흐흐흐, 어르신, 왜 그러십니까? 어제도 제가 어르신의 주루에서 술을 마시고, 그간의 이자를 드리지 않았습니까?"

"뭐, 뭐? 술이야 네놈이 와서 처먹은 거겠지! 이자? 네놈에겐 술값 외에 뭔가를 받은 적이 없다!"

능글맞게 저를 알은척하는 포사의 말에, 주종도가 분노하며 소리쳤다. 그리고 정말 억울한 표정으로 진화에게 말했다.

"아이고, 도련님, 이 미친놈이 무슨 속셈인지 모르나, 저희 청화상단은 이놈과 아무런 관련이 없습니다. 원하신다면 장부도 내드리겠습니다."

그러자 이번에는 포사가 억울하다는 듯 소리쳤다.

"아니, 장부를 믿는 건 아니겠지요? 당장 소득부터 속이면 끝인데, 그걸 장부에 써 놓는 미친놈이 어디 있겠습니까? 제 돈은 다 지부장님께 받은 것이 맞습니다!"

"어허, 이놈이 무슨 억하심정으로 날 모함하는 게야!"

"모함은 무슨! 들킨 마당에 깨끗하게 시인하시지요!"

주종도가 몹시 분노하며 포사를 노려보고, 포사는 당당하게 그의 눈빛을 받아쳤다.

"……."

진화는 둘의 모습을 말없이 지켜보았다.

사실 진화는 장부를 볼 생각조차 없었다.

간단한 계산이라면 몰라도, 진화에게 장부 조작을 알아보는 능력이 있을 리 없었다. 하지만 그런 진화도, 눈앞에서 저를 기만하는 놈은 알아볼 수 있었다.

진화가 저를 보며 소리치는 포사를 향해 입꼬리를 말아 올렸다.

"구, 당장 저놈의 소굴로 가."

"장부를 가져올까요?"

남궁구의 말에, 포사의 눈이 진화를 살폈다.

그에 진화의 미소가 더 짙어졌다.

"아니, 전부 태워 버려. 안에 누가 있든 얼마가 있든 전부."

"……!"

진화의 말에 포사의 눈이 찢어질 듯 커졌다.

포사의 눈이 처음으로 이리저리 흔들렸다.

옆에 있던 주종도도 놀라긴 했으나, 그는 이내 고소하다는 듯 포사를 향해 혀를 찼다.

자세히 보지 않아도 극명하게 다른 반응.

누가 진화를 기만하려 했는지는, 따지지 않아도 알아볼 수 있었다.

진화가 당황하고 있는 포사를 내려 보았다.

자, 이제 어찌할 셈이냐.

포사가 어찌 나오는지 구경하겠다는 듯한 진화의 태도에, 포사가 더욱 당황하기 시작했다.

'미친놈! 거기 돈이 얼마나 있는데 그걸 상관하지 않겠다는 거야!'

포사는 제 전 재산을 태우라고 해 놓고 태연하게 있는 진화를 노려보았다.

"흐, 흥! 이렇게 뒤처리를 하려는 수작인가? 증거를 전부 태우려고? 남궁이 더러운 짓거리를 숨기기 위해 내 수하들까지 죽이려 하는구나!"

포사가 진화를 향해 쏘아붙였다.

포사의 말에, 진화는 결국 웃음을 터뜨리고 말았다.

"남궁이 숨기려 한다고? 하하하하하하! ……재밌네."

어느 순간, 뚝— 하고 웃음을 멈추었다.

"남궁이 네놈들에게 그런 정성을 왜 기울여야 하지?"

가뜩이나 사람 같지 않은 얼굴이 얼음처럼 서늘한 눈빛까지 담자, 포사는 저도 모르게 간담을 쓸어내렸다.

"내가 왜 너 같은 놈의 말을 믿을 거라고 생각하는 거지?"

"……뭐, 뭐?"

"고문? 그거 별거 아니야. 고문으로 뱉어 내는 말이 다 사실이라고 믿는 천치는 없다고."

진화는 감히 제 앞에서 뻔뻔한 얼굴로 이간질을 하려 했던 포사를 비웃었다.

세상에는 이런 놈들이 제법 많다. 눈앞에서 얼굴색 하나 바꾸지 않고, 면전에서 거짓말을 하고 남을 속이는 이들.

이들은 삼자대면에서도 당황은커녕 오히려 열을 내며 남을 모함했다.

"악당 주제에 신뢰받을 거라 생각했나?"

진화의 말에, 포사는 제가 완전히 농락당했음을 깨달았다.

"이, 이! 이런 제기랄! 이 빌어먹을 애송이가--!"

포사는 화가 머리까지 솟은 듯 붉으락푸르락해진 얼굴로 마구 소리를 질렀다.

팽가 형제가 요동치는 포사를 잡아 눌렀다.

"하지만 진가현에서 벌어지는 일에 대해 보고도 없었던 것은 사실."

진화의 눈이 주종도를 향하자, 주종도가 놀라며 고개를 숙였다.

"지부장은 책임지고 저놈을 끌고 가서 본가에 처결을 맡기고, 청화상단이 어떤 관계도 없음을 증명하도록."

"충."

방금 교활하고 포악한 포사를 어떻게 다루는지 보았기 때문일까.

진화의 명을 받는 주종도의 모습은 더없이 극진했다. 그리고 진화는 아직 나가지 않은 남궁구에게 눈짓을 보냈다.

–구, 놈의 소굴에 가서 장부와 문서, 쓸 만한 건 전부 챙겨.

–증거 때문이야? 도련님이 지부장은 관련이 없다면서?

남궁구가 의아한 듯 되물었다.

–지부장은 아니지.

지부장은…….

진화의 눈빛이 서늘하게 내려앉았다.

–새롭게 남궁세가의 장로가 된 자의 이름을 저놈이 어찌 알았지? 직계인 나도 몰랐는데.

–아……!

진화의 말에 남궁구의 눈이 커졌다.

–사전에 접촉이 없었다면 알지 못했겠군.

남궁구가 알고 있는 것은 당연했다. 본인은 쉬쉬하지만, 어쨌든 명실공이 남궁의 작은 송골매니.

그런데 남궁세가의 사람도 아닌 작은 현의 악당 따위가 먼 양주에서 일어난 최근의 인사를 알다니, 이상하지 않은가.

포사가 당당하게 주종도를 모함하면서 장부를 들먹이는 것에, 진화는 그가 믿는 것이 지부장이 아니라 장부에 있음을 눈치챘다.

―안상범에 대해서도 본가에 미리 경고를 보내도록.

―층.

진화의 명에 남궁구가 심각한 얼굴로 바람처럼 사라졌다.

―아, 그런데, 저놈 소굴에 있는 수하들은, 진짜 전부 태워?

―남궁의 이름을 농락한 자. 가법에 따라 전부 부숴 버려.

―층.

진화의 눈빛이 까맣게 가라앉았다.

남궁구는 정말로 포사 패거리가 있던 금문각을 전부 태워 버렸다.

포사의 수하들은 안에서 타 죽지 않을 거라면, 무릎을 꿇고 나와 목숨을 구걸하는 수밖에 없었으니.

진가현에서 군림하듯 행패를 부리던 그들 패거리의 몰락을 지켜보지 않은 자가 없었다.

살인, 방화, 강도, 고리대에 인신매매까지.

그동안 그들의 횡포가 어찌나 심했는지, 기어 나온 이들을 단칼에 베어 버리는 남궁구와 남궁세가 무사들의 손 속을 말리는 이들이 아무도 없었다.

오히려 남궁구가 금문각에 불을 질렀을 땐, 모두가 박수를 쳤을 정도였다.

억지로 만든 고리대 때문에, 하루하루 피 말리는 심정으로 그들의 노예처럼 살아온 사람이 한둘이겠는가.

금문각에 있는 문서가 모두 없어졌으니, 진가현 사람들은 해방을 맞은 듯 좋아했다.

그들 중에는 전가장 사람들도 있었다.

"그럼, 그럼, 이제 우리 의약방도 다시 찾을 수 있는 거야?"

"그럼, 우리 이제 파 말고 다른 것도 먹을 수 있어?"

전보현의 동생들이 눈물을 흘리며 기뻐하는 어머니와 전보현의 옆에서 만세를 불렀다.

그 모습을 당혜군도 뿌듯한 눈을 지켜보았다.

"용기 있는 여성이 아름다운 꽃을 쟁취하는 법이지."

"닥……쳐."

슬쩍 다가온 나하연의 말에, 당혜군이 망설이는 듯한 눈빛을 보였다.

그때, 전보현이 당혜군에게 다가왔다.

"저기…… 당 소저."

"……말해."

전보현의 얼굴이 붉어진 것을 보고, 당혜군도 덩달아 얼굴이 붉어졌다.

"혹 폐가 안 된다면……."

"안 돼!"

"아……."

"아, 아니! 폐가 안 된다고!"

"아!"

당혜군이 당황하며 변명을 하고, 전보현이 눈에 띄게 안도했다.

"뭐냐, 저 병신 같은 것들은."

"당 소저도 사랑 앞에서는 바보가 되는 모양이군."

아닌 척, 대놓고 그들을 구경하고 있던 일행이 한마디씩 했다.

"흥, 중놈이 뭘 안다고."

"뭐, 뭐? 자네들이나 나나, 쓴 적 없는 건 똑같은데 뭘 그러나? 앞으로 쓸 일이 있을지도 확신할 순 없지."

"뭐야? 이 땡중이 말이면 다인가? 부처님 손바닥에 변사체로 발견되고 싶나?"

남궁교명과 현오가 서로 멱살을 잡으며 소란을 피우는 바람에, 끝이 어떻게 되었는지는 보지 못했다.

다만, 다음 날.

"떠나신다고요?"

전보현이 어머니와 동생들을 데리고 짐을 꾸렸다.

"숙부라는 도박쟁이나 장남이라는 사기꾼 놈이 언제 또 올지 모르니까. 내가 당가로 가 있으라고 했어."

"당가로? 그럼?"

"하하하하! 일단은 낙양에서 의약방을 열까 합니다."

기쁜 얼굴로 말하는 전보현을 보자니, 일행도 덩달아 기분 좋은 듯 웃었다.

"장원은 어찌하시고요?"

"아, 당분간 청화상단에 관리를 부탁드렸습니다."

"그렇군요."

한쪽에서 나하연이 능글맞게 웃으며 당혜군의 옆구리를 찔렀다가 등짝을 세게 얻어맞은 것을 빼면, 일행은 화기애애한 분위기 속에서 진가현을 떠났다.

진가현에서 뱃길로 겨우 하루.

그리고 다시 반나절 더 걸어 들어가면.

"왔네!"

진화와 일행이 양청현에 도착했다.

멀리 정의무학관을 상징하는 붉은 깃발이 보이자, 진화와 일행의 얼굴이 저절로 밝아졌다. 이제는 숙청관을 나왔지만, 여전히 정의무학관이 집처럼 반가운 이들이었다.

하지만 역시 가장 반가운 것은 진짜 가족이었다.

"그래, 이번에 휴가 전에 오왕부로 가게 되었다고?"

숙청관을 나와 남궁세가 지부에 묵고 있는 진화는, 오랜만에 만난 남궁진휘를 보며 저도 모르게 방긋방긋 웃고 있었다.

어찌나 기분이 좋아 보이는지, 지금은 소태라도 달게 삼킬 수 있을 것 같았다.

"예, 제갈지현과 이왕자의 호위라고 합니다."

다만 소태보다 제갈지현과 이왕자가 더 싫은 것뿐.

내내 눈빛을 반짝이던 진화가 대번에 입술이 불툭- 내밀었다. 그 모습에 남궁진휘가 웃음을 참지 못했다.

"하하하! 어지간히도 싫은가 보구나."

"……."

부정하지 못하는 사실이었다.

진화로서는 왕자이기 때문도 있지만, 제갈지현이 싫어서 일부러 한문혜를 살려 보낸 것도 있었다.

원한을 쌓아서 둘이 치고받으라고.

그런데 제갈지현이 뭐가 예쁘다고 그들의 무사안위까지 지켜 줘야 한단 말인가.

불만스러워 보이는 진화의 모습에, 남궁진휘가 의미심장하게 웃었다.

"걱정 말거라. 네가 아니라 제갈지현이 너를 못 지켜서 안달이 나게 해 줄 테니. 이 형님만 믿거라."

남궁진휘가 눈을 찡긋하며 말했다.

어쩐지 남궁가주가 뒤로 일을 꾸밀 때 모습과 비슷한 것 같은 것이…….

진화는 얼른 머리를 털어, 순간 머릿속을 스친 불길한 생

각을 지웠다.

그리고 사흘 뒤.

진화는 소태가 아니라 똥을 씹은 듯 구겨진 이왕자 한문태와 제갈지현을 마주하고, 불길한 생각을 완전히 잊어버렸다.

"긴 여정, 잘 부탁합니다."

"그래요."

예의 없는 대답에 구겨진 제갈지현의 표정을 보자니, 어쩐지 조금 즐거운 듯도 했다.

이왕자 한문태와 제갈지현을 태운 혼례 행렬이 지날 때마다 사람들이 몰려들었다.

그들의 혼례 행렬이 근래 보기 드물 정도로 크고 화려했기 때문이다.

황하 유통권을 쥔 오왕부의 부와 무림 오대세가라는 제갈세가의 결합을 자연스럽게 드러내면서, 그들의 위세를 자랑하고자 하는 의도였다.

그들의 의도대로, 사람들의 혼례 행렬을 보며 감탄을 자아냈다.

"와아아아! 가마가 진짜 커요!"

"저건 마차라고 해야 하나? 신부를 태웠으니 가마라고 해야 하나?"

"아무렴 어때? 오왕부 왕자님과 무림의 공주님이나 진배 없는 제갈세가 영애의 혼례 행차라더니…… 정말 멋지네!"

사람들의 감탄 소리가 혼례 행렬은 물론 마차 안까지 들렸다.

"근데, 신부는 저-기 있는데요?"

"응?"

"어머나, 세상에! 정말 아름다운 분이네요."

"그런데 왜 신부가 말을 타고 갈까요?"

밖에서 들리는 말에, 붉은 면사 속 제갈지현의 눈이 파르르- 떨렸다.

마차의 창문을 열고, '신부가 왜 밖에 있어! 신부는 안에 있다고!'라고 소리를 지르고 싶은 심경이었다.

하지만 정말로 소리를 지를 순 없으니, 대신 말을 타고 있는 누군가를 욕할밖에.

'망할 자식! 일부러 그런 것이 틀림없어! 약혼식에서도 화려하기 그지없는 천풍무의를 입고 와서 사람 속을 뒤집어 놓더니!'

사실, 그때 남궁세가의 직계들은 모두 천풍무의를 입고 참석했다.

그들뿐 아니라 다른 인사들도 화려하고 고급스러운 옷을 입고 참석했었다.

다만, 유독 남궁진화의 미모가 제갈지현의 약혼식 복장의 화려함을 뛰어넘었을 뿐이었다.

그때의 굴욕을 잊지 못하고 있던 제갈지현은 속만 끓일 뿐이었다.

게다가 그녀를 더욱 분노케 하는 것이 새로 생겼다.

“흠흠, 그러지 말고 이제라도 저자에게 다른 마차에 오르라고 권유해 보는 건 어떻겠소? 호위를 서는 놈이 신부 마차보다 눈에 띄어서야…… 쯧.”

눈치 없이 그녀의 복장을 뒤집는 한문태였다.

‘신경 쓰지 마라, 저들이 아직 신부의 얼굴을 못 봐서 그렇다.’라고 말할 줄 모르는 멍청이.

심지어, 이제 그녀의 부군이 된 이왕자 한문태는 정의무학관 입관 당시 남궁진화를 희롱하다가 팔이 부러진 이력이 있었다.

붉은 면사 속에서 제갈지현이 매서운 눈빛으로 한문태를 노려보았다.

“그러면 좋겠지만, 남궁 공자에게도 임무가 주어졌으니…… 양주에 도착한 뒤에 다시 권해 보는 것이 좋겠습니다.”

“음, 뭐, 부인이 괜찮으면 그러든가.”

제갈지현의 말에 한문태가 심드렁하게 답했다.

제갈지현은 제 말의 행간은 읽을 생각도 없는 한문태를 보며 한숨이 절로 나왔다. 하지만 이런 자이기에 선택한 것이었다.

조금만 더 명민했다면 좋겠지만, 제 손 안에 넣고 움직이기에는 이런 멍청함이 나쁘지 않을 것이라.

제갈지현은 작은 불편함은 접어 두고 그녀가 꿈꾸는 미래만 생각하기로 했다.

그때, 밖에서 작은 소란이 들렸다.

"무슨 일이냐?"

이왕자 한문태가 버럭 소리를 질렀다.

그러자 밖에서 병사 하나가 다가와 창문을 열었다.

그는 오왕부에서 보낸 병사들을 통솔하는 군위로, 실질적으로 혼례 행렬을 호위하는 책임자였다.

"마마, 마적입니다! 잠시 소란이 있을 듯합니다!"

다급함이나 불안감은 전혀 느껴지지 않는 목소리.

그의 말에 이왕자가 고개를 끄덕였다.

동시에, 제갈지현이 벌떡 일어섰다.

"남궁 공자를 지켜야 합니다! 그가 다쳐선 절대 안 됩니다!"

제갈지현이 다급하게 창가로 와서 군위에게 말했다.

그녀의 말에, 이왕자가 대번에 얼굴을 구겼다.

"아니, 그놈을 왜 지킨단 말이오?"

이제까지 참고 있던 짜증이 단번에 드러난 말투와 표정이었다.

제갈지현은 눈살을 찌푸리면서도 이왕자의 말에 들은 척도 하지 않았다. 대신 창밖의 군위에게 다시 당부했다.

"군위, 오왕부의 중요한 손님이니, 그를 지켜야 합니다."

"아, 예, 알겠습니다."

군위가 이왕자와 제갈지현의 눈치를 보다 물러나고.

탁!

제갈지현이 불편한 심기를 드러내며 창문을 닫았다.

그녀는 제게 제대로 된 호칭을 붙이지 않는 군위의 태도에 화가 났다. 하지만 그보다 더 화가 나는 건, 이왕자였다.

"부인, 방금 본 왕자의 말을 무시한 것이오?"

눈치 없이 들려오는 불평에, 제갈지현이 붉은 면사를 걷고 이왕자를 노려보았다.

"전들 좋아서 그런 명을 내렸겠습니까! 저자가 정녕 누군지 모르십니까?"

"아니, 그게 무슨 상관이……."

제갈지현이 작정하고 노려보자, 이왕자가 주춤거렸다.

"남궁진화! 남궁세가의 직계입니다. 오왕부의 표물이 황하를 지날 때 꼭 들러야 하는 포구 중, 가장 큰 곳이 남궁세가의 소유임을 잊으셨습니까?"

"하, 하지만 양자이지 않소?"

"그게 무슨 상관입니까!"

답답한 소리다! 하지만 그렇게 소리칠 순 없으니, 제갈지현은 조용히 이왕자를 노려보며 침묵을 활용했다.

"왕부에선 핏줄이 전부일지 모르지만, 무림 세가는 꼭 그렇지만은 않습니다. 중요한 것은 그가 남궁에서도 몇 없는 창천패를 가진 직계라는 겁니다. 남궁세가의 모든 이권을 좌지우지할 수 있는…….”

‘그 곱상한 놈이 그런 권한을 가졌다고?’

나지막한 제갈지현의 말에, 이왕자의 눈이 휘둥그레졌다.

“이번 혼례로 왕자님께선 무림 세가의 힘을 얻으셨습니다. 그럼 다음 필요한 것이 뭐겠습니까? 공적(功績). 남궁세가와의 거래가 왕자님의 가장 큰 공적이 될 거란 말입니다! 그러니 왜 저자를 지켜야 하는지, 이해하시겠습니까?”

“아, 알겠소!”

제갈지현의 말에 이왕자가 고개를 끄덕였다.

이제 좀 사태 파악이 된 듯한 이왕자를 보며, 제갈지현이 혀를 차며 다시 붉은 면사로 얼굴을 가렸다.

앞으로 가야 할 길이 멀다…….

‘창천패라니. 대체 언제 쥐여 준 거지?’

제갈지현은 여러모로 심기가 불편한 현실에 조용히 눈을 감고 속에 있는 화를 다스렸다.

진화가 창천패를 가진 건, 처음 정의무학관에 올 때부터였다.

창천패는 남궁세가의 직계를 상징하는 패였고, 진화에게

는 귀한 신분패에 지나지 않았다.

진화는 그저 집을 떠나는 제게 그걸 쥐여 주는 어른들의 마음을 감사히 받았을 뿐이었다.

진화가 창천패가 가진 힘을 알게 된 것은, 이번 임무를 나오기 직전이었다.

사흘 전.

이번 임무로 불퉁하게 입이 나온 진화에게, 남궁진휘가 음흉한 미소를 지으며 창천패의 진짜 힘을 알려 주었다.

“네? 이게요?”

“하하, 그럼 이 창천패가 무엇인 줄 알았더냐? 태상가주님과 가주님을 제외한, 남궁세가의 모든 것이 그 패 앞에 부복할 거다. 포구 하나 열고 닫고는 마음껏 할 수 있다는 게지.”

남궁진휘가 의미심장하게 웃으며 말했다.

하지만 잠시 후, 남궁진휘는 진화가 제 말의 절반은 이해하지 못하고 있음을 알아차렸다.

“혹시…… 포구…… 모르느냐?”

“포구가 왜요?”

말똥말똥하게 깜박이는 눈을 보자니, 남궁진휘는 얼굴이 뜨끈해졌다.

아무것도 모르는 진화 앞에서 혼자 악당처럼 웃었던 것을 생각하면, 아무리 그라도 조금 부끄러워진 것이다.

"흠흠, 오왕부에서 황도로 표물을 옮기려면, 중간에 지나는 포구들이 있다. 그중에 가장 큰 포구가 우리 남궁세가의 소유고. 마침 새로 계약을 할 때가 되었으니, 오왕부에서는 그 포구의 사용권을 연장하기 위해 안달이 나 있을 것이다. 우리 입장에서도 나쁠 것이 없고. 다만, 그 거래를 누구 손에 쥐여 줄지는 전적으로 네 마음에 달렸다."

"네? 제게요?"

이번에는 정말로 진화의 눈이 휘둥그레졌다.

진화는 남궁진휘의 말에 상황이 어떻게 돌아가는지 단번에 알아차렸다.

가문의 이권에 관심이 없었을 뿐, 상황 파악을 못 하는 건 아니었기 때문이다.

"특별할 것 없단다. 오왕부의 분위기만 살펴도 좋다. 어느 쪽이 우리에게 유리하고, 우리에게 호의적인지. 꼭 거래를 확정 짓지 않아도 된단다."

남궁진휘는 자상한 얼굴로 진화의 부담을 덜어 주었다.

"다만, 제갈세가가 이 이상 힘을 갖는 건 좀 그렇지? 네가 원하는 쪽에 힘을 쥐여 주렴. 네 재량에 맡기마."

그리고 남궁진휘는, 조금 심술궂은 얼굴로 웃었다.

마지막 남궁진휘의 표정을 떠올린 진화가, 지금의 상황을 보며 피식 웃고 말았다.

부잣집 혼례 행렬에 눈이 먼 마적 떼가 달려드는데, 오왕부의 군사들이 신랑신부의 마차는 물론 진화의 앞까지 막아주는 것이 아닌가.

'그렇게 날 싫어하는 걸 티내면서도, 어쨌든 거래를 해야겠다?'

진화가 재미있다는 듯 웃었다.

붉은 면사로 얼굴을 가렸는데도, 온몸으로 불쾌한 기색을 풀풀 풍기던 제갈지현이 생각났기 때문이다.

그러자 남궁구가 수상하다는 듯 물었다.

"왜 또 불길하게 웃는 거야? 도련님만 뭐 재밌는 거 있어?"

"그냥, 지금쯤 제갈지현의 속이 얼마나 빨갛게 달아올랐을지, 그게 떠올라서."

"아, 하긴."

남궁구도 진화의 말을 금방 알아들었다.

"교명은?"

"제갈 놈들에게 신세 지지 않는다면서 싸우고 있어."

남궁구의 말에 앞을 본 진화는, 이내 마적들 사이를 휘젓고 있는 남궁교명을 발견했다.

마음에 들지 않는 상대에겐 티끌만큼도 빚지지 않으려는 것이, 딱 남궁교명다웠다.

남궁교명의 활약으로 마적 떼는 금방 정리되었다.

어쨌든 정의무학관의 이번 임무 책임자로서, 진화는 신랑

신부의 안부를 묻기 위해 마차 옆으로 말을 몰랐다.

똑똑.

진화가 창문을 두드리자, 스르륵 창문이 열리다가…… 멈칫했다.

창문을 두드린 자가 진화인 것을 뒤늦게 발견한 듯했다.

진화는 아무것도 모르는 척 태연하게 말을 걸었다.

"안에는 무탈하십니까? 마적 떼는 남궁교명이 대부분 쫓아냈습니다."

"……그런가? 수고했네. 앞으로는 마적 떼 정도는 병사들에게 맡기고, 그대들도 편히 가게."

진화의 말에, 이왕자가 조금 멈칫하다 대답했다.

진화의 기감에 제갈지현이 이왕자에게 뭔가 전음을 보내는 것이 느껴졌다.

아마도 그녀가 시키는 대로 말하는 것이리라.

'벌써 공처가 다 됐네.'

진화가 이왕자를 보며 싱긋 웃었다.

"그래도 되겠습니까? 안 그래도 좀 쉬고 싶은 참이었거든요."

"그, 그리하시게."

"예, 배려 감사합니다. 그럼."

탁.

진화의 말이 끝나자마자, 창문이 매섭게 닫혔다.

진화는 저도 모르게 크게 웃음을 터뜨릴 뻔했다.

안에서 제갈지현이 '그새를 못 참고 홀리셨습니까!'라고 말하는 소리가 들렸기 때문이다.

'이번 일이 꼭 재미없지만은 않겠군.'

오왕부의 교역에는 크게 관심 없는 진화였지만, 제갈지현이 부들거리는 건 썩 마음에 들었다.

남궁세가 본가

남궁가주는 작은 송골매와 남궁진휘가 보내온 보고를 읽으며 웃음을 터뜨렸다.

"놈이 안상범의 이름을 말했다는군. 진화가 그걸 용케 알아차렸어."

"놈의 꼬리가 이제야 잡히나 봅니다."

남궁경이 눈을 빛내며 말했다.

다만 그가 관심 있는 쪽은 안상범이 아니었다.

"우리 진화에 대해 다른 말은 없소?"

"허허, 별다른 말은 없구나."

"에이, 그런데 왜 웃고 난리요? 뭐 기쁜 소식이라고……."

남궁경이 남궁가주를 타박했다.

하지만 그것 또한 남궁가주가 동생을 놀리려 한 것이라.

"하하하하하!"

남궁경이 속아 넘어가는 것을 본 남궁가주가 시원하게 웃음을 터뜨렸다.

이제야 남궁가주의 장난을 알아차린 남궁경이 옆에서 콧김을 뿜었다.

하지만 동생을 놀린 지 어언 사십 년.

폭발하기 전에 멈추는 것쯤은, 남궁가주에게 누워서 떡먹기보다 쉬운 일이었다.

"진화가 귀여워서 말이다."

"우, 우리 진화요? 뭐 다른 소식 있습니까?"

"허허허, 고 녀석이 창천패가 뭔지 정확히 몰랐던 모양이야. 점원에게 신분패처럼 던졌다는구나."

"그걸…… 던져요?"

남궁경조차 황당한 표정이었다.

"허허허허, 이번에 진휘가 설명을 해 준 모양이야. 눈이 휘둥그레져선 창천패를 품속에 깊이 넣더라는구나. 귀엽기도 하지."

"으흐흐흐, 내 새끼, 놀랐나 보군요."

늘 그렇듯, 진화의 전서에는 없는 내용이었다.

진화의 전서에는 항상 그가 좋았던 것만 쓰여 있는 터라, 그가 실수한 일이나 부끄러운 일은 빠져 있었기 때문이다.

별것 아닌 자식의 이야기에 한바탕 웃고 나자, 다시 걱정

이 밀려들었다.

"그나저나 오왕부라니……."

"진화가 잘하겠지."

"흥, 그 지독한 여자가 내 새끼를 건드리면, 나는 뭐 가만 있을 줄 알고요? 그 여자 머리털을 죄다 뽑아서 비구니 절로 넣어 버릴 겁니다."

남궁가주는 이번 기회에 진화에게 직계 공자로서의 역할과 권한을 일깨워 주자고 했고, 남궁경도 동의한 일이었다.

하지만 아비의 눈에 자식은 늘 물가에 내놓은 아이 같아서, 걱정을 숨길 수 없었다.

그 자식이 경지를 넘은 무인이라 해도 말이다.

오왕부 자소궁.

금각과 색색의 칠, 온갖 희귀한 장신구로 가득한 방이었다.

심지어 바닥조차 서역의 양탄자가 깔려서, 구름 위를 딛는 듯 가뿐했다.

황제의 방인가 싶을 정도로 사치스러운 방에는, 방만큼이나 사치스러운 여인이 거울 앞에 서 있었다.

그녀가 오왕부에서 가장 화려한 자소궁의 주인, 홍신왕비 곽경란이었다.

다섯 명의 시녀가 줄 지어 보석을 들고 있고, 상궁 하나가 왕비의 몸에 순서대로 장신구를 대어 주었다.

왕비는 첫 번째 비취 목걸이는 별로인지, 고개를 저었다.

"지금 왕자마마의 혼례 행렬이 양주 땅을 밟았다 합니다. 이번 행렬에는 정보대로 남궁세가의 소공자가 합류해 있다 합니다."

내관의 말에, 왕비의 얼굴이 굳었다.

"그놈이지? 우리 왕자의 팔을 부러뜨린 자가!"

"마마, 큰 경사를 두고 오래전 불미스러웠던 일은 잠시 제쳐 두시지요."

"뭐?"

무표정하던 왕비가 갑자기 돌변하며, 비취 목걸이를 거울로 던졌다.

좌아아아악-!

"천한 무부의 자식이 왕자의 몸에 손을 댔다는데, 그걸 어찌 잊으란 말이냐!"

왕비가 매서운 눈으로 내관을 째려보았다. 그러나 서슬이 퍼런 왕비의 기세에도, 내관의 얼굴은 평온하기만 했다.

"첫째, 남궁은 천한 무부라 하기에 거대한 부과 권력, 무력을 쥔 곳이지요. 둘째, 남궁의 소공자가 창천패를 쥐었다 하니, 필시 이번 왕부와의 거래권을 가졌을 것입니다. 셋째, 그 거래권이 이왕자께서 가장 손쉽게 그리고 가장 크게 얻을

수 있는 공로지요."

내관이 고개를 들어 왕비를 보았다.

시집을 오기 전 그녀를 가르치던 스승이자 총관 출신으로, 자소궁에서 그녀의 기세를 두려워하지 않는 유일한 사람이었다. 동시에 결코 그녀에게 그릇된 조언을 하지 않을 사람이었다.

"흐음. ……마음에 들지 않아."

내관과 눈빛을 마주하던 왕비가, 대번에 누그러진 얼굴로 손을 뻗었다.

그녀의 옆에는, 상궁과 궁녀들이 언제 무슨 일이 있었냐는 듯 떨어진 비취 목걸이를 수습하고 다음 목걸이를 내밀고 있었다.

"거래는 마음이 아닌 돈이 오가면 그만이지요."

"약관도 안 된 애송이라지?"

"소문에는 천하제일미라 부르기 손색이 없는 외모에 신룡이라 불릴 만한 무위를 가졌다 합니다."

"흥, 그래 봐야 사내지. 그맘때의 사내는, 마음을 흔들 약점이 많은 법이야."

홍신왕비가 마침내, 세 번째 진주 목걸이에서 고개를 끄덕였다. 그녀는 무려 명치까지 내려오는 목걸이를 다섯 겹이나 하고서야, 만족스러운 웃음을 지어 보였다.

딴따단. 딴딴. 따라라라.

풍악이 울리고, 금가루가 흩날렸다.

오왕부 궁성인 금호성이 이름처럼 온통 금과 붉은 띠 장식으로 가득했다.

왕비 소생의 왕자가 결혼하는 날이라서인지, 오왕부 전체가 시끌시끌했다.

심지어 진화 일행이 오왕부에 들어가기 전부터 그랬다.

"와아아아아아----!"

"신랑, 신부다!"

"이왕자님--! 왕자님---!"

왕비궁에 대한 인심이 나쁘진 않은 듯, 수많은 백성들이 거리에 나와 이왕자와 제갈지현을 반갑게 맞았다.

제갈지현도 이번만큼은 신부가 맞냐고 의심을 살 일이 없었다. 머리부터 발끝까지 붉은 면사로 가리고 이왕자와 같은 화려한 황금 관을 쓰고 있어서, 척 봐도 신부라는 걸 알 수 있었기 때문이다.

"와……!"

"무슨…… 헉!"

물론 진화가 지나가는 순간 맴도는 기묘한 침묵은 어쩔 수 없었다.

그렇게 오왕부 행차와 동시에 곧바로 화려한 혼례식이 진행되고, 진화 일행은 호위자에서 정식 손님으로 오왕부에 초대되었다.

"남궁세가 제왕검의 세 번째 손자이자 제왕무적단주의 아들, 남궁진화라 합니다. 뵙게 되어 영광입니다."

"그, 그렇군! 남궁제일검의 외아들이 누군가 했더니, 자네였군. 만나서 반갑네. 하하하하!"

오왕 한유비가 호탕하게 웃었다.

오왕은 전체적으로 살집이 있는 둥글둥글한 얼굴에 가늘고 긴 눈, 봉긋 솟은 볼과 복스러운 코가 붉게 물들어 있는 것이 인상적인 중년인이었다.

-이왕자는 왕비가 혼자 낳았나 보군.

남궁구의 전음에 하마터면 웃음을 터뜨릴 뻔했다.

하지만 진화의 얼굴에서 눈을 떼지 못하는 모습을 보면, 이왕자 한문태와 전혀 닮지 않은 것만은 아닌 듯했다.

오왕과 진화의 만남을 두고 양쪽에 쭉 늘어선 신료들의 눈초리가 범상치 않았다.

일단, 진화가 무릎을 꿇고 부복하지 않은 점, '천세'를 외치지 않은 점을 두고 못마땅한 듯 눈살을 찌푸리는 쪽이 반.

나머지의 반은 진화에게 호기심을 드러내며 연신 그를 살피기 바빴다.

자세히 살펴보면, 원로대신을 제외하면 세 부류 정도로 나뉘었다.

"저, 저, 너무 무례하지 않소?"

"조용히! 전하께서 아직 황제 폐하의 첩지를 받지 못했으니, 남궁세가에서 그 점을 들고 나온 것이라면 곤란하오. 괜한 분란 만들지 말고 조용히 넘어갑니다."

"그렇소. 남궁세가가 양주 목사의 손을 들어 준다면, 우리 오왕부의 입지가 이전보다 더 줄어든다는 것을 모르시오?"

"허! ……약아빠진 무부들 주제에, 어쩌다 저런 놈들 눈치까지 봐야 하는지……. 쯧쯧."

늙은 노신들의 말은 그나마 충성스러웠다.

오히려 문제는 진화에게 호기심을 보이는 자들이랄까.

"음, 별것 없어 보이는데?"

"생긴 것은 반반하니 봐 줄 만하군."

"에끼! 저게 어디 그냥 봐 줄 만한 수준인가? 그 집 딸보다 훨씬 예쁘구먼."

"뭐야?"

"쉬-잇! 그래 봐야 사내 아닌가. 다들, 여식들은 불러 놓았겠지?"

"암, 이왕자도 제갈세가 여식과 혼인을 하는 판국에, 남궁세가 직계라면 차고도 넘치지 않나? 흐흐, 일이 잘되면 거래권도 얻고 남궁세가와 끈끈한 연줄이 생기는 것이니, 아침 일찍 여식을 불러 일러두었네."

신료들의 말이 갈수록 가관이었다.

진화의 외모를 두고 희롱 섞인 짙은 농을 주고받는가 하면, 여식의 옷 색을 청색으로 했다는 것부터 남궁세가 소공자가 앞으로 가지게 될 부귀영화를 두고 킬킬대는 것까지.

그들은 굶주린 이리처럼 진화와 남궁세가를 향해 침을 흘려 댔다.

"……왕비께서도 나서셨다지?"

"음, 왕비야말로 이왕자를 제갈세가 여식과 혼인시킨 장본인이지 않나. 무엇이 필요한지 잘 알고 계신 거지."

"그럼 혹 왕비님이 공주님을……."

"에끼! 그런 소리 말게! 전하께서 일왕자님의 혼사는 중앙대신들 중 찾고 있다 하지 않나. 왕비 마마에겐 태복령이 계시니, 지금 당장 무력이 필요해서 며느리는 조금 못한 집안에서 찾으신 게지."

같은 정비 소생이나, 일왕자는 정확하게 죽은 전 왕비의 소생이라.

오왕은 장자인 일왕자를, 왕비는 자신의 아들인 이왕자를 왕세자로 은근히 밀고 있음을 모르는 사람이 없었다.

하지만 두 사람이 공통적으로 아끼는 이가 있다면, 바로 장녀이자 유일한 공주인 화숙 공주였다.

"하긴 금지옥엽 화숙 공주에게 무림 세가라니, 가당치도 않지. 무조건 중앙으로 보내지 않겠나."

"그런데 그런 것치곤…… 연회에 공주도 참석을 시킨다던데?"

"오라비 혼인 연회이니 참석하는 거겠지! 천한 무부 주제에 가당키나 하나! 세상이 혼란하니, 저런 무부들이 기세를 펴는 게지. 나라 꼴이 어찌 되려는지!"

"어-허! 자네도 입조심하게. 어쨌든 왕비께서 저자를 잡아 이왕자님의 공으로 돌릴 거라 하니, 괜한 불화를 일으키지 않게 조심하게."

"흥! 일 없네. 관심도 없으니!"

왕비의 세력으로 보이는 신료들 사이에서는 여러 말들이 나왔다.

그들은 남궁세가는 물론 무림을 무시하는 경향이 뚜렷했지만, 결국은 왕비궁의 심사를 살피겠다는 말뿐이라. 어느 쪽에 있는 자들이 더 한심한지는 우열을 가릴 수 없었다.

오히려 진화의 호기심을 자극하는 이들은, 아무 말 없이 조용히 진화를 관찰하고 있는 부류랄까.

"허허허! 남궁세가에서 귀한 손님이 오셨으니, 모두 나가서 연회를 즐기도록 하지."

"황공하옵니다, 전하!"

오왕은 친히 걸음 하여 진화를 밖으로 안내했다.

통통한 풍채만큼 크고 톡톡한 손이 진화의 손을 잡았다.

'음?'

놀란 진화가 눈썹을 까딱이긴 했으나, 오왕의 손을 뿌리치진 않았다.

제법 따뜻한 손은 친근하게 진화를 밖으로 끌었다.

웃고 있는 눈에도 어떤 교묘한 술책이나 속내가 보이지 않았다.

'선량하고 자비로우며 욕심 없는 호인이라 했던가.'

진화는 남궁구에게 들었던 오왕에 대한 평가를 상기했다.

"허허! 저기로 앉지."

사람 좋아 보이던 오왕은 끝까지 자상하게 진화의 자리까지 안내해 주었다.

대전 앞에는 어느새 거대한 야외 연회장이 마련되었는데, 정면 단상에는 왕실 식구와 원로의 자리가, 그 아래로는 무대를 가운데 두고 대소 신료들과 그들의 가족, 귀빈들의 자리가 마련되어 있었다.

오왕과 대소 신료들의 자리를 제외하고 모든 자리가 가득 차 있었다.

"전하를 뵙습니다!"

"천세 천세 천천세!"

사람들이 일제히 허리를 숙이거나 무릎을 굽혀 인사했다.

"허허허허! 오늘은 짐의 둘째 아들이 혼사를 치른 기쁜 날이니, 모두 이 기쁨을 함께합시다-!"

"황공하옵니다, 전하-!"

인사를 끝으로, 무대에 악사들과 무희들이 들어왔다.

오왕의 오른쪽, 진화와 남궁구, 남궁교명은 왕실 식구들이 앉는 정면 단상의 자리에 앉았다.

오왕의 왼쪽에는 왕실 인사들이 자리에 앉아 있었다.

-도련님, 저기…….

남궁구가 전음과 함께 한쪽을 눈짓했다.

그곳에 이전보다 훨씬 마른 모습을 한, 칠왕자 한문혜가 있었다.

놀랍게도 그는, 일왕자와 삼왕자의 다음 자리를 지키고 있었다.

그 일을 겪고도 제법 자리를 잘 지킨 모양이었다.

정확하게 진화가 바라던 대로였다.

-오랜만이군.

진화의 전음에 한문혜의 고개가 번쩍 들렸다.

-나중에 한번 보겠나?

진화가 차를 마시며 슬쩍 권유하자, 한문혜 또한 찻잔을 들었다.

조용히 입꼬리를 마는 한문혜의 눈빛이 이전보다 독기로

가득 찬 것이, 진화의 마음에 쏙 들었다.

'제갈지현을 끌어내리기 딱 좋겠군.'

제갈세가는 이전처럼 남궁세가를 견제하기 힘들어졌다.

제갈후현이 부지런히 무위를 회복하며 애를 쓰고 있었지만, 더럽혀진 명예는 그렇게 한다고 깨끗해지는 것이 아니었다.

제갈가주는 이미 제갈후현의 후사에게로 기대를 옮겼고, 제갈지현은 제갈세가가 아닌 오왕부로 눈을 돌렸다.

이왕자 또한 왕비의 소생.

게다가 조종하기 딱 좋을 만큼 멍청하기까지 하니.

일왕자가 있긴 하지만, 반대로 말하면 일왕자만 없다면 왕세자가 될 가능성이 매우 컸다.

속셈이 너무 뻔하지 않은가.

'그렇게 둘 순 없지.'

이전 생에 제갈지현은 남궁세가에 희생을 강요하며 군사적 입지를 키웠다.

이번 생엔 양주로 와서 남궁세가의 협력자이자 경쟁자의 위치에 섰으니.

'이전 생은 사라졌지만 당신은 여전히 위험하군. 오히려 잘되었어. 거리낌 없이 치워 버릴 수 있으니까.'

진화는 지금도 사방에서 제게 꽂히고 있는 시선과 그들의 목소리를 들으며, 조용히 입꼬리를 말았다.

어디를 이용하는 것이 좋을까.

"꺄-아!"

눈웃음 한 번에 터지는 비명과 소란스러운 대화.

진화에게 관심을 가지고 있는 사람을 찾는 건, 식은 죽 먹기보다 쉬웠다.

문제는 오왕부의 누구든 안전하지 않다는 거랄까.

지금은 거래를 위해 서로 손을 잡는 관계였지만, 언제든 양주의 패권을 두고 경쟁할 수 있는 상대를 진정한 협력자라 여길 순 없었다.

그런 생각을 진화만 하고 있는 것은 아닐 것이었다.

"남궁제일검의 독자라 했던가요?"

부드러운 목소리와 말투.

느긋하게 말을 걸어온 여인은 목소리만으로도 조용히 진화를 옭아매는 듯했다.

홍신왕비 곽경란.

태복령의 장녀로, 오왕부의 실세 중의 실세.

어찌나 기세가 높은지.

호인호색으로 유명한 오왕조차, 왕비에게서 왕자를 보기 전까지 후궁전에 들지 못했을 정도였다.

황도의 명문 세도가의 여식답게 온화한 말투와 표정, 교활하기 짝이 없는 권모술수를 가졌다는 왕비가 처음으로 진화

에게 말을 걸어왔다.

"남궁진화라 합니다."

진화가 독사처럼 조용하고 부드럽게 저를 감아 오는 눈빛을 정면으로 받으며, 마찬가지로 온화하게 웃어 보였다.

지금은 서로에게 독니를 보이지 않아도 되는 관계였다.

"그래요."

왕비가 고개를 돌렸다.

첫날 연회는 조용히 끝이 났다.

진화와 남궁구, 남궁교명은 사람들의 시선을 많이 받았지만, 생각보다 접근하는 사람은 적었다.

"내일부터는 다를 거야. 오늘은 오왕도 참석하고 조용히 착석해서 즐기는 연회였지만, 내일부터는 여기저기 판을 열고 돌아다니면서 즐기도록 되었으니까. 오늘 간을 본 자들이 내일부터 적극적으로 달려들겠지."

남궁구가 익숙하게 설명했다.

"넌 어떻게 그렇게 잘 알아?"

"예전에 한 번, 양주목사의 생일 연회에 아버지랑 간 적이 있어. 벌 떼처럼 달려들더라고. 이번에는 뜯어먹을 게 있으니까 이전보다 더하겠지."

남궁교명의 물음에 남궁구가 슬쩍 진화의 눈치를 보며 말했다.

"마음에 안 든다고 들이받을 거면 우리한테 알려 주고 해. 미리 튈 준비 하게."

남궁구가 진짜로 하고 싶었던 말인 듯했다.

"날 뭐로 보는 거야?"

진화가 조금 억울한 표정으로 남궁구를 째려보았다.

하지만 이번에는 남궁구도 물러서지 않았다.

"사람들 하는 말 들었잖아. 내일은 먹는 것도 조심하고, 술은 절대 입에도 대지 마. 사방에서 늑대, 여우가 달려들 건데, 성질난다고 들이받으면…… 그래도 넌 괜찮겠지, 너는."

오왕부에서 소란을 피우고 거래가 파토 나면, 남궁세가의 입장도 난처해질 것이 분명했다. 하지만 작금의 남궁세가를 생각하면, 누가 진화를 혼내겠는가.

아마도 저만 아버지에게 죽도록 혼이 날 것이었다.

"생각해 보니, 지금 억울해야 할 사람이 누군데……."

"걱정하지 마. 최대한 조심하고, 잘 참도록 해 볼 테니까."

진화의 대답에 남궁구가 고개를 끄덕였다.

그러면서 진화에게 두 번, 세 번 확인을 했다.

"성질내도 돼. 미리미리 알려 주기만 하라고."

"안 그런다니까."

다음 날 연회에서, 진화는 자신의 말처럼 정말 잘 참았다.

하지만 남궁구는 제가 큰 실수를 했다는 걸 깨달아야 했다.

위험인물은 하나가 아닌 둘이라.

남궁세가에 대한 자부심과 요즘은 이상한 충성심으로 똘똘 뭉친 놈이 하나 더 있었는데. 그놈은 절대 참지 않는다는 걸 잠시 잊은 남궁구의 실수였다.

밤이 깊은 자소궁.

"하아……."

무거운 장식물을 떼어 내고, 두꺼운 화장도 닦아 내니 몸이 한결 가벼웠다. 얼굴에 바르는 장미수의 향기가 기분까지 나른하게 하는 듯, 왕비의 입에서 깊은 한숨이 나왔다.

잠들기 직전.

비로소 민낯을 드러내고, 진짜 곽경란이 되는 시간이었다.

"그 아이, 내가 어디선가 본 적이 있던가?"

"……남궁세가 공자 말씀입니까?"

"그래. 자세히 보진 못했지만, 소문보다 인물이 훨씬 괜찮았던 모양인지 신료들까지 술렁이더군."

"사내라기엔, 보기 드문 미인이라고 들었습니다."

왕비를 오래 모셔 왔던 상궁이 눈치 좋게 대답했다.

상궁의 부드러운 손길이 하루 동안 무거웠던 왕비의 어깨를 부드럽게 풀었다.

"으음. 옆모습만 슬쩍 봤는데, 이상하게 눈에 익은 얼굴이었어. 조 상궁의 눈엔 어땠어?"

시집오기 전부터 곽경란을 모셔 온 조 상궁이라면, 그녀와 기억도 비슷할 터였다. 하지만 조 상궁은 진화를 보지 못했다.

"글쎄요. 송구하오나 소인은 신방을 꾸미느라 손님들은 잘 보지 못했습니다. 내일 다시 본다면, 기억을 떠올릴 수도 있지 않을까요?"

"하긴, 내일은 자세히 살펴야지."

조 상궁의 말에 왕비도 느긋하게 고개를 끄덕였다.

예전부터 눈썰미 하나만큼은 정평이 난 그녀였다.

오늘은 눈길도 돌리지 않고 짧게 대화만 나눈 것뿐이지만, 만약 이전에 본 적이 있다면 얼굴을 마주하는 즉시 알아차릴 수 있을 것이었다.

"전하는, 오늘도 소용의 처소에 들었나?"

"오늘은 취기가 많이 올라, 홀로 침수에 드셨다고 합니다."

"그래?"

조 상궁의 답이 마음에 드는 듯, 왕비가 슬쩍 입꼬리를 말았다. 피곤하긴 하지만 기분 좋은 밤이었다.

무림 세가의 여식이라는 신부는 생각보다 훨씬 단아하고 고분고분했고, 총기가 있는 것이 이왕자를 유하게 누를 줄 알았다.

속내를 잘 숨기는 것이 궁궐의 여인으로 알맞다 싶었다.

혼례와 연회는 성대하고 아름다웠으며, 왕은 오늘 어떤 여

인도 찾지 않았으니.

오늘은 모든 것이 마음에 드는 날이었다.

'하긴 내가 무림 세가의 자식을 어디서 본 적이 있겠어. 잘못 본 거겠지. 어쨌든 무림 세가도 썩 나쁜 건 아니야. 나름 품위도 있고, 하물며 남궁이야…… 내일 그 공자를 부른 자리에, 화숙 공주도 불러 볼까?'

왕비는 오늘처럼 기분 좋은 내일을 기대하며 잠자리에 들었다.

생긴 그대로 진眞 근심 화禍 : 과거를 쫓는 사람들

연회 이틀째 날.

첫날 야외 연회 이후, 앞으로 사흘 동안 연회가 벌어질 예정이었다.

첫날 연회가 오왕이 직접 주최했던 야외 연회였다면, 둘째 날부터는 궁궐에서 삼삼오오 따로 자리를 마련하여 잔치를 즐겼다.

오왕부의 손님으로 온 진화 일행은 오늘 일왕자가 주최하는 잔치에 초대받았다.

"왕자는 열 몇 명인데, 살아 있는 왕자는 여덟쯤 됩니다."

"쯤?"

"모르죠, 그간 또 낳았을지."

"허!"

"그래도 후궁이 다섯이면, 꽤 간소한 편이에요, 왕비전 서슬이 퍼래서 그런 것일 수 있지만."

진화가 기가 막힌다는 듯 쳐다보자, 남궁구가 대수롭지 않은 말투로 말했다.

"정비, 그러니까 왕비 소생의 왕자는 셋인데, 일왕자는 작고하신 전대 성신왕비 소생이고, 이왕자와 삼왕자는 지금 홍신왕비 소생이죠."

"한문혜는?"

"한문혜는 칠왕자. 숙빈 소생이죠. 소용 소생에 사왕자도 있긴 한데, 그 사람은 왕위 계승과는 거리가 멀고요."

"거리가 멀어? 한문혜보다?"

"소용은 상궁 출신이지만, 숙빈은 다르죠. 이 지역에서는 태복령보다 명성이 높은 유자 집안 출신입니다. 배경 탄탄하고 유학자들의 지지를 받고 있어서, 따지고 보면 정비 소생에 꿀릴 건 없어요. 오왕이 양주에서 혼인을 했다면 왕비가 달라졌을 거라는 말이 달리 있는 것도 아니고요."

"호오."

오왕부의 문제에 별 관심이 없던 진화는, 한문혜의 입장이 제 생각보다 더 좋다는 것에 의외라는 표정을 지었다.

"귀천성 문제로 시끄러웠을 텐데?"

"유자 놈들이 뭘 아나요. 무림 일이라고 일축했답니다. 오

히려 왕자 저하께 무례를 범한 무림에 항의를 해야 한다고 주장했다나?"

남궁구가 입꼬리를 비틀고 비꼬는 듯 말했다.

그에 진화가 반응하기도 전에 남궁교명이 싸늘하게 냉소했다.

"남궁세가 덕분에 양주에서 편하게 목숨 보존했던 주제에 무림이 어째? 얼빠진 놈들!"

귀천성과의 전쟁은 정사 무림은 물론 군부까지 나서 겨우 반격했던 어려운 싸움이었다.

남궁교명의 말처럼, 양주가 무사했던 것은 오롯이 제왕검과 남궁세가의 공이라.

양주에서 오왕부의 입지가 좁은 것도, 그들이 전쟁에서 어떤 활약도 하지 않았기 때문이었다.

남궁교명은 가만히 지켜진 주제에 오왕부 사람들이 남궁세가를 존경하지 않는 것을 탐탁지 않게 여겼다.

그건 남궁구도 다르지 않았다.

"여하튼 현재 오왕부는 일왕자파와 이왕자파 그리고 칠왕자파로 나뉘어 있습니다. 오늘 우릴 초대한 건 일왕자지만, 가면 세 왕자들과 파벌을 이룬 신료들의 자식들도 전부 있을 겁니다."

"셋 중에 하나를 선택하면 되는 건가?"

"아니요."

남궁구의 설명을 모두 들은 진화가 여상하게 묻자, 남궁구가 단호하게 고개를 저었다.

"누굴 칠지 미리 알려만 주시면 됩니다. 검으로 사지 어디 한 군데를 날린다거나, 뇌전으로 지져서 반병신으로 만드는 일만 피해 주십시오."

너에겐 어떤 기대도 안 한다는 말 같았다.

"……."

"어차피 이왕자 같은 우물 안 개구리만 아니라면, 감히 남궁세가 직계에게 무례하게 굴 수 있는 위인들도 없을 겁니다."

남궁구가 농담이라는 듯 씨익 웃었다.

개구진 표정으로 부러 가슴을 당당하게 펴는 모습을, 진화가 무표정하게 바라보았다.

"남궁세가 공자님들 드십니다!"

일왕자의 궁인 자승궁 앞에서, 어린 내관이 크게 소리쳤다.

일왕자의 궁인 자승궁은 본궁이자 왕의 궁인 자원궁처럼 화려하진 않았지만, 대신 매우 컸다.

궁 안에 건물만 다섯 채가 넘고, 커다란 연못과 전각이 눈

에 띄었다.

연회는 연못 옆에 있는 전각에서 벌어지고 있었다.

"공자님들, 이쪽으로 오시지요."

궁녀의 안내를 받아 진화 일행이 전각에 들어서자, 소란스럽던 장내가 순식간에 조용해졌다.

그리고 연회에 있던 모든 사람들의 시선이 진화 일행, 정확히는 진화의 얼굴로 향했다.

-보기 쉽네요.

남궁구의 전음에 진화가 피식 웃고 말았다.

남궁구의 전음은 사람들의 속내가 얼굴에 훤히 드러나서 보기 쉽다는 뜻도 있었지만, 연회장에 앉아 있는 면면이 각 파벌을 그대로 드러내고 있다는 의미도 있었다.

입구에서 정면에 일왕자를 중심으로 그를 따르는 가문의 자식들이 앉았고, 오른쪽에는 혼례 당사자인 이왕자를 대신한 삼왕자를 중심으로 한 왕비를 따르는 가문의 자식들이, 맞은편엔 칠왕자 한문혜와 그를 지지하는 가문의 자식들이 앉아 있었다.

"세상에!"

"아, 아름답네요."

진화 일행이 자리를 안내받아 갈 동안, 곳곳에서 수군거리는 소리가 들려왔다.

넋을 잃고 감탄하는 목소리들이 이내 진화를 깎아내리기

시작했다.

소문을 주고받는 소리는 대부분 이왕자파에서 들리는 소리였다.

"성격이 그렇게 사납다면서요?"

"이왕자님의 팔을 꺾은 자가 저자라잖아요."

"어쩜, 무림인들은 하나같이 거칠고 무례하다더니, 사실인가 봐요."

"오왕 전하를 뵙고도 허리를 빳빳하게 들었다지요?"

"어쩌겠습니까, 배워 먹은 것 없는 무부이니."

점잖아 보이는 사내부터 단정한 차림의 여인 할 것 없이, 시기와 질투를 담을 눈빛으로 진화를 곁눈질했다.

그들은 조용히 속삭인다고 하는 것이겠지만, 그 소리가 진화 일행의 귀에 들리지 않을 리 없었다.

-저놈들을 가만히 둡니까?

남궁교명이 화가 난 듯 전음을 보냈다.

남궁구 또한 입은 웃고 있지만 눈빛이 사나워졌다.

하지만 진화는 대수롭지 않은 표정이었다.

-뭐가 문제지?

-하는 말들이 너무…….

"사실이지."

진화가 자리에 앉으며, 남궁구와 남궁교명을 향해 생-긋 웃어 보였다.

얼굴이 아름답고 성격은 사납다.

또한 이왕자의 팔을 부러뜨린 적이 있고, 거칠고 무례하여 오왕에게 허리를 굽히지 않았다.

진화는 기분 나쁠 이유가 전혀 없는 사실들이었다.

사라락- 꽃잎이 접히듯 접히는 눈초리에, 남궁구와 남궁교명이 입을 다물었다.

장내에도 잠깐 정적이 지나갔다.

진화를 곁눈질하던 사람들도 그 미소를 본 것이다.

사심 없이 순수한 미소에, 진화의 옆에 앉은 사내가 기회라는 듯 인사를 해 왔다.

"흠, 어제 보았지만 이제야 인사하는군. 일왕자 한문길이라 하네."

일왕자 한문길은 오왕만큼 살이 찌진 않았지만, 크고 살집이 있는 체구에 모난 곳 없이 둥글둥글한 얼굴을 하고 있었다.

일왕자는 정비 소생이자 장자로 흔들릴 것 없는 정통성에 오왕을 꼭 빼닮은 외모라, 오왕을 따르는 원로대신들의 지지를 받고 있었다.

그는 말투와 표정마저도 오왕처럼 호방하고 시원했다.

"……남궁진화입니다."

진화의 눈이 일왕자를 향했다.

둘의 눈이 마주치는 순간, 일왕자가 먼저 웃음을 터뜨렸다.

"하하하! 자네의 소문은 익히 들었네. 남궁세가에 신룡이 둘이라, 무림에 소문이 자자하다지? 꽃 같은 외모의 화룡(花龍)이라더니, 부언낭설(浮言浪說)은 아니지 싶네."

"그러게요."

진화의 깔끔한 인정에 일왕자가 당황하는 듯했다.

하지만 이내 그것을 농담으로 받아들이며 크게 웃었다.

"음? ……하하! 하하하하! 이 사람, 보기와 달리 농도 잘하는군. 하하하하!"

일왕자가 대소를 터뜨리자, 그의 주변에 있던 사내와 여인들이 일제히 웃었다.

그것으로 다시 연회의 흥이 올랐다.

악사들과 무희들이 연못에 띄워 놓은 배에서 공연을 펼치고, 하나둘 술잔을 나누다가 나중에는 모두가 한데 섞여들었다.

젊은이들의 모임이다 보니, 신료들의 그것처럼 서로를 원수 보듯 하진 않는 듯했다.

"하! 네가 우리 형님의 팔을 부러뜨렸다고?"

아니, 진화의 착각이었던가.

젊은 혈기로 서로에게 시비를 걸러 다니는 것인지도 몰랐다.

진화가 제 앞에 비틀거리며 다가온 사내를 무심한 눈빛으

로 보았다.

"……누구지?"

"뭐야?"

진화 딴에는 예를 차려 신원을 밝히라 돌려 말한 것이었지만, 오히려 사내는 크게 화를 내었다.

진화가 팔을 부러뜨린 것은 이왕자뿐이니, 사내는 이왕자보다 더한 망나니로 소문난 삼왕자가 분명했다.

"건방진 놈! 감히 내게 시비를 거는 것이냐? 왜, 이 몸의 팔도 부러뜨려 보고 싶은가?"

삼왕자는 진화가 저를 알아보지 못하는 척, 자신 모욕하고 있다고 생각했다.

주기가 달아오른 얼굴이 더욱 붉게 달아오르는 것을 보며, 남궁구와 남궁교명이 진화의 앞을 막아섰다.

"공자님한테서 떨어지십시오."

남궁교명이 팔을 뻗어 삼왕자가 진화에게 다가서려는 것을 막았다.

그러자 삼왕자가 게슴츠레한 눈으로 그들을 노려보았다.

"뭐야, 이 떨거지들은!"

탁.

"벌써 많이 취하신 듯합니다. 정신 좀 차리시죠."

삼왕자가 화가 나서 팔을 휘두르자, 이번에는 남궁구가 삼왕자와 팔을 부딪치듯 그를 밀었다.

그의 팔이 진화에게 닿기 전에, 거리를 벌리기 위함이었다.

습관적으로 상황을 심각하게 만들지 않으려는 유들유들한 말투에는 짜증이 살짝 섞여 있었다.

"어? 감히! 지금 날 친 거야? 날 쳐? 이 천한 놈이 감히!"

잔뜩 약이 오른 삼왕자가 남궁구의 뺨을 내리칠 듯 손을 번쩍 들었다.

그 순간.

남궁교명이 사나운 얼굴로 삼왕자의 팔을 잡았다.

"어엇? 자, 잡았……어?"

팔을 잡은 사람에게 소리를 지르려던 삼왕자도, 남궁교명의 사나운 눈과 마주치자 조금 당황한 듯 목소리가 작아졌다.

그는 도움을 구하려는 듯 주변을 보다가, 이내 연회장의 모든 이들이 저를 보고 있다는 걸 깨달았다.

그리고 더욱 목소리를 키웠다.

"이런 호로 새끼들을 봤나! 감히 왕자의 팔을 잡아? 누구 없느냐! 이 천한 무부 놈들을 싹- 다 잡아서 무릎을 꿇려라. 너, 이 씨, 남궁, 너도……!"

삼왕자가 남궁교명의 손에서 억지로 팔을 빼고, 사방에 소리쳤다.

삼왕자의 뒤에 있는 이들은 당황한 표정이었으나, 대부분

의 사람들은 흥미롭다는 표정으로 상황을 지켜보고 있었다.

그때.

탁-!

진화가 소리가 울리도록 술잔을 놓았다.

"호로…… 새끼? 남궁?"

파-핫!

스스스스슷--!

진화의 손에 있던 술잔이 가루가 되어 부서졌다.

연회장에 있던 사람들의 눈이 휘둥그레 커졌다.

"미리 말할게. 교명, 꺾어 버려."

"충!"

남궁교명은 망설이지 않았다.

빠각-!

충성스러운 대답과 동시에 들려서는 안 되는 소리가 들렸다.

동시에, 삼왕자의 비명이 울려 퍼졌다.

"아아아악-----!"

남궁구가 '안-돼!' 하고 소리치려던 입 모양 그대로 굳어 버리고, 일왕자를 비롯한 구경하던 사람들이 경악했다.

악사들마저 연주를 멈추고, 전각에는 경악 섞인 정적이 흘렀다.

"아아아아악--! 아아악! 이런 씨! 미친!"

"와, 왕자님-!"

삼왕자가 팔을 잡고 바닥에 나뒹굴고, 그의 뒤에 있던 이들이 급히 튀어나와 그를 부축했다.

뚜벅뚜벅.

사람들이 숨도 쉬지 않고 놀란 가운데, 진화가 남궁구와 남궁교명 사이로 걸어 나왔다.

그리고 바닥에 누워 고통스러워하는 삼왕자를 태연하게 내려다보며 말했다.

"감히 본 공자를 향해 그런 천박한 욕을 하고도 살아남을 수 있는 핏줄에 감사해라."

"뭐야! 너! 너, 내가 가만히 둘 줄 알아? 어마마마! 어마마마께 말해서 너 따윈! 아아아악---!"

삼왕자가 고통을 견딜 수 없는지, 말을 마치지도 못하고 악에 받친 비명을 질렀다.

고작해야 왕비에게 일러바치겠다는 한심한 말이었으니, 오히려 말을 마치지 못한 것이 나을 수도 있었다.

"시끄럽군."

진화는 삼왕자의 비명이 시끄럽다는 듯 눈살을 찌푸렸다.

동시에, 삼왕자의 얼굴이 창백하게 질렸다.

"헉! ……어억."

"허억!"

진화가 기운을 풀어 삼왕자를 내리누르자, 삼왕자가 공포

에 질린 눈으로 진화를 보며 숨을 꺽꺽거렸다.

일부러 기운을 조절하지 않은 덕에, 삼왕자를 부축하고 있는 이들도 식은땀을 흘리며 바닥에 몸을 조아렸다.

"이들은 내 호위도, 천한 무부도 아니다. 남궁세가 직계와 가장 가까운 혈족으로, 차기 세가를 이끌어 갈 인재들이지. 핏줄 말고 아무것도 보장되지 않은 네놈들 따위가 함부로 말할 이들이 아니라는 거다. 또한, 본 공자와 세가에 대한 발언은, 정식으로 오왕부에 항의할 것이다."

진화는 조용해지길 기다렸다는 듯 천천히, 낮고 서늘한 목소리로 말했다.

삼왕자에 대한 경고였지만, 이 자리에 있는 모두에 대한 경고이기도 했다.

이전과 다른 무거운 정적이 흘렀다.

그때, 삼왕자의 뒤에서 한 여인이 나왔다.

"손 속이 과하시군요."

"……거친 무림인이라."

여인의 말에, 진화가 그녀를 힐끗 보며 건성으로 대답했다.

그리고 서늘한 미소를 달고 삼왕자와 여인을 지나쳐 연회장을 걸어 나갔다.

남궁구와 남궁교명이 사나운 기세를 뿜으며 뒤를 따랐다.

누구 하나, 진화 일행을 앞을 가로막거나, 그들을 불러 세우지 못했다.

진화 일행이 멀어지고 나자, 전각에는 한차례 더 소란이 일었다.

자소궁.

연회가 끝이 난 깜깜한 밤, 왕비 궁의 불이 대낮처럼 밝게 켜 있었다.

낮에 진화를 책망하던 여인이 왕비의 궁을 찾았다.

“삼왕자는 어찌 되었다고?”

“둘째 오라버니처럼 팔이 부러졌어요.”

목에 있던 무거운 목걸이를 벗던 왕비의 물음에 여인이 다소곳하게 답했다.

“허! ……건방진 놈!”

왕비는 노한 듯 동경을 노려보듯 했지만, 그뿐이었다.

잠시 후, 왕비에게서 무거운 장신구들이 모두 떨어져 나가고, 왕비가 뒤를 돌아보았다.

그녀와 꼭 닮은, 하얀 얼굴에 순한 눈매, 단정한 입꼬리를 한 여인이 의자에 편히 앉아 있었다.

왕비의 앞에서 이리 편히 있을 수 있는 여인은, 세상에 단 한 사람, 그녀의 딸인 화숙공주뿐이었다.

"네가 보기엔 어떻더냐?"

"그 사람요?"

왕비의 물음에, 화숙 공주가 낮의 일을 잠깐 상기했다.

그리고 저를 비웃으며 지나가던 것을 떠올리며 미간을 찌푸렸다.

"무례했어요!"

왕비가 눈썹을 들썩였다.

얼굴을 찌푸리는 제 딸의 얼굴에 미미한 홍조가 보였기 때문이다.

아니나 다를까.

투정을 부리는 듯 얼굴을 찌푸리던 화숙공주의 표정이 대번에 달라졌다.

"그리고, 그래도 될 만큼 강하고 영악한 자였어요. 그 자리에 있는 이들 모두에게 경고를 하며, 남궁세가의 위세를 드러냈으니까요."

잘난 일왕자까지 입을 조개처럼 다물었답니다.

화숙공주가 재미있다는 표정으로 웃으며 덧붙였다.

"내일 이 일로 잠깐 대전 회의가 열린다. 그 자리에 그자를 불러야겠구나."

왕비가 호기심이 동한 듯 말했다.

하지만 다음 날.

대전 회의에 삼왕자의 모후로 자리에 참석한 왕비는, 그 자리에 얼어붙은 듯 입도 떼지 못했다.

'어떻게! 어떻게, 그년과 똑같은 눈을 할 수가 있지? 어떻게!'

왕비는 당장이라도 쓰러질 듯 창백한 얼굴로 진화의 얼굴만 보다가, 회의가 끝나고 도망치듯 대전을 나갔다.

자원궁 대전.

잔치로 한창 즐거운 때였건만, 예기치 못한 사건에 대소 신료들이 무거운 얼굴로 회의에 참석했다.

왕비파의 사람들은 하나같이 표정들이 굳어 있었지만, 일왕자파나 칠왕자파는 어제 숙취가 남았는지 귀찮은 기색들이 역력했다.

단상의 오왕마저도 심드렁한 얼굴로 하품을 하고 있었다.

"왕비가 따로 불러 처결해도 될 일을……."

"불미스러운 일로 심기를 불편케 하여 송구하옵니다, 전하. 하오나 다른 이도 아니고 삼왕자의 상해 사건입니다. 아녀자가 어찌 정사에 관여할 수 있단 말입니까. 그저, 공정한 처결만 바라옵니다."

왕비가 침울한 표정으로 오왕에게 고개를 숙여 부탁했다.

자식이 다쳐 마음이 상한 어미의 걱정이 고스란히 드러나는 표정에, 오왕은 그럴 여자가 아니라는 걸 알면서도 또 속고 말았다.

“들라 하라.”

오왕은 어쩔 수 없다는 듯 팔을 휘저었다.

그리고 기다렸다는 듯 퉁퉁 부운 얼굴로 팔에 부목을 댄 삼왕자가 씩씩거리며 들어왔다.

“아바마……!”

“잠깐.”

들어오자마자 잔뜩 억울한 표정으로 입을 떼려던 삼왕자를 오왕이 손을 들어 막았다.

“왕자는 잠시 기다리라.”

오왕의 말보다 심드렁한 오왕의 표정에 상처를 받은 듯, 삼왕자의 표정이 대번에 구겨졌다.

잔뜩 분노한 눈빛이 오왕의 시선을 따라 대전 입구를 향했다.

그곳엔 진화와 남궁구, 남궁교명이 느긋하게 들어오고 있었다.

‘망할 자식들! 목을 베는 걸로 끝나지 않을 거다!’

삼왕자가 속으로 이를 갈았다.

어제 어마마마와 신하들이 남궁세가가 뭐라 뭐라 하는 말을 들었지만, 하나도 귀에 담아 두지 않았다.

그는 단지, 오늘 대전에서 저들을 죽이지 못하면 따로 병사를 부려서라도 진화 일행을 죽이리라 마음을 먹었을 뿐이었다.

하지만 그것도 마음뿐이었다.

ㅡ눈깔 깔아.

"헉!"

놀란 삼왕자가 눈이 휘둥그레져서 몸을 휘청거렸다.

삼왕자의 맞은편에 자리를 잡으며, 진화가 삼왕자를 향해 싱긋이 웃었다.

ㅡ허! 혹시 어제 저놈 팔 부러뜨리면서 얼굴도 몇 대 쳤어?

ㅡ울다가 퉁퉁 부운 모양이군.

ㅡ어이구, 우리 왕자님, 많이 아프셨나 보네. 어제 소리가 빠ㅡ각 하는 게, 두 군데 부러뜨린 게 맞다니까. 한 군데가 부러졌으면 뚝ㅡ 소리가 났을 텐데.

ㅡ뭐가 중요해? 얼굴이 저렇게 부을 줄 알았으면, 티 안 나게 몇 대 더 쥐어 팰 걸 그랬군.

남궁구와 남궁교명이 삼왕자의 얼굴을 힐끗거린 후 전음으로 킬킬거렸다.

그러면서 겉모습만은 무표정한 얼굴로 무게를 잡고 진화의 호위를 섰다.

진화가 여유롭게 웃으며 정면을 바라보았다.

그리고 진화의 얼굴을 처음으로 가까이서 본 왕비는 그 자

리에서 얼어붙었다.

이왕자파, 아니 왕비파 신료들이 득달같이 달려들어 소리쳤다.

"다른 곳도 아닌 궁 안에서 왕자님께 상해를 입히다니! 오만방자한 남궁진화와 무뢰배들에게 죄를 물어 주십시오, 전하!"

"죄를 물어 주십시오, 전하!"

"직접 상해를 가한 자는 목을 베어 효수하시고, 남궁진화는 마땅히 태형으로 다스려야 합니다. 엄히, 죄를 물어 주십시오, 전하!"

"엄히 죄를 물어 주십시오, 전하!"

한 사람이 나와 주장을 하면 다른 신료들이 모두 나와 목소리를 키웠다.

요는, 진화와 남궁구에게 장을 때리고, 남궁교명을 당장 처형하라는 소리였다.

"남궁세가의 공자는 마지막으로 할 말이 없는가?"

오왕이 골치가 아프다는 표정으로 진화에게 물었다.

그냥 잘 마시고 놀다 가면 될 것을.

오왕의 말투에는 이런 일을 만든 진화에 대한 책망이 섞여 있었다.

진화는 그런 그들이 모습이 한 편의 웃긴 연희(演戲) 같았다.

"저들이 뭔가 착각한 듯싶습니다, 전하."

진화의 입꼬리가 비틀리며, 저도 모르게 피식- 웃음이 새어 나왔다.

"음? 착각?"

내내 심드렁하던 오왕이 처음으로 눈을 흥미를 보이며 물었다.

그에게도 이 모든 것이 유희 같은 것인가.

웃는 얼굴 그대로, 진화의 눈빛이 서늘하게 가라앉았다.

대전의 공기마저 서늘하게 식어 내리는 듯했다.

그때.

"감—히! 오왕부가 무슨 권리로 남궁에 죄를 묻는단 말인가--!"

크게 소리를 지르지도 않았는데, 진화의 목소리가 대전을 쩌렁쩌렁하게 울렸다.

동시에 진화의 기운이 대전에 있는 모두를 감싸듯 스쳤다.

아주 잠시였지만.

뼛속까지 시릴 듯한 한기가 발밑에서부터 전해지자, 무공을 모르는 이들은 영문도 모르고 그저 온몸이 얼어붙는 것 같은 고통과 두려움을 느껴야 했다.

진화의 기운이 모두를 스치고 사라진 후에도, 어느 누구 하나 입을 열지 못했다.

"착각하시는 듯한데, 남궁세가는 오왕 전하가 다스리는 백성이 아닙니다."

"으윽……."

진화의 눈이 오롯이 몸을 떨고 있는 대소 신료들을 내려다보았다.

소문으로 듣긴 했지만, 무림인이라는 작자들은 실로 이렇게 인간 같지 않단 말인가.

뼈가 얼어붙는 고통을 떠올리면, 병사를 부를 생각도 들지 않았다.

남궁세가의 징벌을 주장하던 왕비파는 물론, 상황을 관망하며 구경하려던 다른 신료들까지, 진화와 눈을 마주치지 않으려 고개를 숙였다.

"이 회의는 전하의 손님으로 온 남궁세가를 향해 전하의 아들인 삼왕자가 뱉어 낸 막말에 대한 치죄와 마땅한 사과를 논하는 자리여야 할 것입니다."

진화의 눈이 삼왕자를 향했다.

기세등등하던 삼왕자가 겁에 질려 잔뜩 몸을 웅크렸다.

내리깐 시선이 갈피를 잡지 못하고 흔들리다 왕비를 찾는 것을 보며, 진화가 코웃음을 쳤다.

"호로 새끼? 천한 무부?"

움찔.

삼왕자의 몸이 크게 떨렸다.

"왕자는 본 공자의 말을 깊이 명심할 필요가 있을 듯하오. 지금껏 남궁의 면전에서 그런 소릴 지껄이고 살아남을 수 있었던 건, 오직 황제 폐하와 오왕부를 향한 남궁세가의 충정과 자비 덕분이니까."

진화의 목소리가 낮고 조곤조곤하게, 대전에 있는 모든 이들의 귀에 박혀들었다.

이건 진화가 그들에게 보내는 두 번째 경고였다.

첫 번째 경고는 부러진 삼왕자의 팔이었다.

"물론 지금까지 오왕부와 함께해 온 우정을 생각하여, 심한 처벌까지 원하는 것은 아닙니다."

진화가 싱긋 웃으며 오왕에게 말했다.

진화의 시선이 자신을 향하자, 오왕의 얼굴이 하얗게 질렸다.

혼란한 전국을 진정시킨 황제의 혈족이라기엔 잔뜩 겁을 먹은 눈빛이 가소롭기까지 했다.

'나약하군. 이제까지 남궁세가를 방패로 살아남고 고마운 줄 몰랐다면, 앞으로는 알아야 하지 않겠는가.'

진화의 눈이 오왕은 물론 좌중을 오시(傲視)했다.

시끄럽게 떠들던 이들이, 진화의 말에 입도 벙긋 못 하고 있었다.

그들은 평소 오왕을 향해 양주를 다스리는 제후라 해야 마땅하다 주장했으나, 지금은 누구 하나 진화에게 그 말을 주

장하는 이가 없었다.

그때, 한쪽에서 나지막한 목소리가 끼어들었다.

"송구하오나, 전하. 소자가 아뢰올 말이 있습니다."

칠왕자 한문혜였다.

칠왕자 또한 희게 질린 얼굴을 하고 있었으나, 다른 이들보다는 사정이 나았다.

"어제 바로 곁에서 참담한 상황을 보고만 있었던 소자를 용서하여 주시옵소서."

"돼, 됐으니, 와, 왕자는 하, 하려는 말을 해 보라."

오왕이 말을 더듬거리며 칠왕자를 재촉했다.

그는 힐끗힐끗 진화의 눈치를 보면서, 칠왕자를 이용하여 이 상황을 어떻게든 넘어가고 싶어 하는 기색이 역력했다.

"어제 일왕자 형님이 베푸신 연회에 많은 이들이 참석하여, 몇몇 주흥이 과한 이들도 있었나이다. 삼왕자 형님도 그만 주흥이 넘쳐, 남궁 공자에게 다가가 말실수를 하고 말았습니다. 부디 통촉하여 주십시오!"

"부디 통촉하여 주십시오!"

칠왕자를 따라, 그의 곁에 있던 신료들이 목소리를 높였다.

오왕의 눈치를 읽어 살아가는 이들답게, 그들은 칠왕자가 때를 잘 맞춰 나섰다는 것을 알아차렸다.

이어서 뒤늦게 일왕자도 나섰다.

"소자도 한 말씀 아뢰겠습니다."

"말해 보라."

일왕자의 표정이 그리 좋지 못한 것은, 진화 때문은 아닐 것이라.

그 또한 자신이 한발 늦었음을 알아챘다.

"연회의 주최자이나 맏형으로서 아우가 손님에게 범한 실례를 막지 못했으니, 그 죄가 어찌 작다 하겠습니까. 하오나 불민한 아우와 몇몇 신료들이 주장은, 손님께 더 큰 실례를 범할 수 있어, 뒤늦게 나섰나이다. 삼왕자가 아바마마께서 친히 초대한 손님에게 무례를 범했으니, 마땅한 벌을 내려주십시오. 또한 이를 막지 못한 소자에게도 벌을 내려 주십시오!"

"통촉하여 주십시오, 전하!"

일왕자파와 칠왕자파가 삼왕자의 죄를 청하며 판세가 완전히 바뀌었다.

그리고 오왕은 왕비의 눈치를 보는가 싶더니, 왕비보다는 자신이 이 불편한 자리를 벗어나는 것이 먼저였던 듯.

"들으라. 왕자의 신분으로 만인의 모범이 되었어야 할 삼왕자가, 주흥에 취해 감히 짐이 초대한 손님에게 무례를 범하고 이를 거짓으로 아뢰었다. 삼왕자는 남궁세가의 손님에게 마땅히 용서를 구하고, 앞으로 석 달간 궁에서 근신토록 하라!"

"아, 아바마마!"

"황공하옵니다, 전하!"

오왕의 말에 삼왕자가 세상이 무너진 듯 소리를 질렀다.

하지만 그를 제외한 모든 대소 신료들이 목소리를 높여 벌을 받아들였다.

오왕 또한 이것으로 이 불편한 자리를 이만 파하고 싶었다.

그렇게 모두의 요구와 압력으로 말미암아, 삼왕자는 진화와 남궁구, 남궁교명을 향해 억지 사과를 해야만 했다.

금방이라도 눈물을 흘릴 듯 붉게 달아오른 눈을 하고, 생전 처음 해 보는 사과라는 걸 입에 담는 삼왕자.

그런 삼왕자를 압박하며 어서 이 불편한 상황에서 벗어나고 싶어 하는 오왕과 신하들.

기회를 잡은 칠왕자와 뭔가 아쉬워하는 일왕자.

"하하! 기가 막힌 광대놀음 같군."

대전을 나오며, 진화는 저도 모르게 웃음을 터뜨리고 말았다.

남궁구와 남궁교명도 통쾌하면서도 미묘하게 불편한 표정이었다.

"오해를 하게 하여, 불쾌감을 주고 물의를 일으키도록 하였다? 그게 대체 무슨 괴변인지……."

"사과 하나 제대로 할 줄 모르는 멍청한 놈이었던 거지!"

남궁구와 남궁교명이 사과 같지 않은 사과에 대해 냉정하게 일갈했다.

하지만 그게 끝이었다.

그들 또한 삼왕자의 사과에는 관심이 없었다.

삼왕자의 사과를 받으려 애를 쓰느니, 그들은 기꺼이 남은 팔다리를 부러뜨리는 쪽을 택할 것이었다.

"분위기만 보려고 한 건데, 이러다 전부를 적대한 것 아니야, 도련님?"

남궁구가 걱정스러운 표정으로 물었다.

오왕까지 도망치듯 나가는 것을 보았기에, 괜히 일을 크게 키워서 진화의 입장이 곤란해진 것은 아닌지 염려되었기 때문이다.

하지만 진화는 깔끔하게 고개를 저었다.

"아니. 필요한 건 전부 다 봤어."

"봤다고?"

대체 뭘, 어떻게 본 거지?

자신들이 본 것은 진화가 모두를 겁박하는 광경뿐이었는데.

남궁구와 남궁교명이 놀란 눈으로 진화를 보았다.

"오왕은 고명조차 받지 못한 반쪽짜리. 오왕부라는 작은 가문의 가주일 뿐이야. 커다란 궁궐을 우물 삼아, 우물 안 왕

놀이를 하는 중이시지. 오왕의 신하라는 원로들은 오왕에 대한 관심이 떴어. 대신 일왕자와 칠왕자 사이에서 헤매고 있더군. 이번에 칠왕자로 기운 듯하지만."

진화의 말에 남궁구와 남궁교명이 고개를 끄덕였다.

정확하게 어떤 부분이었는지 확신할 수 없었지만, 그들 또한 그런 느낌을 받긴 받았었다.

"왕비 쪽 신하들은 왕자들에 대한 충성심이 없어. 내내 왕비의 얼굴을 살피기 급급하더군. 칠왕자는 의외로 그 일파를 다 잡고 있었어. 이번 일로 약삭빠르게 오왕의 신뢰도 샀고."

"칠왕자보다는 일왕자의 세력이 더 크지 않았어?"

"그놈은 타고난 조건은 좋지만 멍청해. 정통성을 내보이려고 일부러 오왕의 외모, 말투, 성격을 흉내 내는 것부터가 글러먹었어."

무능해서 신료들의 신뢰를 잃은 오왕을 흉내 내서 무얼 한단 말인가.

차라리 그 닮은 외모로 완전히 다른 모습을 보였다면 나았을 것을.

진화가 퉁퉁한 볼살을 떨며 웃는 소리까지 흉내 내던 일왕자를 생각하며 혀를 찼다.

"그럼 역시 손을 잡는 건, 한문혜야? 그놈은 좀 찜찜하지 않아?"

"글쎄. 꼭 어떤 놈의 손을 잡아 줘야 하는 건 아니니까."

한문혜라…….

진화가 한문혜와 손을 잡아야 하는 이유가 있다면, 그건 그가 귀천성과 끈이 닿아 있기 때문일 것이다.

'이번에 좋은 기회를 주었으니, 혼현마제와 함께 있던 그놈에 대해 물어야겠군.'

진화와 남궁구, 남궁교명이 느긋하게 자원궁을 나갔다.

그때 마침 기다리고 있었다는 듯 궁녀 하나가 그들의 앞에 허리를 숙였다.

"자순궁에서 남궁세가의 손님께 '잠깐 시간을 청한다.' 전하셨습니다."

자순궁은 이제 신방을 차린 이왕자의 궁이라.

멍청한 이왕자가 대전 회의를 마치는 때를 맞춰 진화를 청했을 리 없으니, 지금 진화에게 만남을 요청하는 이는 제갈지현이 분명했다.

진화가 입꼬리를 올리고 궁녀에게 다가갔다.

"아!"

궁녀는 가까이 다가오는 진화를 홀린 듯 쳐다보았다.

진화가 싱긋이 웃으며 궁녀에게 말했다.

"주인에게 '싫다.' 전해라."

"……네?"

뒤늦게 정신을 차린 궁녀가 고개를 들었을 땐, 진화와 일행은 이미 앞서서 가 버렸다.

제갈지현의 청을 거절하고 진화가 즐거운 듯 웃었다.
어떤 놈의 손을 꼭 잡아 줘야 하는 건 아니지만, 그중에서도 제갈지현의 손을 잡아 주는 일은 결코 없을 것이었다.
“한 사람, 이해할 수 없는 사람은 왕비야. 삼왕자의 굴욕을 보고만 있을 거라면 그 자리에는 왜 나온 거지?”
“왕위에 가까운 이왕자에게만 애정을 쏟는 거 아니야?”
“글쎄, 이왕자가 왕위에 가까운 건 그녀의 아들이기 때문이지. 그렇게 따지면 삼왕자도 같은 입장인데…….”
“그놈이 특별히 더 멍청한가 보지.”
진화가 이상하다는 듯 고개를 갸웃거리자, 옆에서 남궁교명이 싸늘하게 한마디 했다.
그는 아직도 그 사과 같지 않은 사과를 곱씹고 있는 듯했다.
‘내 기운에 겁을 먹었다기엔, 처음부터 너무 겁을 먹은 눈이었는데…….’
진화의 시선이 잠깐 자소궁을 향했다.

진화 일행이 대전을 떠난 후.
왕비 또한 급하게 자소궁으로 돌아왔다.
“왕비마마!”

거의 뛰다시피 달려온 왕비의 기색에 조 상궁이 걱정스러운 목소리로 그녀를 불렀다.

창백하게 질린 얼굴로 식은땀까지 흘리는 왕비는 조 상궁의 목소리마저 듣지 못하는 듯했다.

"물을 가져와라!"

조 상궁이 궁녀에게 명하고, 궁녀가 물을 가져오자 급하게 왕비의 입가에 대었다.

"너희는 잠시 물러나거라."

"예, 마마님."

잠시 후,

"조 상궁, 강 내관을 들라 해."

"예, 왕비마마."

왕비는 속을 좀 가라앉히자마자, 강 내관을 찾았다.

그는 사가에서부터 집안일을 봐 주던 총관이었다.

"찾아 계셨나이까, 왕비마마!"

강 내관의 목소리가 들리자, 숨을 고르고 있던 왕비가 번쩍 고개를 들었다.

"그년! 그년의 눈을 하고 있었어!"

서슬이 퍼런 왕비의 눈빛에, 강 내관이 놀란 듯 물러섰다.

그리고 보다 낮은 목소리로 말했다.

"진정하시고, 차근차근 말씀해 주시지요."

"그년이라고!"

강 내관의 말에도 왕비는 좀처럼 진정하지 못했다.

하지만 강 내관은, 왕비가 이렇게 흥분하는 이유를 이해했다.

그녀가 이렇게 흥분할 대상은, 여태껏 단 한 사람밖에 없었기 때문이다.

“남궁의 그 양자라는 놈이, 그년과 꼭 닮은 얼굴을 하고 있었어!”

“그저 닮은 것이 아니겠습니까?”

“아니야! 그 눈! 그게 어디 닮아진다 해서 닮아질 눈이야? 그 눈동자까지 꼭 빼닮았다고!”

어느새 왕비의 눈엔 붉은 핏발이 섰다.

지독한 증오가 눈빛에서부터 쏘아져 나왔다.

하긴, 그녀가 ‘그 눈’을 얼마나 증오했던가.

왕비는 그 눈이 그녀의 운명을 바꾸었다고 지금껏 믿고 있었다.

왕비가 되었지만, 그녀는 단 한 번도 이 자리에 만족한 적이 없었다.

“아버님께 연락해서 알아봐라. 그때, 납치했던 그 황자가 어찌 되었는지!”

“……아가씨!”

강 내관이 희게 질린 얼굴로 소리쳤다.

이미 지난 일을 들추는 건 모두에게 위험한 일이었다.

그건 절대 무덤까지 덮고 가야 했다.

"양자라고 했다, 양자! 그때 황자의 나이를 생각한다면, 지금 그놈과 비슷한 또래가 맞을 거다."

"불가능합니다. 놈들은 데려간 아이를 반드시 죽인다 했습니다!"

"그러니까 확인해! 아이를 진짜 죽였는지, 확인하라고!"

강 내관의 반대에 왕비가 신경질적으로 소리를 질렀다.

핏발이 선 눈.

이제 와 보니, 왕비의 입술도 달달달 떨리고 있었다.

"아이가 살아 있다면 우리 모두에게 위험할 일이야. 그러니까 확인하라는 것이다!"

"마마……."

"그년의 얼굴을 아는 사람이라면 한눈에 알아볼 외모였다. 그러니 절대! 황자여선 안 된다! 그 아이는 살아 있으면 안 돼! 그러니까 확인해야 해! 절대, 절대, 그분이 알아봐선 안 돼!"

왕비가 횡설수설하듯 말했다.

강 내관은 이제야 왕비가 두려움에 떨고 있다는 것을 알았다.

"……태복령께 사람을 보내겠습니다."

"절대! 절대 새어 나가선 안 돼."

"예, 왕비마마."

강 내관이 굳은 얼굴로 나가자, 왕비는 참고 있던 불안을 터뜨렸다.

식은땀으로 젖은 그녀의 몸이 주체할 수 없을 정도로 떨리고 있었다.

"안 돼. 이제 와서 절대…… 안 돼……."

"아가씨……!"

조 상궁이 울먹울먹한 얼굴로 왕비를 감싸 안았다.

연회 사흘째.

분위기가 조금 부산스러웠다.

흥청망청 즐기던 전날과 달리, 사람들은 각자의 파벌끼리 모여 아침의 일에 대해 수군거리고 있었다.

"허! 실로 기세가 등등하지 않습니까? 남궁은 오왕부의 백성이 아니라니!"

"뭐, 틀린 말도 아니지 않소."

콧김을 뿜으며 화를 내는 신료의 말을 다른 신료가 심드렁하게 받았다.

그러자 처음 화를 내었던 신료가 그를 노려보았다.

탕-!

"지금 남궁의 역성을 드는 것이오?"

애꿎은 곳에 분풀이를 한다고.

분풀이를 당하는 신료도 참지 않았다.

"아, 사실을 말하는 것이오, 사실을! 그러는 정랑이야말로 그렇게 불만이면 왜 그때 따지지 않았소? 남궁 공자의 면전에서는 아무 말도 못 해 놓고, 왜 이제 와서 이러시는 게요?"

"어허, 그래도 이 사람이!"

"뭐, 내가 틀린 말이라도 했소?"

옳은 말을 하는 것을 두고, 사람들은 '정곡을 찌른다.'고 표현하기도 한다.

그건 옳은 말이 듣기 불편한 것을 넘어, 때때로 상대를 아프게 하기 때문이다.

그게 수치심을 찔렀든, 양심을 찔렀든. 혹은 다친 것이 자존심이든, 자존감이든.

어쨌든 어딘가 불편한 사람은 예민하기 마련이었다.

"어허, 이 사람들, 왜 이러나? 이미 지나간 일을 우리끼리 싸워 어쩌자는 겐가!"

아예 자리를 박차고 일어나는 두 사람의 모습에, 주변에 있던 신료들이 나서서 말리기 시작했다.

"우리끼리 이리 싸워 봐야 뭐 하나, 이미 상황은 끝이 났는데."

"그러니까요! 끝난 상황을 두고 왜 이제 와서 우리한테 큰소리랍니까?"

사람들이 두 사람의 사이를 가렸지만, 잔뜩 오른 화가 금방 가라앉진 않았다.

"뭐야? 답답해서 그랬다! 왜!"

"너 혼자 답답해? 너 혼자 답답하냐고! 성질은 집에 가서 부려! 아니면 진즉에 삼왕자라도 잘 챙기든가!"

"어허! 이 사람들이 그래도!"

이왕자파, 아니 왕비파 사람들은 오늘의 일이 영 찜찜했다.

대전회의에서 입도 벙긋 못 하고 당한 것도 그렇지만, 그 바람에 연회를 주관해야 할 왕족들이 아무도 나서지 않았으니.

혼례 기간 연회를 주관해야 할 삼왕자는 근신을 받았고, 왕비는 회의 내내 아무 말도 없이 있다가 사라졌다.

그러니 다른 파벌들이 왕자들을 따라 움직이는 동안 왕비파 신료들만 붕 뜨고 만 것이다.

평소 부유한 왕비 덕에 다른 파벌들보다 무엇이든 성대하고 화려하게 지냈던 터라, 단 한 번의 패배가 비참하게 느껴지기까지 했다.

"이틀간의 신방 행차가 끝났으니 이왕자께서도 오늘부터 외부 활동을 하시지 않나?"

누군가 슬쩍 기대 어린 목소리로 물었다.

혼례 신방을 차려 이틀을 보냈으니, 이제 신랑, 신부가 나와서 왕실 가족들과 연회의 빈들에게 인사를 다닐 때였다.

삼왕자가 근신을 받긴 했지만, 어차피 이왕자의 자리를 대신한 것이었으니. 이제 공식 활동을 시작하는 이왕자가 자신의 자리를 찾으면 그만이었다.

하지만 어찌 된 일인지, 답을 아는 신료의 안색이 그리 좋지 못했다.

"이왕자 저하는……."

"흐음."

"왜, 왜 그러는가?"

심상치 않은 이들의 표정에 물었던 신료가 불안한 듯 물었다.

그러자 한쪽에서 다른 신료가 잔뜩 화가 난 목소리로 소리쳤다.

"두문불출이 아니라 주문불출일세!"

"응?"

"벌써 고주망태가 되어서 뻗었다 이 말이네! 정신을 차린 후에도 기대는 말게! 패거리를 끌고 사냥이나 가실 테니!"

진상을 이미 알았거나, 이제 들은 왕비파 신료들 모두 낯빛이 어두워졌다.

차라리 아무 소식이 없었다면 좋았을 것을.

아무리 왕비의 부와 권력이 좋다지만, 정작 왕위에 오를 왕자를 생각하면 미래가 불안하기 짝이 없었다.

그때, 누군가 조심스레 말을 꺼냈다.

"그래도 다행이지 않습니까. 이왕자비마마께서 따로 남궁진화를 찾으셨다 합니다. 같은 무림 출신으로 친분이 있으니, 말이 통하지 않겠습니까?"

"흐음. 그건, 그렇긴 하오."

무림의 일은 잘 모르지만, 제갈지현은 두뇌가 명석하기로 이름난 집안의 재녀이니.

왕비파는 슬그머니 제갈지현에게 희망을 걸어 보기로 했다.

이제 와 편을 바꿀 수도 없으니, 다른 수도 없었다.

"왕자 저하와는 악연이 있으니, 오히려 왕자비마마가 나을 수도 있겠소."

"하긴, 친분이 없는 것보다야 있는 것이 낫겠지요."

"무림인들은 의리를 중시한다 하니, 기대를 해 봅시다."

무림의 사정을 아는 이들이라면 뻔한 미래였지만, 그걸 모르는 신료들은 곧 사라질 춘몽에 기대 빈약한 잔칫상을 보며 상한 마음을 위로했다.

"싫습니다."

"……."

제갈지현이 화살이라도 쏠 듯한 눈빛으로 진화를 노려보았다.

제갈지현이 화를 꾹 눌러 삼키며 말했다.

"어째서죠? 남궁세가에도 그리 나쁜 조건은 아닐 텐데요."

처음 이왕자궁으로의 초대를 매몰차게 거절당한 터라 좋은 감정이 있을 리 없었다.

그런데 또 '싫다'니!

돌려 거절해도 '싫다'로 알아들은 마당에, 말 그대로 '싫다'라니!

제갈지현의 매서운 눈빛에, 진화는 오히려 의외라는 듯 그녀를 보았다.

"어째서라니…… 하하, 당연한 걸 물으시니, 놀랍군요."

"당연한 걸 물었다?"

진화의 표정을 살피던 제갈지현의 눈썹이 꿈틀거렸다.

진화의 뒤에 있던 남궁구와 남궁교명이 겨우 웃음을 참았다.

"누구도 남궁세가에 나쁜 조건은 제시하지 않습니다. 왕자비의 조건이 특별히 좋은 것도 아닌데, 이를 따라야 할 이유가 있습니까?"

케케묵은 감정은 제외하고, 남궁에 이득이 되는 거라면 제갈지현이 아니라 이왕자의 제안이라도 받았을 것이라는 말투였다.

차라리 약을 올리려는 의도라면 좋으련만, 진화는 정말로 순수하게 사실만을 이야기하고 있었다.

표정과 말투에서 진심이 묻어나니, 그게 더 제갈지현의 심기를 자극했다.

"이문을 최대로 맞춰 주겠어요."

"그 또한 다른 곳에서도 맞춰 줄 수 있는 조건이죠."

"남궁을 위해서라면 제갈세가가 도움이 될 수 있을 겁니다."

"남궁에 제갈세가의 도움이 필요해 보이십니까?"

진화의 반박에 제갈지현은 말문이 막혔다.

가장 어려운 거래 상대는 부족함이 없는 사람이라.

진화의 물음처럼 남궁은 제갈세가의 도움이 필요하지 않았고, 제갈지현은 이런 일방적인 열세의 위치는 처음이었다.

'이익!'

제갈지현은 당장이라도 자리를 박차고 일어나고 싶었다.

하지만 애석하게 그녀가 이 궁의 주인이었다.

주인이 화가 난다고 손님을 두고 자리를 뜨는 일은 없는 법이다.

"오왕부와의 미래를 생각해 보죠. 부군의 어머니는 현 왕비님입니다. 부왕의 총애는 물론이고 살아 있는 권력이 잡고 있으니, 오왕부의 미래가 누구에게 있겠습니까. 제 부군의 손을 잡는다면, 앞으로도 남궁세가와의 거래는 지금의 조건으로 하겠어요. 문서로 약조하죠."

지금의 거래는 남궁세가에 일방적으로 좋은 조건이었다.

그런데 제갈지현은 앞으로 상황이 어찌 바뀌든 지금의 조건을 유지해 주겠다고 했다.

그것도 모자라 계약을 문서로 남기겠다고 공언까지 하고 말이다.

하지만 진화의 표정은 여전히 심드렁했다.

"앞으로라……."

말을 끄는 목소리에 웃음기가 느껴졌다.

그게 또 제갈지현의 심기를 자극했다.

"제 부군이 부왕의 자리에 오르지 못할 거라 생각하십니까?"

제갈지현의 목소리에 불편한 심기가 그대로 드러났다.

그에 진화가 고개를 저었다.

"이왕자의 문제가 아닙니다. 지금의 오왕 전하도, 아직 도성의 새 황제 폐하께 고명을 받지 못하셨지 않습니까? 지금도 정식 제후가 아니신데, 이다음이라……."

진화의 말에 허를 찔린 듯, 제갈지현의 눈이 커졌다.

허를 찔린 사람들은 두 부류로 행동한다.

마음이 급해서 허둥지둥하거나, 머리를 굴리다가 급한 대로 임기응변을 하거나.

"왕비의 친정이 태복령의 집안입니다."

제갈지현은 두 번째 부류의 사람이었다.

"오왕부가 그러하듯 조정에는 수많은 대소 신료들이 있죠."

제갈지현이 급해질수록, 진화는 느긋해져 갔다.

결국 남궁세가에 필요한 것을 찾지 못한 제갈지현이 한숨을 쉬며 물었다.

"……원하는 것이 뭔가요?"

"그걸 찾는 사람이 거래를 얻겠지요."

진화는 그걸 가르쳐 줄 생각이 전혀 없는 듯 보였다.

그리고 제갈지현은 그 이유를 다른 곳에서 찾았다.

"……제갈세가와 쌓인 감정 때문인가요?"

"이해할 수가 없군요. 그게 왜 자꾸 나오는 겁니까?"

여동생이 죽이고 싶을 정도로 미워하던 남궁세가의 양자.

하지만 오히려 여동생이 죽었고, 남궁세가의 양자는 창천패를 가졌다.

'혹시 뭔가 알고 있는 건가? 내가 한 일이라든지…… 아니, 그걸 알 리 없잖아. 그런데 왜 내게 이렇게 적대적이지?'

제갈소현이 독을 쓸 때 그녀를 부추긴 전적이 있어서일까.

제갈지현은 진화를 볼 때마다 그때의 생각을 안 할 수 없었다.

그리고 진화는 제갈지현이 고뇌하는 모습을 고스란히 보고 있었다.

"감정이 없을 수 없으니까요. 제 동생이 한 짓은 알고 있어요. 하지만 동생은 충분히 벌을 받고 죽었어요. 그리고 저는 그 일과 아무 상관도 없고요."

제갈지현은 진화가 악감정을 가진 사람이 자신이라는 건, 꿈에도 생각하지 못하는 듯했다.

'충분히 벌을 받았다라…….'

사실 진화에게 제갈소현은 그저 잠시 걸리적거리던 돌멩이에 불과한, 악감정을 가질 '거리'도 되지 못했다.

진화의 생각에 '충분한 벌'을 받아야 할 것은, 남궁세가를 희생시켜 발판으로 삼은 제갈지현과 제갈세가였다.

충분한 벌이 있기까지, 진화는 조금 더 기다릴 참이었다.

"……제갈세가가 감히 본가의 소가주를 노린 것은 여전히 해결되지 않았지요."

진화가 한숨을 쉬며 말했다.

'그러면 그렇지!'

진화의 말에 제갈지현이 눈을 크게 떴다.

'남궁진화가 어떤 악감정을 가졌기 때문에, 제안을 받아들이지 않는다.'는 제 생각이 맞았던 것이다.

"난 오라버니와 관련이 없습니다."

제갈지현이 급하게 말을 받았다.

그녀는 진화의 틈을 발견한 듯 눈을 반짝였다.

그 모습을 보며, 진화는 일부러 아쉽다는 고개를 저었다.

"차라리 영애께서 집안을 이어받지 그러셨습니까."
"남궁 공자!"
"왕비마마의 제안 자체를 거절하겠다는 건 아닙니다. 왕비껜 아들이 하나 더 있으니까요. 왕자비의 말대로 오왕부와 잘 지내게 된다면, 남궁세가에도 나쁠 것은 없지요."
진화는 은근히 말을 흘리고 자리를 떴다.
이제 진화가 제갈세가에 대한 유감 때문에 거래를 거절하는 것이라 완전히 믿게 된 제갈지현은, 진화를 잡지 못하고 자리에 앉아 곰곰이 생각에 잠겼다.

자순궁을 나온 후.
"왕비에게 아들이 하나 더 있다는 건 뭐야? 진짜 삼왕자와 거래를 하게?"
남궁구가 의심스러운 눈으로 진화에게 물었다.
그에 진화가 당연한 듯 고개를 저었다.
"저런 여자는 제가 본 것, 제가 생각해 낸 것 외에는 믿을 생각이 없어. 내가 거래를 하지 않는 이유를 제갈세가 때문이라고 믿고 있으니, 다른 쪽으로 제 살길을 찾으려고 하겠지. 삼왕자에게 거래 공로를 주어 근신을 풀게 한다면, 그 또한 제갈지현이 왕비에게 신뢰를 얻을 수 있는 길은 될 테니까."
진화의 말에, 남궁구와 남궁교명이 더 알 수 없다는 표정을 지었다.

“제갈지현이 신뢰를 얻게 해서 뭐 하게?”

“이왕자의 실망 하나, 왕비와 삼왕자의 신뢰 둘. 제갈지현은 제게 이득이 되었다고 생각하겠지. 하지만 글쎄…… 그런 선택이 계속되면 이왕자는 불안해질 테고 결국은 제갈지현의 입지도 불안해질 거다.”

“그걸 제갈지현이 모를까?”

“알겠지. 하지만 제게 이득이 된다면 누구라도 희생시킬 여자니까, 이왕자를 버리는 선택도 마다하지 않을 거다.”

진화의 입가에 싸늘한 비소가 걸렸다.

이전 생에 남궁세가 수십, 수백 명의 목숨을 희생시켰던 여자다.

게다가 그토록 원하던 제갈세가를 남겨 두고 왔다.

제갈후현의 입지가 조금이라도 흔들린다면, 제갈세가를 가지기 위해 무슨 짓이든 하리라.

“이제 한문혜를 만나야겠어. 제갈지현에게 이를 갈고 있을 테니까.”

앞으로 벌어질 제갈지현의 불행을 생각하며, 진화가 즐겁다는 듯 웃었다.

그에 남궁구와 남궁교명이 뜨악- 한 눈으로 진화를 보았다.

“아까 거기서 그런 음모를 꾸미고 있었던 거야?”

"설마. 그 여자가 쳐다보고 있는데. 그런 의심 가득한 부류들은 거짓을 말하면 기가 막히게 눈치챈다고."

"그럼?"

"거래를 파투 낼 생각만 하고 있었지."

진화가 남궁구를 보며 씨-익 웃었다.

생각을 단순화하는 것.

남궁도와 제갈, 귀천성 등등 누구도 믿지 않는 의심 많은 부류들을 속일 순 없지만, 적당히 상대할 수 있는, 이전 생에서 아프게 배운 방법이었다.

"어쩐지 표정이 순수하더라니."

"순수가 그렇게 쓰는 뜻은 아닐 텐데……."

뒤에서 남궁구와 남궁교명이 구시렁거리는 소리가 들렸지만, 좋은 기분을 망치고 싶지 않은 진화는 그들을 가볍게 무시했다.

쉐에에엑----!

파팟-!

피가 얼굴에 튀면서 입안에까지 들어갔다.

시큼한 혈향이 입안 가득 느껴지며, 사내는 황홀한 듯 눈을 감았다.

그리고 긴 팔을 휘둘러 남아 있는 상대의 목을 날렸다.

쉐에엑-!

투두두두둑!

하늘에서 피가 비처럼 내리고, 사내는 황홀경에 젖은 얼굴로 그것을 만끽했다.

한낮의 경치 좋은 정원.

연못이 붉게 물들고, 술잔도 함께 물들었다.

한가롭게 풍류를 즐기던 십여 명의 남자들이 모두 죽었다.

그들뿐 아니라, 그들을 접대하던 기녀와 악사, 그들을 모시던 하인들, 밖을 지키던 무사들까지 수십, 수백 명이 모두 죽었다.

그 시체들 속에서 혼자 혈향을 만끽하던 사내가 눈을 떴다.

사내는 특이하게 허리부터 손끝, 목 끝까지 붕대로 감고 붉은 바지만 입고 있었는데, 붕대를 감은 팔이 비정상적일 정도로 가늘고 길었다.

게다가 그의 얼굴에는 콧잔등을 가로지르는 검상도 있었다.

"주군."

"……뭐지?"

사내가 손을 내밀자, 붉은 옷을 입은 수하가 손바닥에 붉은 종이 두 개를 내려놓았다.

사내가 그것을 순서대로 읽더니, 잠시 후 몸을 들썩이며 웃기 시작했다.

"하하하하하하! 이거 참, 오랜만에 재미있는 일이 들어왔구나."

"재밌는 일……입니까?"

"흐흐흐흐, 하나는 혼현마제가 보낸 것이다. 두 번째는, 오랜 단골인 태복령이 보냈군. 아니, 그 딸이 보낸 건가? 재밌는 것은 두 개 모두 한 사람과 연관이 있구나."

"한 사람요?"

수하가 눈치 좋게, 사내가 대답하고 싶어 하는 것을 물었다.

그리고 사내가 기다렸다는 듯 기분 좋게 대답했다.

"흐흐흐, 혼현마제는 남궁진화를 죽여 달라고 하고, 오랜 단골은 첫 거래에서 납치한 제물이 어찌 되었는지 묻는다."

"그런데 그게 한 사람입니까?"

수하의 물음에 사내가 음흉한 눈빛으로 웃어 보였다.

"지금 오왕부에 남궁진화가 들어 있어. 그런 때에, 납치한 제물이 죽은 것이 맞는지 확인해 달라니……. 참 공교롭지 않으냐?"

사내의 입이 가로로 길게 찢어지며, 날카로운 송곳니가 드러났다.

"혼현마제의 청이 있으니, 암살자를 보내긴 해야 할 터.

남궁진화에게 미끼를 보내면서 왕비에게 물어봐. 결국은 죽이고 싶어 하는 걸 테니, 돈을 더 낼 것이다. 오랜만에 귀한 피 맛을 보겠어. 흐흐흐!"

챙--! 챙!

"막아라! 막아야 한다-!"

푸른 무복을 입은 무사들이 고함을 지르며 검을 들었다.

"으아아악---!"

사방을 향해 마구잡이로 검을 휘두르는 자.

쉐에에엑!

"크억!"

"안 돼! ……헉!"

겁먹은 거북이처럼 움츠리고 있던 자.

놀란 토끼처럼 펄쩍 뛰다가 쓰러지는 자.

"정신 바짝 차려라! 죄인은 지키지 않아도 된다! 서로의 목숨을 지켜라!"

주변을 노려보며 외치는 자.

그들의 푸른 무복의 왼쪽 가슴에는 다섯 개의 노란 꽃잎이 수놓아져 있었다.

남궁세가의 청화상단 소속임을 증명하는 표식이자, 그들

의 자부심이었다.

극한의 긴장감에 휩싸였을 때.

청화상단 무사들 면면이 하는 행동과 표정은 달랐지만, 누구 하나 동료를 두고 도망치는 자는 아무도 없었다.

노란 꽃잎이 붉게 물들고 쓰러질 때까지, 자신들의 자부심은 지켜 낸 것이다.

하지만 운명은 언제나 인력만으로는 어찌할 수 없었으니.

푸-욱!

"컥!"

어디서 날아오는 칼인지도 모르고 수십 명의 무사들이 죽어 갔다.

그리고 마지막.

청화상단의 진가현 지부, 지부장 주종도는 제 가슴을 뚫고 나온 검의 주인을 마주했다.

"크억! ……다, 당신은……!"

쉐에엑-!

"크아아악!"

주종도의 가슴을 뚫고 나온 검이 사정없이 뽑혀 나갔다.

검이 몸을 베는 고통보다 죽음의 공포가 주는 고통이 더 컸다.

눈앞에 새빨간 피가 튀어 오르고, 주종도는 간절하게 손을 뻗어 보았지만 결국 그의 세상은 불이 꺼졌다.

죄인을 싣고, 본가에 자신의 혐의를 벗으러 가던 주종도와 청화상단 무사들 모두 그렇게 죽고 말았다.

"히이익!"

근처에 몸을 숨기고 있던 포사가 사내와 눈이 마주치고, 저도 모르게 소리를 내었다.

하지만 이내 눈빛을 반짝였다.

압도적인 무위에 겁을 집어먹긴 했지만, 어쨌든 저를 끌고 가던 남궁세가 무사들을 모두 죽인 사람이 아닌가.

"가, 각주님이 보낸 사람입니까?"

포사가 기대를 담고 물었다.

푸-욱!

"아니야."

사내가 재미있다는 듯 웃으며 말했다.

하지만 포사는 그것을 듣지 못했다.

사내의 검이 포사의 왼쪽 귀를 뚫고 오른쪽 귀로 나왔기 때문이다.

포사는 아마도 순식간에 모든 감각을 잃으며, 죽음조차 느끼지 못했을 것이다.

"하아, 끝이네."

사내가 포사의 머리에서 검을 뽑아 가볍게 털었다.

그리고 주변을 돌아보았다.

"……좋아. 확인 끝."

주변에 살아 있는 생명이라곤 아무것도 느껴지지 않았다.

사내는 시체 위에 아무렇게나 앉았다.

그리고 일상적인 일과인 듯, 시체에서 흘러나오는 허연 지방을 헝겊에 묻혀 검에 묻은 피를 닦았다.

검에 반질반질 윤이 나자, 사내가 제 얼굴을 비춰 보았다.

겉으로 드러나는 살에 흑색 무복과 같은 까만 칠을 해서, 검에 비친 얼굴에 눈의 흰자가 유독 튀었다.

사내는 그 모습이 마음에 드는지, 하얀 이가 도드라지게 씨익- 웃었다.

"이제 다음 목적지로 가 볼까? 참 벌어먹고 살기 힘들어. 그래도 오왕부면 뭐, 짭짤한 손님이지. 흐흐흐흐!"

시체에서 흘러나온 피가 고여 질퍽해진 땅을 피해서, 사내가 느긋하게 숲속으로 사라졌다.

눈에 보이지도 않는 상대.

어디서 날아드는지 모르는 칼날을 기다리며, 죽음을 예감한 청화상단 무사들이 필사적으로 싸웠던 건, 살아남기 위해서가 아니었다.

그들은 임무를 다하고 명예롭게 죽었다.

탕-!

"무슨 일입니까!"

"……."

남궁가주는 가주전 문을 박차고 들어온 동생을 보며 한숨을 쉬었다.

늘 있는 일이라는 듯, 곽 총관이 조용히 문을 닫았다.

남궁경은 처음부터 문을 닫을 생각은 없었던 듯했다.

"어휴."

이제 와서 말해 무얼 하겠는가.

어머니도 아버지를 고치지 못했으니, 자신 또한 동생을 고치기 포기했다.

"진가현에서 살인늑대 포사와 함께 오던 청화상단 인원이 습격을 받았다. 지부 호위장이 가장 가까운 지부에 전서를 날린 모양인데, 현장에 도착해 보니 전원 죽어 있었다더구나."

남궁가주가 굳은 얼굴로 상황을 설명했다.

"젠장! 범인은? 포사 그놈에게 그만한 패거리가 남아 있었던 거요?"

남궁경이 욕지거리를 뱉으며 얼굴을 쓸어내렸다.

급하고 힘든 상황일수록 형제의 대응 방법은 이다지도 차이가 났다.

남궁가주는 위험하고 위태로울수록 냉정해진다면, 남궁경은 분노를 양분 삼아서 기세를 끌어 올린달까.

"포사는 정면에서 정확하게, 검이 왼쪽 귀를 뚫고 들어가 뇌간을 끊고 오른쪽 귀로 나와서 죽었다는군."

"……!"

"그래, 암살왕. 그 작자의 수법이다."

남궁가주의 말에 남궁경의 눈이 찢어진 듯 커졌다.

"놈이 나타났다고? ……젠장!"

남궁경이 욕지거리를 뱉으며 화를 토했다.

이번에 뿜어낸 화는 스스로에 대한 자책했다.

"네가 놈의 귀를 뚫고 통각을 끊어 놓은 게 꽤나 마음에 들었나 봐."

"그때 검을 조금만 더 비틀어서 머리통을 박살 내 놨어야 했는데!"

남궁가주의 입가엔 싸늘한 비소가 매달렸고, 남궁경은 아쉬움 가득한 목소리로 손바닥을 때렸다.

암살왕(暗殺王) 교혼(郊魂).

전쟁이 한창일 때에 유명한 암살자였다.

그가 유명해진 것은, 형산파 전대 장문인 선명화를 죽인 것 때문이었다.

단신으로 들어가 형산파 제자 이백여 명을 죽이고 장문인까지 죽인 것은, 일개 암살자가 보일 수 있는 무위가 아니었으니까.

이백여 명의 제자와 장문인의 몸에 육각형의 특이한 검상이 남지 않았다면, 암살자 한 명의 짓이라 누구도 믿지 않았을 것이다.

하지만 그가 암살왕이라 불리게 된 것은 남궁경 때문이었다.

남궁가주를 죽이러 나타났다가 남궁경에게 머리를 뚫렸는데, 공교롭게도 시각을 제외한 모든 감각을 잃어버리고 살아남았다.

이후 그는 스스로를 완벽한 어둠이 되었다고 말하며 보다 대담해졌고, 흔적을 남기고 싶은 암살에 꼭 자신이 당했던 것과 같은 흔적을 남겼다.

"안상범 때문에 포사를 데려오던 길이었소. 놈이 의뢰를 한 거요?"

"알 수 없지. 언제나 그렇듯 의뢰에 대해선 어떤 흔적도 남기지 않으니까."

남궁가주의 말처럼, 암살왕은 암살 대상뿐 아니라 그 자리에 있는 모두를 죽여 없앴다.

진짜 죽이려 한 대상이 누군지 알 수 없도록 말이다.

"우리에게 보여 주듯 포사를 죽였어. 안상범과 한패가 아니라고 증명하려는 듯이. 하지만 그 또한 놈이 혼선을 바라고 한 짓일 수도 있지."

"이제 어쩔 거요?"
남궁경이 또 복잡한 결정을 형에게 떠넘겼다.
하지만 늘 그렇듯, 그의 형은 빠르고 현명하게 결정을 내렸다.
"상관없어. 연관이 있든 없든, 이제 때가 되었다. 안상범을 끌고 와라."
남궁가주의 결정이 남궁경의 마음에 들지 않았던 적이 없었다.
"충!"
남궁경이 사납게 이를 드러내며 밖으로 나갔다.

연회 마지막 날.
진화가 지나가자 시선이 따라붙었다.
다만 시선의 의미는 이전과 달라졌다.
전에는 질투, 경탄, 부러움을 담은 시선이 오로지 외모를 향했다면, 지금은 전날 대전에서 있었던 일이 퍼지면서 무림인을 향한 호기심과 경외감이 실려 있었다.
물론 그들이 어떤 의미를 담았건, 진화에겐 관심 없는 일이었다.
"왜 저 새끼들은 우리만 보지?"

"만만해서."

남궁구와 남궁교명은 오왕부 무인들의 시선이 그들에게만 달라붙자, 불만스러운 듯 구시렁거렸다.

유화당(儒花堂).

오왕의 궁인 자원궁과 그리 멀지 않은 곳에 있으면서도, 오왕부에서 가장 아름다운 정원을 가졌다는 곳.

오왕의 총애를 한 몸에 받고 있는 숙빈과 그의 아들, 칠왕자 한문혜의 처소였다.

"남궁 공자, 어서 오십시오!"

진화 일행이 유화당에 발을 들여놓기가 무섭게, 칠왕자가 버선발로 나온 듯 빠르게 달려 나와 그들을 반겼다.

손수 그를 납치하고 고문한 적 있던 진화와 남궁구는 놀란 눈으로 그를 보았다.

-도련님, 저놈이 번개 맞고 돌았나 본데? 한 번 더 때려 봐, 정상으로 돌아오게.

남궁구의 전음을 무시하며, 진화가 칠왕자의 눈을 살폈다.

저를 보는 눈에 욕망이 번들거리는 것을 보며, 진화는 그가 칠왕자라는 걸 확인했다.

안으로 들어가자 호위무사들이 주변을 철통같이 지켰다.

물론 진화나 남궁구, 남궁교명이 보기엔 구멍이 줄줄 난 광주리 같았지만, 궁에서 조심해야 할 사람은 검을 든 무인

이 아니었다.

"저들은 고양이 같은 거라고 생각해. 곳곳에 누가 심어 놓았는지 모를 새 새끼, 쥐 새끼가 한가득이라서."

버선발로 환대하던 것이 언제였냐는 듯, 낯빛이 돌변한 칠왕자가 어깨를 으쓱이며 말했다.

진화와 남궁구, 남궁교명도 칠왕자에게 깍듯한 예를 바라지 않았다.

"자리에…… 앉았나?"

그들도 지킬 생각이 없었으니까.

진화가 앉은 자리 양옆으로 남궁구와 남궁교명이 '헛짓거리 하면 즉시 죽일 거다.'라는 기세로 검을 무릎 위에 올려놓았다.

"그래, 왕자를 납치, 고문한 것도 모자라 첩자까지 시킨 놈들인데 뭘 바라겠나."

칠왕자가 한숨 같은 헛웃음을 지르며 맞은편에 앉았다.

"이번에는 뭐 때문에 날 찾았지? 내가 아직 이용가치가 있는 거라면, 역시 귀천성의 일인가?"

다 포기한 듯, 칠왕자가 먼저 말문을 열었다.

"혼현마제의 옆에 있던 놈. 수오라던가? 그놈에 대해 말해봐."

"대가는?"

"네가 바라는 것."

"……."

칠왕자가 바라는 것은 많았다.

가장 바라는 건, 역시 왕위이려나.

그건 남궁진화가 마음대로 줄 수 없는 것이었다.

그런데 광오하게도 저런 대답이라니.

칠왕자는 저도 모르게 피식 웃고 말았다.

이런 자를 양자라고 무시하던 이왕자는 대체 얼마나 겁을 상실한 건지.

남궁의 푸른 무복이 저 광오한 괴물을 붙잡아 둔 목줄이라 참 다행이라는 생각마저 들었다.

'어쨌든 내가 당장 바라는 걸 저 괴물이 쥐고 있으니까.'

칠왕자는 이번만큼은 저 계산을 모르는 괴물의 거래를 받아들이기로 했다.

"좋아. 수오라면 나와 뇌평과 함께 혼현마제의 제자로 있었지. 물론 나야, 놈이 오왕부에 바라는 것이 있어서 억지로 받아들인 면이 강하지만. 제자 중 뇌평이 가장 강했고 가장 빠르게 경지를 넘었지만, 그 영감이 늘 끼고도는 건 수오라는 놈이었어. 나이는 지금 열여섯 되었나? 말간 얼굴에 백면서생같이 글을 좋아하고, 행동도 얌전하고 조심스러웠지만…… 그놈만큼 기분 나쁜 놈이 없었지."

마지막 말을 하면서 칠왕자가 입꼬리를 비틀었다.

"혼현마제가 가장 아끼는 놈이었어. 갓난아기 때부터 키

워서 막내 자식같이 놈을 챙겼는데…… 등신같이 그걸 그대로 믿을 리 없지. 그건 자식이 아니라 나중에 먹으려고 몰래 꿍쳐 둔 당과를 보는 것 같은 눈이었거든."

칠왕자의 말에 진화의 눈빛이 번뜩였다.

"놈의 생년월일을 아나?"

"생년월일? 글쎄, 그걸 알 턱이 있나……."

진화의 눈빛을 살피며, 칠왕자가 말을 끌었다.

그에 진화가 피식 웃었다.

"거래권을 쥐여 주지."

진화의 말에 칠왕자가 만족스럽다는 듯 웃었다.

"그걸 알 만한 사람이 있지. 소리마제(素履魔帝) 악구. 혼현마제가 찾은 제물들을 데려오는 일을 하지. 돈을 꽤나 밝히는 인간이라, 항상 장부에 꼼꼼하게 기록해 놓는다고 하더라고."

"……!"

장부!

진화는 물론 남궁구와 남궁교명 또한, 제물의 거래 내역이 쓰여 있던 검은 책자를 떠올렸다.

잠시 후,

칠왕자와 대화를 마친 진화 일행이 유화당을 나왔다.

"하하하! 오늘 시간 내주셔서 감사합니다, 남궁 공자."

"……별말씀을."

서로 간에 만족스러운 대화였는지, 배웅을 하는 칠왕자나 유화당을 나서는 진화 일행 모두의 얼굴에 미소가 떠올라 있었다.

어쩌면 선녀가 사는 곳이 이러할까.

마치 다른 세상 같았다.

세상에 온갖 기화요초들이 정원에 가득하고, 한 마리도 보기 힘들다는 황금색 비단잉어들이 연못에 수십 마리나 놀고 있었다. 색색이 아름다운 꽃들 사이로 꽃만큼 아름다운 새와 나비가 날아들고, 젊고 고운 여인들이 웃음꽃마저 활짝 피우고 있는.

아름답게 가꾼 정원이 부귀한 사람들의 최고 사치이자, 여인에게 애정을 보여 주는 척도라면, 이곳의 주인은 아마도 차원이 다른 애정을 받고 있을 것이었다.

그 평화로운 광경을 뚫고, 가늘고 우렁찬 목소리가 울려 퍼졌다.

"황제 폐하 납시오-!"

꿈에서 깨어난 듯.

놀란 궁녀들이 황급히 몸을 숙였다.

"황제 폐하를 뵙습니다, 만세, 만세, 만만세."

금빛 용포는 그들의 인사를 받는 둥 마는 둥 안으로 들어갔다.

밖의 정원만큼 화려하진 않지만, 단정하고 품위 있는 방.

방의 주인만큼 곱고 새하얀 휘장을 지나자, 황제의 눈에 침상에 앉아 있는 여인의 눈에 들어왔다.

"황상을 뵙습니다."

"황후, 인사는 됐소. 오늘 몸은 어떠하오?"

"괜찮습니다."

살포시.

꽃잎이 접힌 모습이 이러할까.

향기가 날 듯 아름답고 애처로운 모습에 황제의 가슴이 울렁거렸다.

천하를 발아래 두고 온갖 여인들이 황제의 품에 안겼지만, 지금까지도 황제의 마음을 울렁이는 것은 오직 이 여인밖에 없으리라.

경국지색, 온갖 미인을 위한 찬사는 여인을 위해 존재하는 듯 병약한 모습마저도 아름답게 느껴지는 여인이었다.

"오늘은 안색이 좋소."

"모두 폐하의 은혜이옵니다."

"정화……."

모처럼 밝게 웃어 주는 여인을 보며, 황제가 여인을 안았다.

필요한 일과가 아니라면 모든 시간을 여인과 함께하고 싶었지만, 애석하게도 아주 작은 시간조차 버거울 정도로 천하에는 여전히 황제의 손길을 기다리는 일들이 너무도 많았다.

물론, 황제는 잠깐의 틈이라도 흘려보내지 않고 매일 황후를 찾았다.

오늘도 아주 잠시, 마음을 위로하는 시간을 가진 후.

황제가 다시 황후궁을 나섰다.

여인을 바라보던 애틋한 눈은, 어느새 철혈의 그것으로 돌아와 있었다.

"태복령이 왜 내 아들에 대해 캐는 건지 알아내라."

황제의 말에, 궁의 그림자들이 바쁘게 움직였다.

다음 권으로 이어집니다

ROK
MEDIA
로크미디어